Johanna Lindsey

Un si doux orage

Traduit de l'américain
par Jacqueline Susini

Éditions J'ai lu

Pour Connie et Vicki Lynn,
en leur souhaitant de vivre un rêve

Titre original :

TENDER IS THE STORM
Avon Books

PROLOGUE

1874, réserve de San Carlos, Arizona

Tapi sur un rocher, à flanc de montagne, le grand couguar dominait la plate-forme où piaffait un petit troupeau de chevaux sauvages. Bien qu'aucun souffle d'air ne trahît la présence du félin, les animaux s'agitaient nerveusement.

Soudain, le couguar devina lui aussi le danger. Deux hommes, sur le chemin montagneux, amenaient de nouveaux chevaux. Très jeunes, ils se ressemblaient beaucoup avec leur visage cuivré, leurs longs cheveux noirs flottant sur les épaules et leurs bottes de peau. Mais l'un était grand et ne portait sur son torse nu qu'un gilet noir. L'autre, bien plus petit, avait une chemise de coton blanc, à manches longues, ceinturée par une cartouchière.

Dès qu'ils eurent laissé les nouveaux chevaux se mêler au troupeau, le couguar se redressa, et bondit dans leur direction.

Ils se figèrent, surpris par cette apparition soudaine. Puis le plus grand des deux tendit la main vers le félin qui vint frotter sa tête contre la paume offerte, avec un ronronnement qui perça le silence. Avide de caresses, il fit bientôt glisser tout son corps contre la main de l'homme, s'enroula autour de ses jambes et finit par se laisser tomber sur un tapis de mousse.

Le plus petit des deux cavaliers était à moitié apache et s'appelait Billy Wolf.

Billy, qui ne voulait pas passer pour un poltron, relâcha discrètement son souffle et serra les poings pour empêcher ses mains de trembler.

– Fils de pute ! lança-t-il à l'adresse du félin – s'exprimant comme le lui avait si bien appris son ami.

Puis il se tourna vers son compagnon :

– Tu sais ce qu'il fait aux juments, Slade ? Tu le sais, non ? Et regarde-le ! Vautré dans la mousse. Sûr d'être le bienvenu.

– Mais il l'est, répondit Slade Holt sur le ton de l'évidence.

Billy regarda le couguar et secoua la tête.

– Tu n'as pas vu cet animal depuis huit mois. Comment peut-il se souvenir de toi ? Et toi, comment as-tu pu le reconnaître ?

– Je ne l'ai pas reconnu. Simplement, j'ai senti qu'il ne représentait pas une menace. Souviens-toi : je t'ai fait la même impression le jour où tu es tombé sur moi.

La réponse fit réfléchir Billy pendant quelques instants. Puis il la jugea raisonnable et, comme à son habitude, changea brutalement de sujet.

– Tu es vraiment décidé à partir demain, Slade ?

Voyant celui-ci s'asseoir à côté du couguar et se contenter de hocher la tête, Billy fronça les sourcils.

– Tu es sûr d'être prêt ?

Slade posa son regard sur une grande crevasse qui déchirait le flanc de la montagne. Elle abritait une couverture, des gants comme en portaient les Blancs, des bottes que Billy avait échangées contre un cheval, l'hiver dernier, un sac plein de boîtes de conserve, et enfin, dans son étui, le revolver volé deux ans plus tôt et dont Cactus Reed lui avait appris à se servir. Deux années d'entraînement quotidien ! Rien n'avait été plus important pour lui.

Maintenant, il avait confiance en lui : peut-être n'était-il pas encore un excellent tireur, mais en tout cas il surclassait l'homme qu'il voulait abattre.

Ses yeux vert clair fixés sur le couguar, qu'il se mit à caresser entre les oreilles, Slade répondit :

– Prêt? Tu en douterais? Il y a déjà trop longtemps que j'attends. Je n'étais qu'un môme lorsque je me suis dit que je devais me dépêcher de grandir pour me venger. Et je n'avais que douze ans, le jour où tu as enfin osé m'approcher...

– Comment cela, « j'ai osé »! Tu crois que tu me faisais peur? demanda Billy, indigné.

– Admets-le donc, Billy, répondit Slade en souriant. Vous pensiez tous que j'étais fou. Et pas seulement parce que je vivais seul dans les montagnes. Même vos guerriers se tenaient à distance.

– On pouvait te prendre pour un timbré, non? Dès qu'on s'approchait de ta tanière, tu pointais un doigt sur nous, en faisant mine de nous tirer dessus. Et l'odeur que tu dégageais! On la sentait à un kilomètre à la ronde!

Slade Holt éclata de rire, chose rare chez un homme qui manifestait si souvent un cynisme amer.

– Comme si je ne m'en souvenais pas! dit-il. Il m'a fallu près de six mois pour me débarrasser de cette puanteur.

– Tu n'aurais pas pu te baigner dans un torrent?

– Tu plaisantes. Pouvoir échapper aux bains était bien la seule chose que j'appréciais à l'époque.

Billy renifla ostensiblement.

– Tu as changé, heureusement.

Slade haussa les épaules.

– Avec le temps, il y a eu d'autres changements. Je ne m'amuse plus à faire semblant de tirer quand je n'ai pas d'arme. C'était un jeu que mon frère jumeau aimait bien, lui aussi.

Billy vit le visage de Slade s'assombrir. Il savait à quel point il souffrait d'ignorer ce qu'était devenu son frère après la mort de leur père. Celui-ci avait été assassiné par un bandit, un dénommé Feral Sloan. Cela s'était passé huit ans plus tôt.

Jake Holt, le père de Slade, était venu dans l'Ouest chercher de l'or, avec l'un de ses amis, Tom Wynhoff. Et ils en avaient trouvé, à une trentaine de kilomètres à l'ouest de Tucson. Mais leur chance avait aussi fait leur malheur en attirant les rapaces. Un homme avait voulu racheter la mine à Jake Holt, et avait essuyé un refus.

Peu de temps après, on avait retrouvé Tom Wynhoff dans une ruelle, avec une balle en pleine poitrine. Le même jour, Feral Sloan avait poussé Jake à se battre et l'avait abattu en pleine rue. Slade avait assisté à la scène, puis avait entendu le meurtrier se vanter : « Jamais gagné cent dollars aussi facilement ! »

C'était clair : quelqu'un avait payé un tueur pour éliminer son père. Aussi, lorsqu'un vieil homme l'attrapa par le bras et lui conseilla de quitter la région avec son frère, il ne douta plus du danger.

Les deux garçons se mirent en route pour gagner les montagnes. Loin de la mine, loin de Tucson. Mais Feral Sloan les suivait : Slade n'eut que le temps de l'apercevoir galopant derrière eux. L'instant d'après, une balle frôla sa tempe. Il tomba de son cheval derrière un rocher et s'évanouit.

Lorsqu'il reprit connaissance, ses souvenirs s'arrêtaient à l'instant de sa chute.

Ce fut la pluie qui le réveilla. Son frère et son cheval avaient disparu. L'esprit confus, il n'eut pas l'idée d'attendre, au cas où son frère serait parti chercher de l'aide. La pluie avait effacé les traces des chevaux, et il s'en alla au hasard. Après des mois d'errance, il abandonna l'espoir de retrouver son jumeau.

La peur de rencontrer Feral Sloan le tenant à l'écart des villes, il apprit à survivre seul. Jusqu'au jour où il trouva au pied d'un arbre un homme à demi mort qui lui raconta par la suite qu'il s'était disputé avec son compagnon de route. Cette banale dispute lui avait cependant valu deux balles dans le corps. Slade soigna Cactus Reed qui, en retour, lui fit profiter de sa grande expérience d'ancien chasseur de primes. Une garantie de courage, et d'habileté à manier le pistolet.

Mais Cactus démontra un beau matin qu'il avait aussi un certain talent de voleur. Pendant que Slade chassait, il ne se gêna pas pour soustraire au troupeau de son ami une douzaine de chevaux. C'était peut-être un homme qui ignorait la gratitude. Ou bien considérait-il qu'il avait payé largement sa dette en faisant l'éducation du jeune garçon. Alors, à égalité, ils pouvaient bien se partager les chevaux...

Il était donc à nouveau seul lorsqu'il se déplaça vers le sud jusqu'au territoire apache. Bizarrement, les Indiens ne l'impressionnaient pas. Et, pour cette raison, ceux-ci le laissèrent vivre sur leurs terres. Et puis un jour, Billy Wolf vint lier amitié avec lui. Peu à peu, ils apprirent leur langage respectif. Slade confia à Billy les chevaux qu'il désirait vendre. Au fil des années, il avait accumulé une somme rondelette, et aujourd'hui, cet argent allait enfin lui servir à quelque chose.

Billy Wolf regrettait la décision de Slade, bien qu'elle n'eût rien d'inattendu. Il avait toujours su qu'un jour il perdrait son ami. Aujourd'hui, Slade était prêt à accomplir sa vengeance. En vivant à la dure, son corps s'était musclé, et, à dix-huit ans, il mesurait un mètre quatre-vingt-cinq. Il pouvait intimider ses interlocuteurs par son calme, son sang-froid et son regard perçant. Intimider, mais aussi plaire aux femmes.

– Par quoi vas-tu commencer? Par te faire couper les cheveux? Par séduire ta première femme?

Slade adressa à Billy un regard indéchiffrable.

– Les cheveux d'abord, je suppose, si je ne veux effrayer personne.

– Mais si tu n'as plus l'air d'un métis, elles vont se battre pour toi. Evite ça. Tu auras assez de problèmes avec une seule femme... Tu sais comment t'y prendre avec une dame, n'est-ce pas?

– Grâce à toi, oui, répondit Slade avec une lueur malicieuse dans les yeux. Tu m'as tout appris avec Little...

– Quoi! Tu ne nous avais pas suivis tout de même!

– J'étais juste derrière vous. Je suis entré dans ton tipi et tu n'as même pas senti ma présence. Elle, si. Elle m'a regardé et m'a souri. Tu ne l'as jamais su?

– Bon Dieu, non!

Slade s'étonna :

– Ça te gêne tellement? Tu es vraiment fâché?

– C'était une histoire personnelle.

– Exact, admit Slade. Néanmoins, je n'arrive pas à regretter. J'ai appris que dans ces moments-là, l'homme perd ses défenses. Il devient faible tandis que la femme se montre plus forte parce qu'elle est moins active.

– Oh! Pas toujours. Tu m'as vu avec ma première femme. Depuis j'ai acquis de l'expérience. Je sais comment rendre ma partenaire folle de passion.

Vérité, ou mensonge pour sauver la face? Slade accorda à son ami le bénéfice du doute.

– Alors, maintenant, tu diriges le jeu? Tu les fais vibrer comme tu veux?

– Oui. Mais je dois dire que beaucoup de femmes n'aiment pas ça, quoi que tu fasses.

Il oubliait de préciser qu'il avait eu quelques expériences avec des prostituées blanches.

– Comment vais-je apprendre ta technique? lui demanda Slade.

– Tu ne crois pas que je vais te montrer! Trouve-toi une femme qui te dira ce qui lui plaît. C'est comme ça que j'ai fait.

Quand un sujet le dérangeait, Slade écourtait la conversation. Il préféra donc se lever et s'approcher du troupeau en appelant sa jument préférée.

Mais Billy ne résista pas à l'envie de le taquiner encore un peu :

– Ne me dis pas que tu as peur!

– Je ne voudrais pas que la femme sache que c'est la première fois, lui répondit Slade sans se retourner.

Billy comprenait. Il se souvenait si bien de ce qu'il avait éprouvé au début.

– Si ça t'inquiète trop, attends donc encore quelques années. Pour l'instant, tu ne sais pas ce que tu perds. Ou bien alors enivre la belle, et elle ne se souviendra de rien.

Slade se retourna et chercha le regard de Billy qui se sentit soudain mal à l'aise. Derrière son masque impassible, Slade pouvait bouillir de rage ou s'ennuyer ferme. Impossible de faire la différence. Et Slade avait beau être son ami, Billy tremblait quand il le regardait de cette façon-là.

Il s'empressa de détourner son regard en lançant :

– Ah! Au diable toutes ces histoires! On devrait plutôt parler du troupeau. Si tu pars dans la matinée, tu...

Slade embrassa du regard la trentaine de juments qui lui restait. Il avait appris à se servir dans les harems des étalons en les pistant pendant des jours, en se fondant dans la nature, à l'affût du moment propice pour déjouer la vigilance du mâle. Plaisir d'une chasse qui demandait beaucoup de patience. La patience, Billy la lui avait apprise. Et au bout de trois ans, elle était devenue naturelle.

– Les chevaux sont à toi, Billy, annonça Slade.

Les yeux de son ami s'agrandirent.

– Bon Dieu! Je savais bien, la semaine dernière, que tu t'étais jeté dans cette razzia uniquement pour me faire plaisir. Je le savais!

– Tu te trompes. Je m'étais lancé un défi : voler dans ce ranch sous le nez du propriétaire. Pour une fois, ça changeait. Et puis j'ai eu en même temps l'occasion de pousser vers l'est. Il y avait longtemps que je ne l'avais pas fait, et j'ai vu que de nouvelles villes étaient apparues.

– Mais tu pourrais vendre ces chevaux, Slade.

– J'ai suffisamment d'argent pour me mettre en route.

– Comme tu veux... Et tes recherches, où vas-tu les commencer?

– Au point de départ.

– Tu crois vraiment que Sloan est encore à Tucson?

– On verra. De toute façon, là ou ailleurs, je finirai par le trouver.

– Et quand tu l'auras tué?

– Ce sera au tour de celui qui l'avait payé pour tuer mon père. J'aurai son nom.

– Et après?

– Après, je pourrai retrouver mon frère.

Billy changea rapidement de sujet.

– Que vas-tu faire de l'or de ton père? Tu m'as bien dit qu'il avait camouflé l'entrée de la mine et trompé l'ennemi en creusant ailleurs...

Une bouffée de colère marqua le beau visage de Slade.

– Cet or a tué mon père, m'a séparé de mon

jumeau et obligé de vivre comme un animal sauvage. Je ne veux pas y toucher... A quoi servirait-il, de toute façon ? La nature offre à l'homme ce dont il a besoin.

« Voilà une réflexion digne d'un Indien », songea Billy. Mais il se tut, parce que, au fond, un Blanc avec une mentalité d'Indien, ce n'était peut-être pas une très bonne chose.

Il préféra dire à celui qu'il considérait comme son frère :

– Si tu as besoin de quoi que ce soit, tu sauras où me trouver.

Puis il ajouta avec un sourire destiné à détendre l'atmosphère :

– Il te suffira de demander où est le veinard qui a la plus belle femme du pays.

Slade éclata de rire.

Lorsque Slade entra chez Whiskers, il trouva le saloon bondé. C'était l'affluence des samedis soir. A part cela, le bar ressemblait étrangement à tous ceux qu'il avait vus depuis un an. La réaction des clients fut également sans surprise. Ils l'observèrent en silence jusqu'à ce qu'il commande son premier verre. Ce n'était plus son calme qui inquiétait aujourd'hui. C'était son air sauvage.

A cause d'un incident – la provocation d'un imbécile qui l'avait obligé à dégainer très vite – il s'était fait une réputation de tueur qui le précédait partout. Difficile alors d'obtenir des renseignements au sujet de Feral Sloan. Il avait donc préféré se laisser repousser les cheveux et troquer ses bottes de cuir pour des bottes en peau. A partir de ce moment-là, on l'avait pris pour un métis auquel les shérifs n'avaient aucune raison d'interdire l'accès de leurs villes. Ainsi, après un an de recherches, Slade avait retrouvé l'assassin de son père.

Il était là, dans le saloon, absorbé par une partie de poker. Slade l'avait immédiatement reconnu, bien qu'avec le temps son front se fût dégarni et son corps empâté, alors que son visage trahissait la débauche. En revanche, Sloan s'était visiblement enrichi. Son costume et ses diamants ne passaient pas inaperçus...

Slade en conclut que Feral Sloan était l'une des meilleures gâchettes de Newcomb. La meilleure?

Pour Slade, ce n'était plus maintenant qu'une question de minutes. Il savait que Sloan viendrait vers lui. Il ne pouvait pas faire autrement s'il voulait sauvegarder sa réputation en présence d'un étranger affichant ostensiblement son agressivité. Ceux qui étaient assis au comptoir avaient déjà préféré s'écarter.

– On peut savoir ce qui vous amène, monsieur?

Slade se souvenait de cette voix comme s'il l'avait entendue la veille. Il en eut la nausée, mais resta impassible.

– C'est à moi que vous parlez, Sloan?

– Vous me connaissez? demanda Sloan, surpris et méfiant.

– Sûr que je vous connais. Mais il y avait longtemps que je n'avais pas entendu parler de vous. Je vous croyais mort.

Slade menait le jeu. Des hommes comme Sloan tiennent à leur réputation, et se chargent de s'expliquer quand ils la croient en péril.

– Ah! C'est que j'ai eu une bonne petite occasion de m'installer ici. Mais vous savez comment ça se passe : quand on s'est fait un nom, eh bien, on n'arrive pas à rester tranquille dans son coin.

– Je comprends, fit Slade. Vous êtes devenu, m'a-t-on dit, l'intendant du plus grand ranch de la région... Une bonne place, non?

– La meilleure ! Je travaille quand ça me chante, répondit Feral.

Feignant le plus grand intérêt, Slade s'extasia :

– Vous voulez dire que l'on vous paie à ne rien faire ? Donnez-moi la recette.

– Disons que je sais certaines choses au sujet de mon patron... Vous comprenez ?

– Il me semble. Mais quel est son nom ?

– Samuel Newcomb... Une grande fortune. Il possède une moitié de la ville, officiellement. Et l'autre moitié sous forme d'hypothèques.

– C'est parce qu'il a les moyens d'acheter votre silence qu'il ne vous fait pas...

– Descendre ? fit Sloan, plutôt amusé. Ce pourrait être son style. Mais, voilà : j'ai tout raconté dans une lettre que j'ai laissée à un ami. Alors, si quelque chose m'arrivait...

Slade baissa les yeux sur son verre.

– Un homme si riche doit avoir une foule d'ennemis.

– Oh... On l'aime bien par ici. En fait, c'est son passé qui le suit. Il s'entoure de gardes du corps. Et en plus...

Feral eut un petit rire et se pencha vers Slade comme pour lui faire une confidence :

– ...son testament comporte une clause spéciale : s'il est assassiné, l'homme qui le vengera touchera cent mille dollars. Tout le monde le sait. Malin, non ? Son meurtrier ne lui survivrait pas vingt-quatre heures. La seule façon de démolir ce salaud serait de le ruiner. Seulement, il faudrait quelqu'un de très rusé et de très riche.

– Vous n'avez pas l'air de beaucoup aimer votre bienfaiteur.

Feral haussa les épaules.

– On se connaît depuis trop longtemps. Alors, il y a des frottements.

– Vous le connaissez depuis longtemps? Il était déjà votre patron, à Tucson, en 66, je suppose?

Feral changea brusquement d'expression.

– Comment savez-vous ça? Qui êtes-vous?

– J'ai raison, n'est-ce pas? insista Slade d'une voix très calme.

Sous le choc, Feral commença à transpirer. Mais le besoin de se vanter fut plus fort que tout :

– A l'époque, j'ai débarrassé Sam de deux chercheurs d'or quelconques. Il les trouvait encombrants. Je n'ai pas eu beaucoup de mal à le satisfaire... Mais qui vous a raconté ça?

– Personne. J'ai tout vu de mes propres yeux. Je n'étais qu'un gamin mais je n'oublierai jamais.

– Ce n'était pourtant pas un grand exploit, remarqua Sloan, en se méprenant sur le sens des paroles de Slade.

– Ça, je le sais...

Feral redevint inquiet.

– Vous ne m'avez toujours pas dit votre nom, monsieur.

– Je m'appelle Holt. Slade Holt.

En un quart de seconde, tout le saloon résonna de ce nom maudit, tandis que Sloan rétorquait :

– Vous vous moquez de moi. Slade Holt n'est pas un métis.

– C'est exact.

Le vert clair des yeux de Slade se teinta d'éclairs dorés. Sloan avait les mains moites et s'en inquiétait : on dégaine mal avec des mains moites.

– Je n'ai pas voulu vous offenser, monsieur, dit-il.

– Vous avez fait plus que cela. Il y a neuf ans... Vous auriez dû me tuer, moi aussi, quand vous en aviez l'occasion.

Feral comprenait enfin. Mais trop tard. L'odeur de sa propre mort rôdait maintenant autour de lui. Instinctivement, il chercha à dégainer. Aussitôt, une balle l'atteignit en pleine poitrine et le renversa en arrière, sous la force de l'impact.

Slade s'approcha de lui. Impassible.

– Salaud, marmonna Sloan en un souffle. J'espère que maintenant tu vas t'en prendre à lui. Et signer ton arrêt de mort. Ah, oui... j'aurais dû te...

Il ne put achever sa phrase. Son regard était devenu opaque. Slade, s'il n'éprouvait aucun regret, eut malgré tout un haut-le-cœur.

Pourtant, affichant toujours la même impassibilité, il honora sa légende de tueur implacable et froid, alors qu'en vérité, il pensait à tout autre chose : il revoyait deux jeunes garçons de dix ans fuyant Tucson, poursuivis par un tueur à gages. Et, cette fois-ci, la mémoire lui revint totalement. Feral Sloan avait tiré sur lui et l'avait laissé pour mort.

Maintenant, il savait comment partir à la recherche de son frère.

Il quitta Newcomb sans se retourner.

1

New York, 1882

Au nord du quartier des affaires et de son animation, la 5ᵉ Avenue et les rues adjacentes étaient devenues une zone résidentielle. Des arbres et de jolis lampadaires agrémentaient les trottoirs. Des maisons de pierre sombre voisinaient avec des demeures de style Second Empire ou Renaissance.

La maison des Hammond offrait une façade de grès brun et de marbre blanc ornée d'une véranda. Marcus Hammond, qui vivait entouré de ses deux filles, avait su très tôt bâtir sa fortune, et aimait imposer sa volonté. Rarement contrarié par son entourage, il se montrait en conséquence aimable et généreux, en particulier avec ses filles.

L'aînée, Sharisse, s'apprêtait à sortir avec le fiancé que son père lui avait choisi sans qu'elle s'en offensât. Elle avait simplement acquiescé d'un signe de tête, le jour où Marcus Hammond lui avait annoncé qu'elle épouserait Joel Parrington, au cours de l'été. Cette docilité lui venait en partie d'une grande déception sentimentale : une rencontre qui avait tourné court, pendant un voyage en Europe, l'année précédente. Humiliée, elle était prête à se réfugier dans un mariage de raison.

A défaut d'amour, une longue amitié la liait à Joel Parrington. Ils se connaissaient depuis l'enfance, partageaient des goûts semblables, et elle le trouvait très beau. Avec un peu de chance, l'amour finirait par fleurir. Pour l'instant, en parler eût été extrêmement hypocrite. Car Joel était dans une situation identique à la sienne : il obéissait à son père.

Mais pour le moment, les préoccupations de Sharisse étaient d'un tout autre ordre : où était passé Charley ? Elle tenait à emmener son chat avec elle afin de ne pas se sentir trop seule, au cas où Joel se montrerait rêveur, comme cela lui arrivait souvent ces derniers temps.

Elle laissa Jenny, sa servante, ranger les vêtements qu'elle avait essayés avant de choisir un petit ensemble en satin vert. Elle prit ses gants et son chapeau et, se mettant en quête de Charley, commença par aller frapper chez sa sœur.

Sans attendre de réponse, elle ouvrit la porte de la chambre. Surprise, Stephanie sursauta et enfouit aussitôt plusieurs feuilles de papier dans un tiroir de son bureau. Le regard accusateur, elle remarqua d'un ton sec :

– Tu aurais pu frapper.

– Je l'ai fait, répondit calmement Sharisse. Ecrirais-tu des lettres d'amour, Stephanie ?

Rougissant, Stephanie répondit d'une voix nerveuse :

– Non. Mais de toute façon, cela ne te regarderait pas.

Décidément, Sharisse ne savait plus comment prendre sa sœur. Depuis son dix-septième anniversaire, celle-ci avait complètement changé. Ressentiments, accès de colère, crises de larmes : Stephanie était devenue un sujet de perplexité pour son entourage. On la comprenait d'autant plus difficilement qu'elle était d'une beauté étonnante. Elle sortait avec éclat de l'âge ingrat. Ses formes exquises, ses cheveux blonds et ses yeux bleus répondaient aux critères de beauté en vogue. Sharisse aurait adoré lui ressembler, et l'air parfois hautain qu'elle arborait n'était qu'une façon de dissimuler ses regrets.

Un saint n'aurait pas supporté la conduite de Stephanie qui ne se contrôlait qu'en présence de son père. On ne contrariait pas Marcus Hammond. Seule sa femme avait osé lui tenir tête. Leurs disputes avaient été aussi passionnées que leur amour. Mais depuis la mort de son épouse – deux ans après la naissance de la cadette –, Marcus Hammond faisait régner sa loi. Ses filles lui jouaient la comédie. Il les croyait si douces et dociles...

– Que veux-tu? demanda Stephanie, visiblement agacée.

– Je cherche Charley.

– Je ne l'ai pas vu depuis hier.

Sharisse allait ressortir de la chambre lorsque sa curiosité insatisfaite la retint.

– Que faisais-tu quand je suis entrée, Stephanie? Nous n'avons pas l'habitude des cachotteries, toi et moi.

Sharisse vit sa sœur hésiter. Mais la seconde suivante, Stephanie baissa les yeux et eut une réponse de gamine :

– Peut-être écrivais-je une lettre d'amour. A l'élu de mon cœur...

Et, relevant la tête, elle ajouta avec un air de défi :

– Et si j'étais sur le point de me marier?

Sharisse soupira.

– J'aimerais bien que tu me dises ce qui ne va pas. Je voudrais t'aider.

Stephanie ignora la préoccupation de sa sœur.

– Je vois que tu t'es habillée pour sortir.

Renonçant à obtenir des confidences, Sharisse lui expliqua :

– Joel m'a proposé une promenade dans Central Park s'il ne pleut pas.

Une ombre passa dans le regard de Stephanie. Mais elle répondit d'un ton léger :

– Dans ce cas, ne sois pas en retard.

Un élan soudain poussa Sharisse à inviter sa sœur :

– Aimerais-tu venir avec nous?

– Oh, non! Je ne voudrais pas vous imposer ma présence. Et puis, j'ai une lettre à terminer.

– Comme tu veux... Je repars à la recherche de Charley. A ce soir.

Dès que Sharisse eut refermé la porte, Stephanie sentit les larmes lui monter aux yeux. C'était injuste! Trop injuste! La vie comblait sa sœur : une chevelure flamboyante – héritée de leur mère –, des yeux violets prenant parfois une nuance plus mauve, très sensuelle... Elle était la préférée de leur père et de leur tante Sophie qui voyait en elle le portrait de sa sœur défunte. Elle avait de l'assurance, de l'audace, et la chance, au fond, de ne pas être une beauté à la mode. Dans une foule, on ne voyait qu'elle. Elle tranchait sur toutes les autres et le plus agaçant était de la voir accepter sa différence avec un air altier, comme s'il allait de soi qu'elle pût attirer tous les regards.

Stephanie aimait sa sœur et n'avait pas l'habitude de lui reprocher ses avantages. Mais cette fois-ci, elle souffrait en pensant que Sharisse allait épouser l'homme qu'elle chérissait en secret.

Son amertume était d'autant plus grande que Joel Parrington et Sharisse n'étaient pas amoureux l'un de l'autre. Elle avait même la certitude que Joel lui adressait souvent des regards admiratifs. Oh, non! Elle ne pouvait pas se tromper! S'il avait eu le choix, il l'aurait préférée à sa sœur.

Elle regretta que Sharisse eût déjà vingt ans. Ou plutôt qu'elle ne fût pas déjà mariée. Ah! si seulement elle pouvait tomber amoureuse de quelqu'un d'autre! Elle saurait tenir tête à leur père. Elle avait bien su lui imposer la présence de son chat.

Mais espérer un miracle était inutile. Le mariage allait avoir lieu dans deux mois. Puis le couple s'installerait à deux pas de la maison des Hammond... Et cela, Stephanie doutait de pouvoir le supporter. Rien ne lui était plus douloureux que d'imaginer Sharisse et Joel dans l'intimité, à quelques mètres d'elle.

Rouvrant le tiroir de son bureau, elle en sortit les feuilles de papier qui avaient intrigué sa sœur. Il s'agissait bien de lettres. Stephanie répondait à des petites annonces matrimoniales parues dans le *New York Times.*

Elle relut ses trois missives et parut hésitante. Elle se demanda si elle avait vraiment une chance de trouver un mari. Pourtant, elle avait bien des qualités et des attraits incontestables. Alors, pourquoi douter? Pourquoi ne pas envoyer au moins l'une de ces lettres? Rester à New York serait un tel crève-cœur!

Indécise, elle reprit les petites annonces. L'une d'elles émanait d'un fermier de l'Arizona. Si loin de New York... Cet homme était peut-être l'un de ces grands éleveurs de bétail dont elle avait entendu parler.

Elle lut attentivement l'annonce qui demandait une personne en bonne santé et vigoureuse, capable de « travailler durement ». Il fallait aussi un portrait, ce qui la fit sourire. L'homme voulait une femme attrayante... Quant à l'âge, eh bien, elle tricherait un peu, puisqu'elle n'avait pas encore les dix-huit ans que l'on exigeait.

Stephanie prit une feuille de papier vierge et répondit à Lucas Holt.

Au rez-de-chaussée, Sharisse entra dans le bureau de son père. On pouvait y voir un grand portrait de sa mère, vers lequel Marcus Hammond se tournait fréquemment. Si un homme avait jamais pleuré sa femme, c'était bien lui. Et à force de répéter qu'elle était irremplaçable, il avait découragé ses amis, soucieux de lui trouver une nouvelle épouse.

Assis à son bureau, il parcourait des dossiers. Sharisse ignorait presque tout des affaires de son père, à l'exception de leur diversité. Elles comprenaient en effet une fabrique de caoutchouc, une brasserie, une usine de meubles, un service d'importation, des entrepôts et des immeubles entiers de bureaux.

Son père n'avait nullement l'intention de lui faire reprendre les rênes. Elle n'y avait pas été préparée, et c'était l'une des raisons qui avaient conduit son père à se choisir un gendre. Un jour, cet homme prendrait le contrôle de sa fortune.

Marcus leva les yeux. Sa fille lui sourit.

– Je ne voulais pas te déranger, papa. Mais je cherche Charley. L'as-tu vu ?

Sous les épais sourcils bruns, le regard bleu clair de Marcus Hammond se durcit.

– Ici ? Tu sais bien – et lui aussi – que je ne veux pas qu'il vienne dans cette pièce.

– Je te demandais seulement si tu l'avais vu, papa.

– Eh bien, non ! Et je serais heureux de ne jamais le revoir. Fais en sorte que je ne tombe plus sur lui, Sharisse.

– Bien, papa.

Sharisse sortit du bureau et se dirigea vers la cuisine en songeant à la hargne de son père pour ce pauvre chat qu'elle avait trouvé dans un piteux état. La pauvre bête avait été sauvagement battue.

Elle l'avait soignée et s'y était attachée, beaucoup plus qu'elle ne l'aurait cru.

La cuisine offrait un spectacle inattendu. La cuisinière retourna précipitamment à ses casseroles; Jenny, qui était venue boire une tasse de thé, en avala le reste d'un trait et se sauva, tandis que l'aide-cuisinière se mettait à éplucher fébrilement les pommes de terre.

Debout, près de la table, la nouvelle servante que Sharisse n'avait vue qu'une seule fois pleurait sous le regard courroucé de Mme Etherton, la gouvernante. Sur le carrelage, gisaient les débris d'une tasse à thé bleu cobalt. Mme Hammond avait autrefois rapporté ce service de France, où elle avait grandi avec sa sœur Sophie. Si Sharisse n'avait pas demandé que l'on emballât le précieux service qu'elle destinait à sa nouvelle maison et, plus tard, à ses enfants, ce petit malheur ne serait pas arrivé. Elle fut à deux doigts de se sentir coupable et, voyant son expression, la jeune servante s'excusa en sanglotant :

– Je ne l'ai pas fait exprès, Mademoiselle. C'est un accident. Je vous le jure. Il ne faut pas me renvoyer.

Sharisse se tourna vers la gouvernante, montrant sa désapprobation.

– Je lui ai signifié son congé, Mademoiselle. Et j'aurais dû le faire plus tôt. Quand elle ne casse rien, elle rêvasse et le travail n'avance pas.

D'un ton tranchant, Sharisse observa :

– Si elle a tendance à casser des objets, elle n'aurait pas dû être chargée d'empaqueter le service de ma mère.

Tandis que le visage de Mme Etherton s'empourprait, la jeune servante s'empressa d'intervenir :

– Oh! C'est Molly qui devait le faire. Mais elle a été malade ces derniers jours et m'a demandé de l'aider pour qu'elle ne se mette pas trop en retard dans son travail.

– Vous avez donc pris l'initiative de vous occuper de ce paquet... Veuillez m'excuser, madame Etherton, ajouta Sharisse.

Se drapant dans sa dignité, la gouvernante eut un hochement de tête très sec.

En revanche, la coupable plaida sa cause avec insistance.

– Donnez-moi une seconde chance, Mademoiselle. Je m'appliquerai beaucoup plus. Je vous le jure. Ne me laissez pas retourner à Five Points. S'il vous plaît...

– Five Points! s'exclama avec fureur Mme Etherton. Vous m'aviez dit que vous veniez de la campagne. Vous avez donc menti?

– Oui. Autrement vous ne m'auriez pas engagée.

Sharisse comprenait l'inquiétude de cette pauvre fille. Si elle n'était jamais allée à Five Points, elle avait entendu parler de ce coin de Manhattan où se trouvaient les pires taudis de la ville. En particulier, de la fameuse Old Brewery, une rue bordée d'immeubles sordides où les gens s'entassaient dans des conditions lamentables. Le quartier détenait le record des meurtres, des vols, des larcins en tout genre. C'était un endroit à fuir. Et si l'on pouvait soustraire cette gamine, qui ne devait pas avoir quinze ans, aux dangers de Five Points, il ne fallait pas hésiter.

– Lui donnerez-vous une autre chance, Madame Etherton? demanda Sharisse sur un ton qui exigeait une réponse positive.

Le visage de la gouvernante s'affaissa.

– Mais, Mademoiselle...

– Nous avons tous droit à un rattrapage, affirma Sharisse.

Et, à l'adresse de la servante :

– N'oubliez pas d'être un peu plus vigilante, à l'avenir.

– Oh ! Merci, Mademoiselle.

– Et maintenant, dites-moi qui a vu Charley.

– Il est dans le garde-manger, répondit la cuisinière.

– Evidemment ! J'aurais dû m'en douter.

Sharisse trouva le chat, allongé près des restes d'une cuisse de poulet. Elle le nicha au creux de ses bras et quitta la cuisine sans autre commentaire.

2

Stephanie reposa la lettre qu'elle venait de lire à son amie Trudi Baker, et la regarda avec un air de défi.

– Eh bien, maintenant, tu sais que c'est vrai : dans quelques jours, je deviendrai Mme Lucas Holt.

Les deux jeunes filles s'étaient installées dans la chambre de Stephanie où le bleu lavande du papier mural, les doubles rideaux de satin blanc et les nuances roses du lit et du canapé créaient une atmosphère très féminine.

Si elles se ressemblaient par la taille et la chevelure, Trudi avait des yeux verts, six mois de plus que Stephanie et une personnalité plus agressive. Ordinairement, c'était elle la plus audacieuse des deux. Si bien que la démarche de son amie l'étonnait au plus haut point. Sans le billet de train sous les yeux, jamais elle n'y aurait cru.

– Alors ? fit Stephanie.

Trudi tint à mettre l'accent sur ce qui lui semblait essentiel :

– Il doit être laid. Il n'a pas pu trouver de femme. C'est pour cela qu'il a passé une annonce.

– Ce peut être aussi bien le contraire, Trudi. Suppose qu'il n'ait jamais rencontré de fille assez jolie pour lui.

– Mais, dans ce cas, pourquoi ne t'a-t-il pas envoyé de photo? Tu lui en as bien demandé une?

– Oui... Mais je ne l'ai jamais reçue.

– Tu vois! Il est vieux, laid, et il ne voulait pas que tu le saches avant d'accepter sa proposition.

Stephanie s'entêta :

– Je pense plutôt qu'il n'avait pas de photo, voilà tout.

– Stephanie, arrête. Je suis sûre que tu n'as pas vraiment creusé la question.

Devant l'air buté de son amie, Trudi n'attendit pas de réponse.

– Mais pourquoi es-tu allée chercher cet homme? Tu en connais plus d'un qui ne demanderait pas mieux que de t'épouser. Tu aurais pu choisir quelqu'un que tu connais au lieu de ce parfait étranger. Il est encore temps de renoncer à cette aventure, Stephanie. Renvoie-lui son billet.

– Tu ne comprends donc pas? se lamenta Stephanie. Le seul homme que je voulais épouse ma sœur la semaine prochaine. Et je ne tiens pas à assister à ce mariage.

– Tu préfères fuir...

Stephanie baissa les yeux.

– On peut effectivement voir les choses comme ça.

– Mais enfin, tu vas gâcher ta vie!

– Je m'y suis résignée, soupira Stephanie.

– Sans rien tenter pour arranger la situation? Tu n'en as pas parlé à ton père? Ni à ta sœur? En dehors de moi, personne n'est au courant?

– Non! Parce que ça n'aurait rien changé. Mon père pense que je ne suis encore qu'une enfant. Quant à Sharisse, elle m'aurait manifesté de la pitié, et rien de plus.

– Ne la considère pas comme une ennemie. Elle t'aime et elle pourrait peut-être t'aider.

– Je ne vois pas comment.

– En parlant à ton père.

– Elle n'osera jamais, répondit Stephanie en se disant que Trudi connaissait bien mal Marcus Hammond.

Celle-ci insista :

– Elle est réaliste et elle sait se défendre beaucoup mieux que toi.

– C'est seulement l'impression qu'elle donne.

Ne se laissant pas décourager, Trudi suggéra une autre solution.

– Et si elle renonçait à épouser Joel? Elle n'a pas l'air de l'aimer follement.

– Personne ne va contre la volonté de mon père, et ce n'est pas Sharisse ou moi qui allons faire exception à la règle.

– Sincèrement, Stephanie, tu es décidée à laisser les choses se faire? Jamais tu ne me verras dans cet état d'esprit. C'est du défaitisme.

A la colère de Trudi, Stephanie répondit par un haussement d'épaules. Mais Trudi poursuivit :

– Ecoute, il te suffirait de dire la vérité à ta sœur. Il est évident qu'elle n'aime pas Joel. Elle le traite comme un frère. Tu m'as raconté qu'elle considérait son mariage simplement comme une réception supplémentaire. Alors, pourquoi ne t'aiderait-elle pas?

– Je t'en prie, Trudi, arrête. Elle ne peut rien faire.

– Tu n'as rien tenté. Donc, tu ne sais pas. Imagine qu'elle parvienne à annuler son mariage.

Si quelqu'un doit partir, pourquoi ne serait-ce pas elle, après tout?

– Tu perds la tête, Trudi, affirma Stephanie avec colère.

Mais au fond, elle rêvait d'une semblable solution. Et sa colère était beaucoup plus dirigée contre elle-même que contre son amie. Quel gâchis elle avait provoqué! Lucas Holt était probablement vieux et laid, et vivre avec lui allait être un calvaire. Les larmes lui montèrent aux yeux.

– Eh bien... dit-elle d'une voix hésitante. Je pourrais au moins expliquer à Sharisse ce que je ressens.

Trudi eut un sourire de soulagement.

– Voilà enfin une parole raisonnable!

– Bonne nuit, Sharisse.

– Bonne nuit, Joel.

Les yeux fermés, Sharisse attendit le petit baiser habituel qui ne lui faisait ni chaud ni froid. Joel se contentait d'effleurer ses lèvres en posant sur ses épaules des mains qui avaient la légèreté de l'indifférence. Jamais il ne la prenait dans ses bras. D'ailleurs, aucun homme ne l'avait jamais fait. Antoine Gautier lui baisait les mains... Pourtant, les lèvres d'Antoine sur ses mains l'avaient beaucoup plus émue que celles de Joel sur sa bouche.

Et c'était bien ainsi : après l'humiliation que lui avait infligée Antoine, elle s'était juré de tenir l'amour à bonne distance. Non, plus personne ne la blesserait! Alors, puisqu'elle avait choisi de se préserver, elle devrait se satisfaire de sentiments parfaitement tièdes...

Elle regarda Joel monter dans sa voiture. Quel bel homme! Sa sveltesse était infiniment plus agréable à contempler que la silhouette de son père, alourdie par sa musculature. Et elle appréciait sa courtoisie, si – encore une fois – elle se référait à son père. Marcus Hammond lui avait donné une indigestion d'arrogance !

Elle pensa aussi à la charmante désinvolture de Joel. Et à sa gentillesse. Mais devait-elle passer outre au fait qu'il ne cherchait même pas à feindre l'intérêt ? Ce n'était pas très flatteur, et ne pouvait malheureusement pas lui faire oublier son allure de garçon manqué, si peu faite pour enflammer le désir des hommes.

Certes, elle lisait parfois la concupiscence dans leurs yeux. Mais alors, à qui avait-elle affaire ? A des individus qui ne songeaient qu'à voler l'innocence d'une vierge. Son mariage avec Joel lui permettrait au moins de se soustraire à ces regards insupportables.

Dans une semaine, elle deviendrait Mme Joel Parrington. Sans amour. Mais c'était bien ainsi : Antoine Gautier avait fait d'elle une paria de l'amour.

3

Marcus Hammond sentit sa tension monter. Pour une fois, sa colère n'intimidait pas Sharisse. Elle était là, en robe de chambre, assise de l'autre côté de son bureau, et elle lui rappelait de plus en plus sa femme. Mais il n'allait pas tolérer son attitude rebelle.

– Va dans ta chambre, Sharisse.

Les grands yeux violets de sa fille s'arrondirent.

– Tu refuses toute discussion ?

– Parfaitement.

Relevant le menton, elle se carra dans le fauteuil comme pour s'y installer un long moment.

– Je n'irai pas me coucher tant que nous n'aurons pas pris de décision.

– Ah, oui ? Par exemple !

Sharisse tenta d'attendrir son père.

– Je te demande seulement de m'écouter...

– J'ai entendu assez de stupidités.

– Mais ne vois-tu pas que je ne peux plus épouser Joel ? Stephanie l'aime !

– Ta sœur n'est qu'une enfant. Elle ignore tout de l'amour.

– Elle a dix-sept ans, papa. N'était-ce pas l'âge de maman lorsque tu l'as épousée ?

Marcus s'emporta :

– Laisse ta mère en dehors de cette histoire !

Après un bref silence, Sharisse opta pour plus de prudence.

– Au moins, écoute-moi un peu... Je n'aime pas Joel, alors que Stephanie est amoureuse de lui. Pourquoi ne l'épouserait-elle pas ?

– Il aurait fallu parler de cela plus tôt. Maintenant, nous sommes à une semaine du mariage. C'est vraiment trop tard.

– Oh ! N'exagère pas, papa. Avec les Parrington ce ne serait pas un problème. Tu les connais depuis si longtemps ! Je suis certaine que le père de Joel comprendrait très bien.

– Tu plaisantes ! lança Marcus Hammond, outré par la suggestion de sa fille. Cessons de parler de ça.

Non, vraiment, il ne se voyait pas annoncer à son vieil ami que sa fille aînée cédait la place à sa cadette. A la dernière heure, une substitution de fiancée : quelle idée !

– Mais, papa...

– C'est fini, je te dis.

Et il se leva. Sharisse pâlit.

– Si tu osais revenir sur cette question, je te prouverais que tu peux encore recevoir une correction, Sharisse Hammond.

Elle sentit son courage l'abandonner et sortit précipitamment du bureau de son père. Affolée par les battements désordonnés de son cœur, elle s'arrêta en haut de l'escalier. Jamais elle n'avait osé défier son père de cette façon, et elle n'était pas près de recommencer.

Stephanie l'attendait dans sa chambre.

– Je suis désolée, Stephanie...

– Oh... je savais qu'on ne pouvait rien faire. Je l'avais bien dit à Trudi.

Voyant sa sœur pleurer, Sharisse vint s'asseoir sur le lit, à côté d'elle.

– Je t'en prie, Stephanie, ne pleure pas. Peut-être changera-t-il d'avis quand il aura pris le temps de réfléchir.

– Si papa a dit non, c'est non. J'aurais dû me taire. Et partir comme prévu. Sans explication.

– Partir? Mais tu ne saurais pas où aller.

– Ne crois pas cela, rétorqua Stephanie, en pensant que sa sœur la prenait en pitié. Un homme m'attend. Nous devons nous marier. En Arizona. Il m'a envoyé les billets pour le train et la diligence. Il se pourrait bien que je sois mariée avant toi.

– Où as-tu rencontré cet homme?

– Je ne l'ai pas encore rencontré. Nous avons correspondu... Ne prends pas cet air outré. Dans l'Ouest, les hommes manquent de femmes. Ils n'ont pas d'autre moyen de fonder un foyer.

Stephanie ne connaissait pas mieux l'Ouest que sa sœur. Elle s'était contentée d'avancer un argument logique pour ne pas paraître trop aventureuse.

– Dois-je comprendre que tu as l'intention d'épouser un inconnu? De partir jusqu'en Arizona? Comment as-tu pu concevoir une telle idée?

– Et comment pourrais-je rester ici après ton mariage avec Joel? Ne crois pas que j'abandonne mon projet. Au contraire, je partirai dès demain. Et n'essaie pas de m'en empêcher.

– Mais je ne peux pas te laisser faire! Tu es trop jeune, trop inexpérimentée. Tu te perdrais avant même d'arriver à la gare.

– Ce n'est pas parce que tu es allée en Europe que tu es la seule capable de voyager, lança Stephanie. Et puis, je suis déjà allée chez tante Sophie.

– Avec papa et moi. Quant à ce mariage... Non, je t'interdis de faire cette bêtise!

– Pour m'obliger à te regarder épouser Joel? Tu aurais cette cruauté?

– Stephanie!

– Je l'aime! s'écria Stephanie entre deux sanglots. Et, évidemment, ce n'est pas toi qui partirais à ma place.... Tu n'oserais pas t'attirer à ce point la colère de papa. Tu n'as même pas su lui tenir tête tout à l'heure.

– Il m'a menacée de me donner une correction, observa calmement Sharisse.

– Oh...

Maintenant, Stephanie comprenait ce qui s'était passé. Et la discussion allait s'arrêter là lorsque Sharisse la relança impulsivement :

– Attends une minute. Tu m'as suggéré de partir à ta place. Je n'y avais pas encore pensé. Mais c'est vrai que ça arrangerait tout... Papa aurait la preuve que je ne veux pas de ce mariage. Et puis, ensuite, je pourrais revenir.

Stephanie reprit espoir.

– Tu es sérieuse, Sharisse? Ferais-tu vraiment cela pour moi?

Sharisse réfléchissait. Son père serait fou de rage. Elle ne pourrait peut-être pas revenir avant des mois. Mais au moins ferait-elle le bonheur de sa sœur.

– Pourquoi pas? fit-elle avec courage. Je peux aller chez tante Sophie.

– Non, Sharisse. Parce que papa cherchera à te retrouver. Et, en premier lieu, il pensera à tante Sophie.

– Tu as sans doute raison... Mais, alors, où me réfugier?

– Tu peux toujours aller en Arizona. Le voyage est payé.

– Ne sois pas ridicule, Stephanie. Je ne me vois pas partir si loin quand il ne s'agit que de me cacher.

– As-tu vraiment le choix? Et puis, l'avantage, c'est que Lucas Holt s'occupera de toi en attendant que tu puisses revenir.

– Cet homme va s'occuper de moi? Voyons, Stephanie : il attend une épouse, pas une invitée. Et c'est toi qu'il a en tête.

– En fait, je lui ai envoyé la photo qui a été prise à ton retour d'Europe. Nous sommes photographiées toutes les deux avec papa, et j'ai oublié de lui préciser où je me trouve. En plus, j'ai signé mes lettres : S. Hammond.

– Mais tu oublies une chose : je n'ai pas l'intention de l'épouser.

– Lui-même juge qu'il serait plus sage de se connaître un peu mieux avant de se marier. Dans quelques semaines, tu lui diras que ça ne peut pas marcher entre vous.

– Tu exagères, Stephanie. Je ne me vois pas me servir de cet homme à ce point.

Mais Stephanie s'acharna encore à défendre sa proposition.

– Tu n'as pas l'argent nécessaire pour te prendre en charge.

– Je pourrais vendre mes bijoux.

Sentant sa mauvaise conscience se manifester, Stephanie s'empressa de la repousser en pensant à Joel.

– Tu ne tiendras pas longtemps avec cet argent, remarqua-t-elle. Profite donc de cet homme. Il possède un ranch. Tu pourrais vivre très agréablement.

– Non, Stephanie. Mais, par contre, je vais me servir du ticket de train pour m'éloigner d'ici.

Elle se mit à sourire. Cette audacieuse perspective commençait à lui paraître excitante.

– Allons préparer mes bagages. Il faudrait que je parte demain matin, dès que papa sera à son bureau. Tu annuleras mes rendez-vous avec Sheila et Carol. Et tu dissimuleras mon absence jusqu'à après-demain. D'ici là, je serai loin...

– Comment pourrais-je te remercier, Sharisse? s'écria Stephanie.

– En devenant Mme Joel Parrington le plus vite possible. Je veux bien disparaître, mais pas trop longtemps. J'aime tellement New York!

Un grand sourire illumina le visage de Stephanie.

– Ne t'en fais pas. Tu seras de retour plus vite que tu ne le penses.

4

Derrière son bar, Benjamin Whiskers essuyait une chope tout en observant Lucas Holt qui, pour la cinquième fois, allait jeter un coup d'œil dans la rue. Holt revint, se rassit au comptoir et termina son troisième whiskey. Ben mourait d'envie de lui demander ce qu'il attendait, mais n'osait le faire. C'était plus fort que lui : il continuait à associer en pensée Lucas et son frère Slade.

Sept ans avaient passé, mais il gardait le souvenir de Slade tirant sur Feral Sloan, puis s'éloignant comme si de rien n'était. Il valait mieux ne pas se frotter à Slade Holt. Et quand on se retrouvait en présence de son jumeau, on ne pouvait s'empêcher d'y penser.

C'était injuste, parce que les deux frères possédaient des tempéraments bien différents. Ils se ressemblaient, en vérité, comme le jour et la nuit! Et il y avait bien des gens en ville qui appréciaient réellement Lucas.

Pour la deuxième fois, Lucas sortit quelque chose de sa poche et fronça les sourcils. Décidément, il faisait une drôle de tête, aujourd'hui.

Deux ans plus tôt, il avait surpris tout le monde en venant s'installer à Newcomb. C'était une ville où plus personne ne voulait rester depuis qu'elle se trouvait à l'écart de la ligne de chemin de fer. Mais Lucas Holt avait acheté le vieux ranch de Johnson, à quatre kilomètres du centre-ville. Discret et solitaire, il ne causait aucun ennui. Mais il n'y avait rien à faire : quand Ben voyait Lucas, il pensait à Slade...

Slade était revenu depuis que son frère avait acheté le ranch. Il passait en ville et l'atmosphère changeait. Personne ne se risquait à la bagarre tant que Slade se trouvait dans les parages.

Et on ne faisait aucun commentaire sur le métis qui travaillait avec Lucas. On avait vu Billy Wolf avec Slade. A l'évidence, c'était Slade qui l'avait amené au ranch, parce que les Indiens s'y connaissent en chevaux. Sans la protection de Slade, jamais le métis ne serait entré dans Newcomb. On se méfiait de ces renégats d'Apaches.

Une fois de plus, Lucas sortit sur le trottoir. Quand il revint, Ben céda à la curiosité :

– Vous attendez quelqu'un, monsieur Holt? Je n'ai pas pu m'empêcher de remarquer que vous aviez l'air bien impatient.

Lucas posa son regard vert sur Whiskers.

– J'attends quelqu'un qui doit arriver par la diligence de Benson.

– Ce n'est pas votre frère, n'est-ce pas? demanda Ben avec une pointe d'anxiété dans la voix.

Lucas ne put s'empêcher de sourire.

– Non, Whiskers. C'est ma fiancée que j'attends.

– Ah! ça, par exemple! Voilà une nouvelle qui va réjouir Sam Newcomb!

– Vraiment?

Ben sentit qu'il avait manqué de prudence.

– Enfin... je veux dire que Sam est encore jeune marié et que sa femme – comme vous le savez – a du mal à vous ignorer. Ce n'est pas que Sam soit jaloux, mais il tient à ce qui lui appartient. Sûr qu'il sera ravi d'apprendre que vous vous casez, monsieur Holt.

Intérieurement, Lucas fulminait. Ben avait touché le point sensible. Sans Fiona Newcomb, il ne serait pas en train de parler de sa fiancée. Quand il était arrivé à Newcomb, Fiona Taylor tenait le seul hôtel de la ville. Il lui avait clairement fait comprendre qu'en dehors du plaisir, elle n'avait rien à attendre de lui. Elle, en revanche, voulait se marier, et ne s'était tournée vers Samuel Newcomb qu'en désespoir de cause.

Sam le savait et cela le rongeait. Or, avant cette histoire de femme, Lucas avait réussi à mettre Sam dans sa poche. Intrigué et impressionné par l'argent que Lucas manipulait, Sam lui avait confié certaines sommes à investir.

Lucas aurait fini par le dépouiller. Mais la confiance de Sam avait singulièrement diminué à cause de Fiona. Et Billy Wolf avait sûrement raison lorsqu'il disait qu'il ne fallait plus compter sur la crédulité de Sam tant que Fiona continuerait à s'intéresser à Lucas.

Toutefois, Lucas regrettait d'avoir suivi le conseil de Billy. Il ne pouvait s'empêcher de songer qu'il avait un peu trop bu, le soir où Billy l'avait convaincu.

– Newcomb t'aura à l'œil, disait Billy Wolf, aussi longtemps qu'il te croira capable de partir avec Fiona. Il faudrait que tu te maries, Lucas. Sinon, tu ne pourras plus berner Sam longtemps. Il ne tardera pas à mettre le nez dans tes affaires.

Mais si Lucas, isolé de son ranch, regrettait le plaisir que pouvaient lui donner les femmes, il n'éprouvait nullement le désir de se marier. De plus, il n'avait pas l'habitude de rester longtemps à la même place. Or on mène plus facilement une vie de nomade quand on est seul.

Alors, Lucas avait biaisé. Au lieu de chercher une femme dans la région, il avait demandé à son avocat de faire passer des petites annonces dans les journaux de la côte Est, en espérant voir arriver une femme qui ne supporterait pas longtemps la vie dans un ranch isolé. Il fallait, cependant, qu'il pût la retenir, le temps d'achever ce qu'il avait commencé. Et cela ne s'annonçait pas facile...

De ce plan élaboré en secret, il n'avait rien dit à Billy. Pourtant ses intentions n'avaient rien d'inavouable. Entre Billy, sa femme Willow, et le vieux Mack, Mlle Hammond serait décemment chaperonnée. Si elle arrivait vierge au ranch, elle retournerait vierge sur la côte Est. Et si elle ne l'était pas, eh bien, cela ne changerait rien... De plus, il entendait la dédommager pour le dérangement. Et enfin, comme le pasteur ne passait qu'une fois par mois à Newcomb, dans l'intervalle, personne ne songerait à jaser, et Sam aurait le temps de croire à leur mariage...

Une fois de plus, Lucas sortit de sa poche la photo que lui avait envoyée Mlle Hammond. Il avait presque choisi une jeune femme de Philadelphie lorsqu'il avait reçu ce cliché de New York. La qualité des vêtements que portaient le père et les deux filles avait fait la différence. Lucas savait, par expérience, que les jeunes filles de bonne famille n'avaient aucune notion des travaux manuels. Il y avait donc fort à parier que Mlle Hammond ne resterait pas au ranch.

Restait une énigme : laquelle des deux jeunes femmes était sa fiancée ? Il en préférait une, celle dont le port de tête royal faisait oublier sa maigreur. Ah ! cette façon de se tenir ! C'était vraiment une reine !

Quand il s'aperçut qu'il s'abîmait dans la contemplation de la jeune femme, il remit la photo dans sa poche et retourna jeter un coup d'œil dans la rue. La diligence n'était pas encore arrivée. Il se demanda ce que Mlle Hammond penserait de l'Arizona. Connaissait-elle son soleil brûlant ? Ses terres immenses, où l'on pouvait chevaucher pendant des jours sans rencontrer âme qui vive ? Il sourit. Le voyage avait déjà dû être une épreuve suffisante pour la convaincre de rentrer chez elle à la première occasion. D'autant que l'on était en plein été. Une chance pour Lucas. La pauvre fille s'était sans doute évanouie toutes les heures. Non, une gentille petite citadine n'allait pas s'attarder dans la poussière de l'Arizona !

5

Sharisse agita son mouchoir trempé par la portière de la diligence. Elle en avait assez de s'essuyer avec ce carré de coton imbibé de sueur. Ses vêtements lui collaient à la peau, ses cheveux étaient plaqués sur son front et ses tempes. Heureusement, son chignon tenait bon.

C'était une question de confort et non de coquetterie. D'ailleurs, elle n'avait eu qu'un souci en se mettant en route : qu'on la laissât tranquille. Elle avait même emprunté une vieille paire de lunettes à l'une de ses servantes. Ainsi, personne, dans le train, ne l'avait accostée. Mais quelle allure désavantageuse!

Tout allait mal, en vérité. Il lui restait deux dollars en poche. Juste de quoi s'acheter un dernier repas si la diligence s'arrêtait encore avant Newcomb. On n'avait cessé de lui servir des plats immangeables, et elle avait perdu deux kilos qui n'avaient pourtant rien de superflu. Lucas Holt allait la renvoyer chez elle sans la moindre hésitation.

Quelle chaleur! Le pauvre Charley souffrait encore plus qu'elle, avec son épaisse fourrure. Mais que faisait-elle donc dans cette voiture si inconfortable par une pareille canicule? Ce n'était vraiment pas sa place.

Tout cela à cause de Stephanie. Sa sœur avait su la manipuler et, ne reculant devant rien, lui avait en même temps volé ses bijoux. Elle se souvenait très bien lui avoir confié le coffret pendant qu'elle installait Charley dans son panier. Elle n'avait découvert ce méfait que beaucoup plus tard, lorsqu'elle avait pris la lettre de Lucas Holt pour la relire. Qu'est-ce qui avait poussé Stephanie à agir ainsi ? Elle se trouvait maintenant loin de chez elle et sans argent pour y retourner. Il ne lui restait plus qu'à attendre et voir à quel genre d'homme elle aurait affaire.

La lettre de Lucas Holt donnait peu d'informations sur son auteur, sinon une impression d'arrogance : il tenait à une période d'observation avant que le mariage ne fût conclu. (Ce dont Sharisse, au fond, se félicitait.) Elle trouverait là l'occasion de se montrer insatisfaite, déçue, et persuadée que leur union irait à la catastrophe. Le peu qu'elle avait vu de l'Arizona et de ses cow-boys la préparait tout naturellement à cette réaction.

La diligence tangua dangereusement au passage d'une rivière asséchée. Seules quelques flaques d'eau résistaient encore au soleil estival. La voiture ne transportait que quatre passagers sur les neuf prévus. Sharisse avait pu sortir Charley de son panier sans incommoder les autres personnes. Elle n'avait rencontré que des regards effarés, comme si ces gens voyaient pour la première fois un chat apprivoisé.

Après des zones désertiques et des montagnes pelées, Sharisse s'étonna d'apercevoir des collines verdoyantes. Elle en oublia la ville qui se dessinait devant elle jusqu'à ce que le conducteur annonce :

– Newcomb ! Une heure d'arrêt, m'sieurs-dames.

Sharisse ressentit une brusque crispation au creux de l'estomac. Sa vanité refaisait surface : elle regrettait de ne pas s'être changée à la dernière étape. Mais elle se souvint qu'elle avait tenu à exclure toute coquetterie de ce voyage. Si elle remit sa veste avant de descendre, ce ne fut qu'une question de bienséance, un réflexe de jeune fille bien élevée.

Un géant sortit du nuage de poussière soulevé

par la diligence et vint aider les passagers à descendre. Quel homme! Mais Sharisse s'empressa de détourner son regard et accepta la main qu'il lui tendait, en essayant d'apercevoir Lucas Holt.

– Ça par exemple! Que le diable m'emporte si je me trompe...

Sharisse reposa son regard sur le géant. Il retenait sa main.

– Vous connaissez le diable? demanda-t-elle avec une ironie un peu hautaine.

Elle fut surprise de le voir sourire. Puis elle s'étonna de se sentir si petite à côté de lui. Son père était déjà très grand, mais cet homme devait le dépasser d'une bonne tête. N'y avait-il que des géants en Arizona? Un rapide coup d'œil autour d'elle l'assura du contraire. Cet homme paraissait différent de tous les autres. Et, bizarrement, il la regardait avec un air possessif.

Son cœur se mit à battre la chamade.

– Vous n'êtes pas...?

– Lucas Holt, si, répondit-il avec un immense sourire. Et je n'ai pas besoin de vous demander si vous êtes Mademoiselle Hammond.

Jamais Sharisse ne l'aurait imaginé si viril. Une forte impression de puissance émanait de lui. Une tranquille arrogance, également. Seigneur! Il lui rappelait son père! Aussitôt, elle se promit de lui mentir...

Quel âge avait-il? Vingt-cinq ou vingt-six ans. Au moins, ce n'était pas un vieillard. Certaines femmes devaient même le trouver séduisant. Celles qui aimaient les hommes sentant le cheval et le cuir, sans veste et chemise ouverte. Il portait un revolver sur la hanche, et le fait qu'il se fût rasé de près attirait l'attention sur ses longs cheveux noirs et sa peau cuivrée par le soleil. Mais le plus extraordinaire était ses yeux : un curieux mélange de jaune topaze et de vert émeraude leur donnait un éclat presque inquiétant.

Il la laissait l'observer. C'était elle qu'il préférait sur la photo. Elle lui plaisait, même dans l'état où elle était après ce long et inconfortable voyage.

– Je vais m'occuper de vos bagages, dit-il.

Sharisse le regarda attraper la malle et la grosse valise que le conducteur lui passait. Quand il revint vers elle avec la malle sur l'épaule et la valise sous le bras, il lui désigna un attelage d'un mouvement de tête.

– Le buggy nous attend.

Derrière le cabriolet, Sharisse vit l'hôtel.

– Mais je croyais... Enfin... je veux dire...

Lucas suivit son regard.

– Vous pensiez rester en ville? Non, mademoiselle, nous allons au ranch. Mais ne vous inquiétez pas, nous ne serons pas seuls.

Elle s'avoua qu'elle avait eu tort de s'attendre à ce qu'il lui paye un séjour à l'hôtel quand il devait posséder un grand ranch et une armée de domestiques. Elle le suivit jusqu'au cabriolet.

– Vous avez besoin de quelque chose en ville? lui demanda-t-il.

Elle eut un sourire timide.

– Je souhaiterais surtout un bon bain, monsieur. J'en rêve depuis que j'ai quitté New York.

– Vous ne vous êtes donc arrêtée nulle part?

La question la fit rougir. Mais, après tout, pourquoi lui cacher l'état de ses finances?

– L'argent que j'avais, je l'ai dépensé en repas.

– Mais les repas étaient compris dans le prix des tickets! Voilà de l'argent gâché... Et vous vous retrouvez sans rien?

Elle s'en voulait horriblement. Pourquoi n'avait-elle pas regardé ces tickets plus attentivement? Et lui, pourquoi n'avait-il rien précisé dans sa lettre?

Furieuse, elle prit un ton acerbe.

– Est-ce un problème? Attendiez-vous une riche héritière?

Il recommença à sourire. L'idée que, sans argent, elle dépendait complètement de lui n'était pas pour lui déplaire.

– En fait, je n'attendais ni une riche héritière ni vous, mademoiselle.

Il sortit la photo de sa poche.

– Vous m'aviez écrit que vous étiez à gauche sur cette photo...

Stephanie avait menti. Elle se sentit mortifiée en pensant que Lucas Holt attendait sa sœur.

– J'aurais dû me décrire. Il m'arrive de confondre ma droite et ma gauche. Je suis vraiment désolée. Vous devez être tellement déçu.

– Si j'étais déçu comme vous le dites, mademoiselle, je vous aurais déjà priée de remonter dans la diligence... A propos, quel est votre prénom? Je ne vais pas vous appeler « mademoiselle » tout le temps.

Son sourire engageant, sa voix profonde et chaude la rendaient nerveuse.

– Je m'appelle Sharisse.

A peine lui eut-elle appris son prénom qu'un petit homme râblé, qui se tenait sur le seuil d'une épicerie, interpella Lucas :

– Quelle est cette charmante personne, Lucas?

Lucas la présenta à Thomas Bilford, l'épicier de Newcomb, en ajoutant :

– J'ai connu Mademoiselle Hammond avant de venir ici. Mais elle vient seulement d'accepter de m'épouser.

– Félicitations! répondit Thomas Bilford. Tu attends ton frère pour le mariage?

– Il se fera dans l'intimité, Thomas. Quand le révérend passera par ici.

– Les gens vont être déçus, Lucas.

– Je n'y peux rien, répondit-il d'un ton sec.

– Bien. Bonne journée, Lucas, mam'zelle.

L'épicier paraissait mal à l'aise tout à coup. Il disparut rapidement dans sa boutique.

Sharisse resta silencieuse tant qu'ils furent dans Newcomb. A la sortie de la ville, elle demanda à Lucas :

– Pourquoi avez-vous prétendu que nous nous connaissions déjà ?

– Comment voulez-vous que les gens croient que vous avez eu recours à une petite annonce pour vous marier ? Quant à moi... j'ai une question à vous poser.

– Allez-y.

– Pour quelle raison êtes-vous ici, Sharisse Hammond ?

Il regardait droit devant lui, comme pour éviter de l'intimider. Mais cette question, elle l'avait prévue et la réponse était toute prête.

– Je suis veuve, monsieur Holt.

Le regard qu'il posa sur elle la fit pâlir. Il avait dû rêver d'une vierge...

– Si vous attendiez une jeune personne pure et innocente, vous me voyez désolée. Et je vous comprendrais parfaitement si...

Lucas l'interrompit :

– C'est sans importance.

Il s'en voulait d'avoir réagi de cette manière, alors qu'il n'avait jamais envisagé la virginité de sa fiancée comme un impératif.

– L'homme sur la photo, c'était lui ? demanda-t-il.

– Ô Seigneur, non ! C'est mon père.

– Votre père est encore en vie ?

– Oui, mais nous ne nous voyons plus. Mon père n'avait pas approuvé mon mariage. Et il ne pardonne jamais facilement.

– Vous n'avez donc pas pu retourner auprès de lui ?

– Non... Toutefois, si mon mari ne m'avait pas laissée sans fortune – j'ai dû payer ses dettes –, je n'aurais pas eu besoin de chercher un appui.

– Je comprends. Mais vous oubliez quelque chose.

– Et quoi donc, s'il vous plaît? répondit-elle, en sentant l'anxiété la gagner.

– On ne peut pas dire que vous ayez un physique quelconque. Alors, pourquoi venir jusqu'ici pour vous marier?

Sharisse sourit. Des propositions de mariage, elle en avait reçu plus d'une. Mais elles émanaient d'hommes qui en voulaient à son futur héritage ou de prétendants bien fades.

– J'ai eu plusieurs propositions, expliqua-t-elle à Lucas. Et je les ai refusées parce que je ne trouvais pas le genre d'hommes que j'aime.

Il voulut savoir ce qui lui importait chez un homme.

– Je déteste l'arrogance, la rigidité. J'apprécie la sensibilité, la gentillesse, la bonne humeur et...

– Vous êtes sûre de me parler d'un homme?

– Ce sont des qualités que mon mari possédait.

Lucas eut un petit rire ironique.

– Je crois que vous avez pris des risques en venant ici.

– Seriez-vous arrogant?

– Non, je ne pense pas. Et ça m'ennuierait de me tromper.

– Dominateur?

– Moi? Oh! Il ne me viendrait pas à l'idée de contrarier une personne aussi charmante que vous.

Envahie par la certitude qu'il se moquait d'elle avec délices, elle abandonna la partie et se mura dans le silence.

6

Debout dans l'embrasure de la porte, Willow regardait le nuage de poussière qui s'élevait à l'horizon.

Sa maison, composée d'une seule pièce, était bien petite par rapport aux habitations des Blancs. Mais quand on a grandi dans un simple tipi, on se sent très à l'aise dans une maison en dur. Et puis, Willow avait eu le temps de s'y habituer. Il y avait déjà deux ans que son mari l'avait amenée ici, loin de sa famille et de sa tribu.

Quarteronne, Willow avait du sang apache et mexicain. L'autre moitié, elle la devait au viol de sa mère par un Blanc dont elle ne savait rien. De toute façon, elle semblait cent pour cent indienne, et en était très fière.

De sa voix douce et mélodieuse, elle annonça :

– Le voilà, Billy.

Billy Wolf se rapprocha de sa femme et entoura de ses bras son ventre rond.

– Tu crois qu'elle est avec lui?

Willow devina le sourire de Billy. Il avait beaucoup souri ces derniers temps.

– Ça t'amuse toujours de l'avoir poussé à se marier?

– Il fallait qu'il le fasse. A cause de Sam Newcomb.

– Mais tu n'as pas un seul instant pensé au sort de sa femme, reprocha Willow à son mari.

Aucun regret n'effleura Billy Wolf.

– Les amis d'abord, répondit-il. Et c'est bien pour cela que je suis ici. Allez, rentrons maintenant. Ces chères citadines ont l'habitude de se trouver mal quand elles aperçoivent un Indien pour la première fois... Nous attendrons demain pour la rencontrer.

Willow eut pour son mari un regard méfiant.

– Tu n'aurais tout de même pas l'intention de l'effrayer, n'est-ce pas, Billy?

– Effrayer la fiancée d'un ami? Tu n'y penses pas!

Sharisse préféra fermer un instant les yeux. Le ranch paraissait si petit. Mon Dieu! Ce n'était qu'une cabane, dont on n'avait même pas peint les murs. La grange était deux fois plus grande que la maison. Une douzaine de chevaux paissaient dans le corral au-delà duquel on voyait une seconde habitation, encore plus petite que la première.

En l'aidant à descendre du buggy, Lucas observa :

– J'imagine que vous avez l'habitude de vivre dans une maison spacieuse...

Il ne s'excusait nullement. Elle préféra donc se taire. A quoi bon lui dire qu'elle habitait une imposante demeure?

Mais elle fut trahie par son expression, et Lucas sourit, en se disant qu'elle aurait préféré la maison de Samuel Newcomb, avec ses deux étages, ses pièces spacieuses et son ameublement luxueux. Autant de choses qui n'auraient fait que l'encombrer puisqu'il n'avait pas l'intention de s'éterniser ici.

Il observa Sharisse du coin de l'œil pendant qu'elle regardait autour d'elle en serrant son panier dans ses bras. Elle semblait complètement décontenancée. Comme lorsqu'il lui avait appris qu'il était bien Lucas Holt... Sa haute taille avait dû l'impressionner. C'était une réaction fréquente de la part des femmes.

Il ouvrit la porte de la maison mais attendit qu'elle achevât son inspection. Le soleil de l'après-midi répandait sa chaleur torride sur les cactus comme sur les pâturages qui s'étendaient jusqu'au pied des montagnes.

Elle devait mourir de chaud dans son costume de voyage, pensa-t-il. Et il en profita pour la déshabiller du regard.

– Sharisse?

Ayant pratiquement oublié sa présence, elle sursauta. Puis elle le rejoignit et, avec un soupir, pénétra dans la maison. Des rideaux la maintenaient dans la pénombre. Mais avant même qu'elle se fût habituée à l'obscurité, Sharisse se retrouva dans les bras de Lucas Holt.

Elle ne put laisser échapper un cri de frayeur. La bouche de Lucas la rendit muette. Mais, en revanche, on entendit Charley cracher comme un serpent en colère.

Aussitôt, Lucas s'écarta. Tremblante, effarée, elle remarqua tout de même que l'étonnement de Lucas valait bien le sien.

– Je n'ai jamais voulu croire qu'il y ait un serpent en chaque femme. Mais maintenant...

– Détrompez-vous, monsieur Holt. Il pourrait tout au plus y avoir un chat... Je vous présente Charley que je n'ai pas eu le cœur d'abandonner.

Elle avait déjà posé son panier par terre et en sortait Charley. Jamais Lucas n'avait vu un chat avec une telle fourrure. Ses longs poils d'or roux ressemblaient aux cheveux de sa maîtresse.

– Qu'est-ce que c'est que ça? s'écria un petit homme qui venait d'entrer sans frapper.

Le menton barbu, les yeux bleus et vifs, le chapeau plus mou qu'il n'aurait dû l'être, Mack regardait Charley avec méfiance.

Lucas fit les présentations, en expliquant que Mack s'occupait d'un peu tout dans le ranch. Mais Mack ne prêta aucune attention à Sharisse, sinon pour lui demander une seconde fois :

– Qu'est-ce que c'est que ça?

– Charley, mon chat.

– Mais c'est une bête sauvage!

– Pas du tout. C'est un chat persan. J'en ai vu plusieurs en Europe. Mais ils sont encore rares en Amérique.

– Ici, vous ne trouverez que des chats sauvages.

Et, en ressortant, Mack grommela :

– Si Billy tombe sur cette bestiole, on va la retrouver dans la marmite.

Sharisse adressa à Lucas un regard horrifié.

– Ai-je bien entendu?

– Ne vous inquiétez pas, répondit Lucas, visiblement amusé. Billy travaille également pour moi. Et il n'a rien d'une brute.

– Je garderai tout de même Charley près de moi. Mais revenons à ce que vous avez fait, monsieur Holt.

– Qu'ai-je fait, sinon souhaiter, comme il se doit, la bienvenue à ma fiancée?

Il eut un sourire renversant. Il rayonnait de séduction, et jamais elle n'aurait prétendu le contraire!

– Nous avons été interrompus, ajouta-t-il. Voulez-vous que nous reprenions...

– Non! Nous ne sommes pas encore réellement fiancés. Je veux dire que ce qui est permis au bout d'un certain temps ne peut l'être quand on vient juste de se rencontrer...

– Vous voudriez que l'on commence par se connaître un peu mieux? Mais si vous me tenez à distance, comment allons-nous faire? Selon vous, il faudrait d'abord que je vous observe pour savoir si vous vous habituez au ranch. Et ensuite seulement, nous deviendrions plus intimes? Ce serait une deuxième période d'essai, en somme. Et donc, du temps perdu.

Cette façon de voir les choses la hérissa. Si elle ne lui jeta pas son mépris au visage, elle tint à lui répondre avec fermeté :

– Monsieur Holt, je comprends que notre situation soit particulière. Je ferai donc des concessions. Mais je vous demande tout de même un peu de patience. Dans quelque temps je pourrai vous accorder un baiser, si vous insistez. Mais rien de plus avant que nous soyons mariés. Et si cela ne vous convient pas...

Ne tenant pas à couper les ponts, Lucas l'interrompit.

– Restons-en là. Je sens que vous avez vos limites... Votre chambre est juste ici, sur votre gauche. Je vais chercher vos bagages.

Elle regarda autour d'elle. La pièce était plus grande qu'elle ne l'avait cru au premier coup d'œil. Elle vit, au fond, un coin-cuisine avec un évier et une pompe à eau, une cuisinière à bois, quelques placards et une grande table. Derrière l'évier, une fenêtre donnait sur la cour. Elle découvrit, sur sa droite, une cheminée, devant laquelle étaient disposés une banquette sans coussins, un vieux fauteuil à bascule et un chandelier. Un tapis recouvrait le sol.

Quelle austérité! Frissonnant à l'idée que sa chambre pût avoir le même aspect, elle ouvrit la première des deux portes situées à gauche de la pièce. Les deux fenêtres ouvertes laissaient entrer autant de chaleur que de lumière. Et rien, vraiment rien, ne lui parut séduisant. Rapidement, elle passa dans la seconde chambre. Le lit était défait, les portes de la penderie encombrées de vêtements sales. Des objets traînaient çà et là. Ce devait être la chambre de Lucas.

Gênée, elle referma la porte sans bruit. Puis elle réalisa soudain que la maison ne comprenait que ces deux chambres et la pièce principale.

– Alors, vous allez vous plaire, ici? lui demanda Lucas qui revenait avec ses bagages.

Au lieu de répondre à sa question, elle exprima sa seule préoccupation du moment :

– Vous n'avez pas de domestiques?

– Ni cuisinière ni femme de chambre, si c'est à cela que vous pensez, précisa-t-il avec un sourire désarmant. Ce qui explique que j'aie besoin d'une épouse.

Il se voulait taquin. Elle le trouva insultant.

– Ne serait-il pas plus simple d'engager une servante?

– Beaucoup plus simple. Sauf que je ne pourrais pas forcément lui demander de partager mon lit.

Ce qui pour lui semblait aller de soi la fit frémir. Elle en oublia de le suivre alors qu'il portait ses bagages dans la chambre.

– Je vais vous laisser vous installer, lui cria-t-il. Et vous laver. Peut-être désirez-vous grignoter quelque chose?

Il ressortit de la chambre et posa sur elle son regard vert.

– Vous n'avez rien à craindre, Sharisse. Vous êtes ici sous ma protection.

Alors qu'il quittait la pièce, elle le suivit des yeux, en se demandant si elle pouvait réellement lui faire confiance. A cette incertitude, elle aurait cent fois préféré retourner à New York. Mais c'était impossible. Son malaise s'accrut lorsqu'elle pensa au subterfuge qui l'avait amenée jusqu'ici...

7

Un rayon de soleil aveuglant la réveilla. Effarée, elle s'assit sur le lit. Le rayon venait du petit miroir qu'elle avait installé, la veille, sur le bureau. Elle s'aperçut que le soleil chauffait rapidement la maison.

Elle enfila le négligé vert tilleul agrémenté de dentelle qui attendait au pied du lit. Elle l'avait fait confectionner pour accompagner la chemise de nuit que lui avait offerte sa tante pendant son séjour en France. Et elle n'avait pas hésité à apporter un autre coordonné, tout aussi délicat et ravissant, croyant qu'elle serait seule dans un délicieux petit cottage.

Enfin... emmener une garde-robe légère était encore ce qu'elle avait fait de mieux. Le reste tenait de la catastrophe. Mais quelle idée elle avait eue d'abandonner son confort et sa sécurité, du jour au lendemain!

Elle soupira, regarda le soleil à demi caché par les hampes épineuses d'un cactus. Soudain elle réalisa qu'en laissant une fenêtre ouverte au rez-de-chaussée, elle n'avait guère préservé son intimité.

Rougissante, elle tira les rideaux et, se rasseyant sur le lit, essaya de se calmer, de repousser la vision de Lucas la regardant dormir. Mais ses yeux se posèrent sur le tub encore plein d'eau froide qu'il avait rempli pour elle, puis sur le plateau de son dîner et enfin sur la blouse qu'elle avait eu tant de mal à retirer seule. Comment ne pas penser à lui et à toute la gêne qu'elle éprouvait à l'idée de se retrouver seule avec cet homme et ce drôle de personnage qui se méfiait de Charley?

Sur le bureau, il y avait une lettre, destinée à sa

sœur, qu'elle s'était efforcée d'écrire malgré sa fatigue. Dire qu'elle avait apporté son papier à lettres parfumé ! Et des chapeaux, des gants, des bas de soie, des jupons, des escarpins, des éventails, et même une robe du soir ! C'était risible. Ou plutôt, triste à pleurer, dans ce trou perdu.

Elle avait réellement envie de pleurer depuis son arrivée, mais ne l'avait pas avoué à Stephanie. La rédaction de sa lettre lui avait pris des heures, parce qu'elle ne voulait pas que sa sœur s'affole ou soit rongée par le remords. Elle ne lui avait parlé des bijoux que pour lui dire qu'ils avaient disparu, ce qui expliquait qu'elle soit malgré tout venue en Arizona. Elle avait brossé un portrait rapide et plutôt charitable de Lucas Holt. Néanmoins, le message était clair : elle ne pouvait s'attarder ici. Il fallait que Stephanie s'arrange pour qu'elle revienne à New York au plus vite.

Elle s'habilla lentement, ne sachant qu'inventer pour retarder le moment où elle se retrouverait face à face avec Lucas Holt. Charley dormait encore dans la bassine de porcelaine où il s'était lové pour la nuit. Elle se demanda – en pensant également à elle – s'il allait supporter le climat.

Dans la pièce principale, elle ne trouva personne et en fut soulagée. Pourtant, elle avait faim et il n'y avait même pas une cafetière sur le fourneau. Elle posa le plateau de son dîner près de l'évier, puis se dirigea vers la porte du fond qui devait être celle du garde-manger.

Elle allait l'ouvrir, mais se retourna en entendant un bruit de pas. C'était Lucas, et son regard ne tarda pas à détailler sa robe de batiste beige, incrustée de dentelle immaculée et ornée de nœuds en satin mordoré.

– Vous allez quelque part ? demanda-t-il.

Surprise, elle lui expliqua, comme à un enfant :

– Non. Je ne suis pas du tout habillée pour sortir.

Il éclata de rire.

– Ma belle, même le dimanche, on ne s'habille pas comme ça à Newcomb.

– Je n'ai rien de plus simple, répondit-elle, agacée. A l'exception de mon costume de voyage.

– Et il est bien trop lourd ! Eh bien, je vous achèterai une nouvelle garde-robe.

– Non, ça ira, dit-elle en rougissant.

– Vraiment ? Vous allez vous occuper de la maison dans cette tenue ?

– M'occuper de la maison ? S'il le faut...

– Parfait. Ne discutons plus. Où est le petit déjeuner ?

– Rien n'est prêt, il me semble.

– Et quand allez-vous le préparer ? demanda-t-il sans s'énerver.

– Mais je ne sais pas cuisiner...

– Alors, il faut apprendre. Jusqu'ici, Mack et moi, on se débrouillait chacun à son tour. Quelquefois, Willow nous prenait en pitié et se mettait de la partie... Willow, c'est la femme de Billy, mon aide. Mais elle attend un enfant pour bientôt, et a assez à faire chez elle. Il ne faut pas lui demander de vous aider. Moi, je me suis toujours débrouillé. Mais maintenant que vous êtes là...

Elle se sentit désemparée et regarda Lucas avec des yeux ronds.

– Je vous répète que je ne sais pas cuisiner. Nous avons toujours eu des domestiques à la maison.

Devant le visage fermé de Lucas, elle se tut un instant, puis ajouta :

– Je pourrais sans doute apprendre... si quelqu'un me montre comment faire.

– Billy va en ville, aujourd'hui. Je lui demanderai de vous trouver un livre de cuisine.

Il soupira avec ostentation et se dirigea vers le garde-manger.

– Je suis désolée, monsieur Holt, avoua Sharisse.

Mais elle se demandait déjà ce qui l'avait poussée à s'excuser quand elle l'entendit lui dire sans se retourner :

– Ce n'est pas grave si vous avez assez de force pour le reste. Et que vous apprenez vite.

Elle resta perplexe : quelles tâches lui réservait-il? Mais, pour l'instant, il revenait avec de la nourriture plein les bras, et s'apprêtait à lui donner sa première leçon de cuisine.

Elle dura une bonne heure, au bout de laquelle Sharisse se retrouva avec une robe enfarinée, tachée de graisse malgré le tablier que lui avait donné Lucas, et seule devant une troisième tasse d'un café infect. Elle n'avait jamais rien bu de plus horrible, même dans les tavernes où s'était arrêtée la diligence.

Charley jouait dans les traces de farine répandue sur le sol. Elle lui cria de se tenir tranquille. En vérité, elle avait envie de hurler devant la vaisselle et le nettoyage qui l'attendaient. Elle n'était tout de même pas ici pour jouer les domestiques!

Quand tout fut enfin rangé, elle s'apprêta à se réfugier dans sa chambre. Mais au même instant apparut un homme simplement vêtu d'un gilet de cuir, d'une sorte de pagne et de hautes bottes en daim. Le front ceint d'un foulard décoloré, il laissait ses longs cheveux noirs flotter sur ses épaules.

Sharisse laissa échapper un cri devant ce sauvage à demi nu. Mais Billy Wolf ne fut pas moins surpris. Il s'était attendu à un petit bout de femme et se retrouvait devant une véritable amazone, qui le dépassait d'une tête!

Alerté par le cri de Sharisse, Lucas revint précipitamment et gratifia Billy d'un regard désapprobateur.

– Tu aurais au moins pu mettre un pantalon. Elle n'est pas habituée à voir un homme se promener comme ça.

– Il fait trop chaud... Mais, dis-moi, où est passée la petite blonde?

– Je me suis trompé en te montrant la photo, expliqua Lucas. Alors? Vous vous êtes présentés?

– Je suis Billy Wolf, un ami de Slade Holt, et maintenant de Lucas.

– Sharisse Hammond, lui répondit-elle d'une voix un peu affectée.

– Je n'ai pas voulu vous faire peur, précisa Billy. Je venais voir si vous aviez besoin de quelque chose en ville.

– En fait, monsieur Wolf, j'aimerais que vous me postiez une lettre. Je vais la chercher.

Au moment où elle tendit la lettre à Billy, Lucas l'intercepta. A haute voix, il lut le nom sur l'enveloppe :

– Trudi Baker?

Devant son regard interrogateur, elle imagina ses pensées : il avait dû croire qu'elle n'avait que sa famille à New York.

– Trudi est une amie de ma sœur, monsieur Holt. Stephanie n'a que dix-sept ans et vit encore chez mon père. Alors il vaut mieux que j'écrive chez son amie. Je vous ai dit comment est mon père...

Lucas jeta encore un coup d'œil à l'adresse puis remit la lettre à Billy.

– N'oublie pas de la poster. Et pense aussi au livre de cuisine.

Billy les salua, tourna les talons et disparut. Mais Sharisse continua à observer Lucas avec une certaine appréhension. Si bien qu'elle s'étonna de son brusque sourire d'excuse.

– J'ai été trop curieux. Désolé. Je dois dire que je ne m'attendais pas à vous voir correspondre avec quelqu'un.

A contrecœur, Sharisse lui expliqua :

– Ma sœur et moi sommes très proches. Je lui avais promis de la rassurer dès que je serais arrivée.

– Elle sait ce que vous êtes venue faire ici? Et elle vous approuve?

Il ne pouvait, évidemment, soupçonner la vérité... Sharisse lui répondit calmement, en refoulant une certaine amertume :

– Que pouvait-elle dire, monsieur Holt? Stephanie connaît ma situation.

Il laissa passer cette réflexion pour remarquer :

– Elle paraît avoir plus de dix-sept ans sur la photo. Et vous plus de dix-huit, d'ailleurs.

Décidément, Stephanie lui avait fourni bien des informations... Que savait-il encore? Elle aurait aimé pouvoir parcourir les lettres de sa sœur afin d'éviter de commettre trop de bévues.

– C'est probablement à cause de ma taille, finit-elle par lui expliquer.

– Vous vous trouvez trop grande, n'est-ce pas?

Quel toupet avait cet homme! Personne n'avait encore eu l'indélicatesse d'aborder ce sujet. Elle s'autorisa à lui répondre vertement :

– Ma taille ne serait pas un handicap si elle ne déconcertait pas la plupart des hommes.

– Pas moi...

Et, en riant, il la prit par le coude.

– Que diriez-vous de faire le tour du propriétaire? Votre travail peut attendre un peu.

– Quel travail, monsieur Holt?

Alors qu'il l'entraînait vers la porte, elle se dégagea d'un mouvement sec et s'immobilisa. Il se tourna vers elle.

– Le jardin est envahi par les mauvaises herbes.

Mes vêtements ont besoin d'être lavés. Ma chambre est dans un désordre indescriptible. Voilà ce dont je parle, mademoiselle Hammond. Et ma future épouse ne devrait pas tomber des nues.

– Je doute d'avoir bien compris ce que vous attendiez de moi.

– Je m'en rends compte, remarqua-t-il sans agressivité. Je n'ai pas dû être assez précis. Excepté lorsque je vous disais que la vie ici ne serait pas facile.

Elle faillit lui répondre qu'elle avait cru voir une allusion au climat et à l'isolement. Mais à quoi bon discuter vainement? Si elle persistait à vouloir laisser une chance à sa sœur, elle n'avait d'autre solution que de rester ici.

Au bord des larmes, elle trouva tout de même la force de sourire.

– Alors, ce tour du propriétaire, monsieur Holt?

Il reprit son coude et lui rendit son sourire. Sensible à son contact, elle se laissa docilement guider jusqu'au moment où ils atteignirent le corral.

La voyant s'écarter de lui, il s'étonna :

– Qu'est-ce qui ne va pas?

– Je n'aime pas les chevaux. A vrai dire, leur odeur m'incommode.

– Ma douce, j'élève des chevaux. Il faudra vous habituer à ces odeurs.

– Pour quelle raison? Vous n'allez tout de même pas me demander de nettoyer les écuries.

– Non. Mais quand vous irez choisir une monture...

– Jamais! Je ne monte pas à cheval, et je ne vois pas pourquoi je devrais m'y mettre. Le cabriolet avec lequel nous sommes venus est très bien. Je suis sûre que je saurai le conduire.

– Il ne m'appartient pas. Je l'avais loué. D'ailleurs, Billy le ramène à Newcomb.

Au même instant, le buggy passa devant eux en soulevant un nuage de poussière. A l'abri de sa main, Sharisse suivit des yeux Billy Wolf. Elle remarqua qu'il s'était changé et avait adopté une tenue de ville.

Lucas la regarda et comprit qu'il la bousculait beaucoup trop. Elle avait l'air complètement perdue.

– Vous êtes toujours aussi belle après une matinée passée à la cuisine ?

Ebahie, elle se tourna vers lui.

– Vous vous moquez de moi, monsieur Holt. Vous savez bien que je n'ai pas l'habitude de passer la matinée dans une cuisine.

– Alors, les cuisines vous vont bien au teint.

Sans attendre de réponse, il l'entraîna à l'ombre d'un grand mélèze qui se dressait à droite du pâturage. Il l'invita à s'asseoir tandis qu'il posait un pied sur le banc, un bras sur son genou. Elle leva la tête vers lui. Il prit ses lèvres, plaqua ses mains sur ses épaules. Dans ses yeux verts, elle vit une lueur qu'elle ne sut nommer.

Quand ses mains glissèrent vers sa nuque, elle éprouva un doux vertige qui lui donna envie de fermer les yeux et d'entrouvrir ses lèvres. Le baiser de Lucas devint aussitôt plus intime.

Elle sursauta en s'écriant :

– Monsieur Holt !

Personne, jamais, ne l'avait embrassée de cette manière. Même pas Antoine à qui elle avait pourtant failli céder.

Antoine, Lucas Holt et les autres : c'était toujours la même chose. Les hommes exigeaient une récompense pour leurs paroles flatteuses. Mais Lucas Holt innovait en la matière. Les autres avaient désiré son argent ou son corps. Lui, il exigeait un travail de servante. En préférant, bien sûr, que la servante fût jolie.

D'une voix glaciale, elle lui fit remarquer :

– Il me semble que nous étions convenus d'un accord, hier soir.

Une lueur malicieuse brilla dans les yeux de Lucas.

– Vous vouliez que je vous laisse le temps de vous sentir à l'aise avec moi. Mais j'ai l'impression que vous êtes déjà très à l'aise.

– Ce n'est qu'une impression, affirma-t-elle.

La lueur s'éteignit dans le regard de Lucas.

– Que se passe-t-il? Je vous fais peur?

– Peut-être.

Il s'éloigna d'elle pour s'approcher de la barrière du corral. Pendant qu'il caressait les naseaux d'un cheval, elle laissa son regard errer sur son corps svelte, sur ses jambes longues et musclées.

Soudain, elle se surprit à remarquer :

– N'oubliez pas que je ne vous connais pas.

Il se retourna un instant vers elle.

– Vous voulez que je vous raconte ma vie? dit-il en reportant son attention sur le cheval. Ça se comprend. Mais on verra ça plus tard. Maintenant, il faut que je me remette au travail.

Elle se sentit congédiée, et ne se trompait pas. Décidément, Lucas Holt lui rappelait son père. A la seule différence que son arrogance s'exprimait avec plus de tranquillité. Plus de naturel, en somme, et rien n'était pire.

Arrogante, elle l'était également et s'en voulait. Avec un homme comme Lucas ce serait inévitablement la guerre. Elle se souvenait des disputes qui avaient déchiré ses parents.

Si elle avait eu l'intention de se marier – ce qui n'était pas le cas –, Lucas Holt n'aurait vraiment pas été le parti rêvé. Grâce à Dieu, il lui suffirait d'un peu de patience pour que tout fût réglé sans regret.

8

Sharisse acheva de mettre la table et s'essuya le front en regardant le fourneau. Ouf! Elle avait préparé le premier repas de sa vie... Certes, il lui semblait très inhabituel, mais elle avait décidé de ne pas s'inquiéter. Après tout, elle avait trouvé la recette dans le livre de cuisine régionale que lui avait rapporté Billy. Deux ou trois choses lui avaient échappé, probablement des détails. A part cela, il y en avait assez pour trois, au cas où Mack dînerait avec eux.

Elle s'approcha de la porte ouverte en espérant respirer un peu d'air frais. Mais pas un souffle ne troublait l'atmosphère encore torride de cette fin d'après-midi, à l'heure où le soleil couchant embrasait le ciel. De grands cactus dressaient leurs maigres silhouettes contre cette toile de fond écarlate. Un petit rongeur passa comme un éclair. On entendit le hurlement d'un coyote.

En vérité, elle n'avait jamais vu de crépuscule aussi grandiose. L'Ouest déployait sous ses yeux les fastes de sa terre sauvage. Elle en était éblouie et se disait qu'elle garderait au moins un souvenir émerveillé de cette aventure complètement folle.

– Pourquoi ne m'avez-vous pas appelé?

Elle se retourna. Lucas venait d'entrer par la porte donnant sur la cour. La chemise ouverte, une serviette autour du cou, les cheveux mouillés bouclant sur les tempes, il respirait la virilité. Elle se tint aussitôt sur ses gardes.

– Vous ne vous attendez pas, j'espère, à ce que je vous coure après, à l'heure des repas.

En s'approchant de la table, Lucas lança :

– Contentez-vous de m'appeler. Mais hurlez s'il le faut.

– Je ne hurle jamais.

– Même si vous êtes en colère ? demanda-t-il en posant son regard sur elle.

– Je ne me mets jamais en colère.

Il rit.

– Les rousses ont toujours le sang vif.

– Je ne suis pas rousse !

– Vous n'en êtes pas loin, observa-t-il en admirant ses tresses cuivrées.

Elle se rapprocha de lui.

– Je n'aime pas les disputes, monsieur Holt.

– Tant mieux. J'ai rencontré suffisamment de mégères. Une femme douce et docile, ça me changera agréablement.

Quel goujat ! Jamais un gentleman ne parle de ses anciennes conquêtes. Sharisse en eut le rouge aux joues.

– Qu'attendez-vous pour vous asseoir, monsieur Holt ?

– Et vous, pour être un peu moins collet monté, mademoiselle Hammond ?

– Je vous demande pardon ?

– Non, rien, répondit Lucas en soupirant. Je vois que vous avez mis trois couverts. Vous attendez quelqu'un ?

– J'ignorais si Mack dînait avec nous.

– Ah ! lui, vous l'appelez par son prénom. Et moi, je reste « monsieur Holt ». Pourquoi ?

Sa voix dénotait un tel agacement que Sharisse s'inquiéta : il était peut-être d'un tempérament violent, habilement dissimulé derrière ses sourires juvéniles.

– Je... je pourrais peut-être vous appeler Lucas...

– Quelle audace, mademoiselle!

Elle ne put retenir un sourire. Tout son charme revenait avec ce zeste d'ironie. En complet, et le cheveu plus court, il ferait fureur à New York. Quoique... La mode était au teint clair, pas à la peau basanée, il ne fallait pas l'oublier.

Lucas vint tirer sa chaise, la laissa s'asseoir, puis prit place à côté d'elle.

– Vous avez mis trois assiettes, mais vous n'avez pas cuisiné pour trois. Ça ira parce que je n'ai pas très faim.

Certes, le rosbif avait réduit à la cuisson. Mais tout de même! Il y avait les pommes de terre, les carottes, les oignons et les galettes au sarrasin.

– Désolée, dit-elle après un instant de réflexion. Les hommes que je connais ne travaillent pas au grand air. Et n'ont pas votre carrure. J'aurais dû y songer...

– J'imagine que quelques pas dans une soirée mondaine ne vous ouvrent pas vraiment l'appétit. Dresser des chevaux sauvages, ça c'est de l'exercice! Mais ne vous en faites pas pour Mack. Il a pris de l'avance au déjeuner.

Elle recommença à rougir en se disant qu'elle aurait dû penser au déjeuner, même après le repas qu'ils avaient pris au milieu de la matinée.

– Vous avez dressé des chevaux sauvages, aujourd'hui?

Lucas hocha la tête tout en remplissant son assiette.

– Je dois fournir douze chevaux à l'armée. Mais ce n'est pas le plus difficile. Il me faut bien plus de temps pour transformer un mustang en cheval capable de surveiller les troupeaux. Sam Newcomb en attend une trentaine avant la fin de l'été. D'ici peu, Billy et moi, nous ferons un tour dans les montagnes.

– Si je comprends bien, vous n'élevez pas vos chevaux, vous les capturez.

– Il y a seulement deux ans que je suis ici, et j'ai pris ce ranch sans un seul cheval. Il faut du temps pour se constituer un troupeau. J'ai acheté un pur-sang du Kentucky. Aujourd'hui, il y a plus d'un poulain dans les pâturages, mais ils sont encore bien trop jeunes pour la vente.

– Vous savez, je croyais que vous étiez ici depuis longtemps. Vous avez tellement l'air d'être dans votre élément.

– On s'adapte vite.

– Ça ne dépend pas d'où l'on vient ?

– Vous attendez que je vous raconte ma vie, je le sais, dit-il en riant. Mais laissez-moi d'abord savourer ce repas.

– Je vous apporte du café ?

– S'il vous plaît.

Quand elle revint avec la cafetière, il avait commencé à manger. Elle se servit à son tour et, intriguée par l'impassibilité de Lucas, s'empressa de goûter sa cuisine.

Le rôti était une véritable semelle, les carottes à moitié crues, les pommes de terre presque en bouillie. La cuisson des galettes laissait à désirer. Il n'y avait guère que les oignons et le café pour sauver le repas d'un désastre complet.

Mortifiée, elle alla au-devant de la sentence.

– C'est affreusement raté, n'est-ce pas ?

– J'ai vu pire, marmonna-t-il.

– Je n'ai pas tout à fait suivi la recette. Parce qu'il y avait des imprécisions.

– Vous avez improvisé ? demanda-t-il en souriant.

– Pas vraiment. Mais quand on dit, par exemple, de cuire à feu vif, ou d'ajouter de l'eau, ce ne sont pas des indications très précises. Quant à « assaisonner selon le goût »... J'ai dû être trop prudente.

– On devait conseiller quelques herbes... Il y en a dans le jardin.

– Vous auriez pu me le dire plus tôt.

– Je vais finalement demander à Willow de venir vous rendre visite. Elle pourra vous aider. En attendant, faites le café un peu plus corsé. On dirait de l'eau chaude.

– Il est excellent. Mais vous, vous êtes habitué à une drôle de mixture. On croirait de la boue.

– Vous vous y ferez.

Elle se réfugia dans le silence, termina son assiette, puis se mit à débarrasser la table avec des gestes secs, montrant ostensiblement sa désapprobation.

Lucas, en revanche, n'était pas du tout mécontent. Pour une première tentative, Sharisse n'avait pas mal réussi. De plus, il constatait que la journée ne l'avait pas épuisée. Elle résistait joliment à la fatigue et à la chaleur. Très joliment, même.

Elle avait changé de tenue et portait une ravissante robe de soie vert olive aux manches trois-quarts, et au décolleté carré bordé de dentelle écrue. Une petite merveille qu'elle protégeait à l'aide de deux tabliers.

Tandis qu'elle allait et venait entre la table et l'évier, il se faisait un plaisir de la suivre du regard. Il avait tant pensé à elle toute la journée qu'il n'avait cessé de s'occuper afin de résister à la tentation de la retrouver avant le repas. Jamais une femme ne lui avait fait cet effet. Impossible de se cacher le désir qu'elle lui inspirait, et qu'il avait ressenti dès qu'il l'avait vue sur la photo...

S'il éprouvait une telle envie d'elle au bout d'une seule journée, il n'avait nul besoin d'être devin pour prévoir ce qui allait se passer. Jamais il ne pourrait rester maître de lui. Elle embrasait son sang.

– Vous ai-je dit que vous êtes ravissante dans cette robe ?

Sharisse lui jeta un regard par-dessus son épaule.

– Mon Dieu, monsieur... Lucas ! Je pense plutôt que j'aurais dû me changer avant le dîner. Mais j'ai été surprise par l'heure.

« Ah ! la coquetterie féminine ! » se dit-il en esquissant un sourire. Comment ces jeunes femmes, si soucieuses de leur apparence, trouvaient-elles le temps de faire autre chose ? Il était vrai qu'habituellement elles échappaient aux contraintes du travail. La pauvre Sharisse découvrait les joies d'un labeur quotidien...

Un soupçon de culpabilité effleura Lucas à la pensée qu'il aurait très bien pu employer des domestiques. Mais il voulait garder secret l'état exact de ses finances.

Il se leva, s'approcha de Sharisse et se hâta d'attraper un torchon, avant que sa résolution ne fléchît.

– Je vais vous aider.

Elle eut un sourire qui ne lui fit pas regretter son effort.

Puis, la dernière assiette rangée, ils retournèrent s'asseoir. Sharisse avait rapporté la cafetière, et Lucas, un verre et une bouteille de whiskey.

– Vous en buvez souvent ?

– Rassurez-vous, je ne suis pas un ivrogne.

– Excusez-moi. C'était une question impertinente.

– Vous avez le droit de savoir.

Elle chercha son regard.

– Et maintenant, vous êtes prêt à me parler de vous ?

Le verre à la main, il se cala contre le dossier de la chaise...

– Mon frère et moi, nous sommes nés à Saint Louis. La famille de ma mère y était très connue. Mais quand ma mère est morte, mon père a voulu couper les ponts avec sa belle-famille. Il nous a amenés ici, en Arizona. A cause de l'or. Il voulait établir sa propre fortune. Pendant qu'il prospectait dans les montagnes, nous sommes restés en pension à Tucson. Et voyez-vous, l'ennui, c'est qu'il a trouvé de l'or, beaucoup d'or. Tant, qu'il en est mort... C'était en 66.

– On l'a tué?

– Oui. Pour le dépouiller.

– Et vous, qu'avez-vous fait?

– On n'a pas eu le choix. On a dû s'enfuir très vite. Mais on n'a pas réussi à semer le meurtrier de notre père qui était également chargé de nous supprimer.

– Mon Dieu! Mais vous ne deviez avoir qu'onze ou douze ans!

– Dix. Et l'homme en question était un tueur à gages qui ne reculait devant rien. Quand il nous a tiré dessus, Slade a disparu derrière un rocher. Sloan, le tueur, a continué à me poursuivre. J'ai dû avancer pour lui échapper. Puis il a finalement perdu ma trace, alors j'ai fait demi-tour, mais je n'ai pas retrouvé mon frère. Je suis allé me réfugier à Saint Louis en pensant qu'il avait certainement eu la même idée. Mais je me trompais. Je ne l'ai revu que des années plus tard.

– Que s'était-il passé?

– Il avait été frappé d'une sorte d'amnésie. Il ne se souvenait plus que nous avions de la famille à Saint Louis. Il ne savait pas où me chercher. Il se tenait à l'écart des villes parce qu'il avait peur de tomber sur Sloan.

– Mais comment a-t-il survécu?

– En se perdant dans la nature. Ou plutôt en se cachant sur le territoire des Apaches.
– Vous plaisantez?
– Pas du tout. Il a vécu seul pendant huit ans. Puis un jour il a décidé que le moment était venu de sortir de sa retraite et de partir à ma recherche.
Elle crut discerner dans sa voix une pointe de reproche.
– Vous avez l'air de le regretter, remarqua-t-elle.
Il eut un petit sourire triste.
– Il n'est plus le même. Ses années de solitude l'ont profondément transformé...
– Et pas en bien, si je ne me trompe.
– Pas vraiment, non.
Elle le sentait meurtri et n'insista pas.
– Qu'est devenue la mine d'or de votre père?
– On ne l'a jamais trouvée.
– Autrement dit, on a tué votre père pour rien. Et son meurtrier? A-t-il été jugé?
– Sloan est mort, mais l'homme qui l'avait payé est bien vivant. Je le connais, seulement, en l'absence de preuve matérielle, je ne peux pas le faire arrêter, et je n'ai pas la fibre d'un assassin.
Consciente de remuer encore le couteau dans la plaie, elle changea de nouveau de sujet.
– Pourquoi êtes-vous revenu en Arizona?
– Pour me rapprocher de Slade. Il ne voulait pas s'installer à Saint Louis.
– Il vit à Newcomb?
– Slade ne vit nulle part de façon permanente. Mais il se déplace dans la région.
Elle resta songeuse pendant quelques instants.
– Vous devez l'aimer beaucoup pour en arriver à vous sacrifier ainsi.
Lucas se mit à rire sans arrière-pensée.

– Mais je ne me sacrifie pas du tout! J'aime vivre ici.

– C'est vrai que vous avez l'air très à l'aise. Pardonnez-moi... J'espère qu'un jour votre frère et vous redeviendrez proches l'un de l'autre.

– Peut-être... Comme les deux vrais jumeaux que nous sommes.

– Oh! Vous vous ressemblez trait pour trait? Seigneur! Je me souviens qu'en classe, il y avait des jumeaux parfaitement identiques et qui s'habillaient de la même façon. Il était impossible de les distinguer l'un de l'autre.

Elle vit qu'il ne songeait plus à sourire.

– En ce qui nous concerne, Slade et moi, je crois que vous n'auriez aucun mal à nous reconnaître. Maintenant, nous sommes le jour et la nuit.

– Vraiment?

– Quand vous le verrez, vous comprendrez ce que je veux dire, affirma-t-il pour clore le sujet. D'autres questions?

– Pas pour l'instant.

Elle s'étira en souriant.

– Après une si longue journée, je crois qu'il n'y aurait rien de meilleur qu'un bon bain chaud avant d'aller dormir.

D'un mouvement de la tête, Lucas attira son regard vers l'évier.

– Les seaux sont ici.

– Mais... Voudriez-vous dire que je dois les porter moi-même?

– Si vous voulez prendre un bain...

– Hier, c'est vous qui...

– J'ai eu pitié de vous, après un si long voyage. Autrement, c'est un travail de femme. Evidemment, vous pouvez apporter le baquet ici. Vous serez plus près de l'eau chaude.

Elle avait l'air tellement désemparée qu'il eut bien du mal à garder son sérieux. Et à ne pas céder à un nouvel élan de pitié. S'il commençait à lui rendre la vie facile, il manquerait son but.

– Je vais me contenter d'un peu d'eau chaude pour la cuvette, dit-elle en soupirant. Avez-vous également besoin d'eau chaude ?

– Je me lave dans la grange, à cette heure-ci. Par contre, demain matin... Si vous vous levez assez tôt.

Résignée, elle acquiesça d'un signe de tête, puis se leva et alla vers le fourneau. Lucas but une gorgée de whiskey en la suivant du regard.

– Vous savez, Sharisse, à six kilomètres d'ici, on peut se laver dans un torrent. Ce soir, c'est la pleine lune. Que diriez-vous d'une randonnée à cheval jusqu'au torrent ?

– Je ne sais pas monter à cheval.

– Même à deux ?

– Je n'ai jamais essayé.

– Il faudra apprendre à monter. Parce qu'il n'y a pas d'autre moyen de se déplacer, ici.

– Vous pourriez acheter un buggy...

L'espoir que trahissait sa voix l'émut comme un souhait d'enfant. Mais il devait s'en tenir à la fermeté.

– Je n'ai pas l'habitude de gaspiller de l'argent. Faites un effort. Il y a une bonne douzaine de juments que vous devriez pouvoir monter sans difficulté.

– J'y réfléchirai.

Elle empoigna la bouilloire et disparut dans sa chambre. Quand elle revint déposer le récipient, Lucas attendait près de la cuisinière.

– Bonne nuit, Lucas.

– Je crois que j'ai droit à un petit baiser, non ?

– Si vous voulez, soupira-t-elle.

Elle voulut l'embrasser comme elle aurait embrassé son père. Mais dès qu'elle se pencha vers lui, il l'enlaça, la serra dans ses bras, l'incita à entrouvrir ses lèvres. Une délicieuse langueur la submergea. Même l'odeur de whiskey qui imprégnait son souffle lui plaisait. Où trouver la volonté de le repousser? Il l'entourait d'une irrésistible magie. Sa main errait sur son corsage. Il prit son sein, le caressa. Elle se sentit au bord de l'évanouissement. Tant de délicieuses sensations...

Mais c'était une folie. Et quand ses lèvres abandonnèrent sa bouche pour se poser sur son cou, elle tenta de l'arrêter.

– Lucas! Je vous en prie...

Il butinait son oreille. Ses supplications s'étouffèrent dans sa gorge.

– J'ai tant envie de vous, Sharisse! Laissez-moi vous aimer. Si nous étions mariés, nous passerions la nuit ensemble. Et je vous ferais l'amour pendant des heures. Mais pourquoi attendre le pasteur? Il n'a rien à voir avec le désir que j'éprouve pour vous.

Paroles enivrantes. Elle dut l'implorer, tant la force lui manquait de le repousser :

– Lucas... Je vous en prie. Pas maintenant. Je vous en prie.

Il chercha son regard. Dans ses yeux verts, elle vit la brûlure du désir.

– Si vous étiez encore vierge, je comprendrais mieux, dit-il.

Aussitôt, il vit sur le visage de Sharisse le reflet de son erreur.

– Il n'y a que les hommes pour parler ainsi. Pour s'imaginer qu'une femme peut ne penser qu'au plaisir.

– Vous avez la réaction d'une vierge, remarqua-t-il.

Sur la défensive, elle répliqua :

– Je me demande pourquoi j'accepte une discussion à ce sujet. Ce que le mariage autorise, vous l'obtiendrez quand nous aurons vu le pasteur.

– Faut-il que je le fasse venir pour apaiser ce qui est si douloureux?

– Qu'est-ce qui est si douloureux?

Il fronça le sourcil et la plaqua brusquement contre ses hanches.

– Alors? Vous croyez que ça ne fait pas mal?

Les joues en feu, elle s'écarta de lui et s'excusa. Mais on pouvait lire une telle frayeur dans son regard qu'à son tour, Lucas formula des excuses :

– C'est moi qui regrette, Sharisse. Je vous harcèle. Mais sachez que vous êtes terriblement désirable.

Puis il tourna les talons et sortit.

Sharisse courut se réfugier dans sa chambre. La situation risquait d'être intenable. Toute l'angoisse du monde s'empara d'elle.

9

Lucas attacha son cheval et poussa la porte du saloon. Quelques clients levèrent les yeux et, surpris par sa présence, l'observèrent avec curiosité tandis qu'il s'approchait du bar et commandait un whiskey. On voyait rarement Lucas Holt en ville. Surtout le soir.

Quand Lucas termina son verre, Ben lui en proposa un autre. Alors Lucas prit la bouteille et alla s'asseoir à une table. En dehors de la clientèle habituelle, on remarquait Leon Waggoner, qui jouait au poker. C'était l'intendant de Samuel Newcomb. Lucas l'observa tout en buvant à la bouteille.

Il n'avait jamais aimé Leon. Une sorte d'incompatibilité d'humeur. Et puis, il faut dire que dès que l'on travaillait pour Samuel Newcomb – roi incontesté de la ville qu'il avait fondée –, on devenait intouchable. Leon s'était d'autant plus facilement pris au jeu qu'avec sa carrure et son poids, il avait du répondant.

Et ce jour-là, de la chance au jeu. Ses trois partenaires commençaient à transpirer sans oser se retirer avant la faillite. Le soir où Will Days s'était levé en rendant ses cartes, il s'était retrouvé avec le nez cassé. Il ne fallait pas se mêler de changer l'humeur de Leon...

Assis en face de lui, Henry Foster, l'armurier de Newcomb, était au bord du gouffre. Si la chance continuait à sourire à Leon, il serait obligé de puiser dans l'argent qu'il devait à la banque. Il n'y avait qu'une seule armurerie dans la ville, mais elle était déjà de trop : les affaires d'Henry Foster n'avaient jamais été florissantes.

Il avait vu Lucas entrer dans le bar, et il se sentait toujours aussi intimidé par sa présence. Les gens taciturnes et silencieux comme Lucas Holt lui paraissaient infiniment plus redoutables que les fanfarons du genre de Leon. Et surtout, comment oublier qu'il était le frère de Slade Holt ? Foster se souvenait d'avoir eu froid dans le dos le jour où Slade était venu lui acheter des cartouches. Slade, il valait mieux le voir de loin. Et personne n'aurait pu jurer qu'il n'en allait pas de même avec Lucas.

En tout cas, la présence de Lucas lui donnait une idée qui lui permettrait peut-être d'éviter la catastrophe sans qu'il fût obligé d'abandonner le jeu.

– Tu sais, Leon, j'ai l'impression que tu intéresses beaucoup M. Holt depuis qu'il est entré.

– Quel Holt ? demanda Leon.

Puis il se retourna et, visiblement soulagé, s'exclama :

– Oh ! Celui-là...

– Je me demande pourquoi il n'arrête pas de te regarder, insista Henry Foster.

– Il admire peut-être la coupe de ma veste. Tais-toi donc et continue à jouer.

Leon n'était pas tombé dans le piège. Pourtant, il fallait absolument que la partie s'arrête. Henry rassembla son courage et se leva.

– Tu m'as mis sur la paille, Leon. Je dois m'en tenir là pour ce soir.

Aussitôt, les deux autres joueurs l'imitèrent. Ils en étaient au même point, disaient-ils.

– Qu'est-ce que vous me racontez ? s'écria Leon, écumant de rage. Oh ! Et puis fichez donc le camp !

Les trois compères s'éclipsèrent immédiatement. Leon Waggoner pensait déjà à autre chose. Il se félicitait d'être venu en ville dès le vendredi soir au lieu d'attendre l'habituelle virée du samedi avec les employés du ranch. Il allait passer la nuit à l'hôtel, dans la suite privée de son patron. L'une des filles de Rosa serait peut-être disponible. En semaine, elles avaient moins de clients.

Il se levait pour partir quand il rencontra le regard de Lucas Holt. Que cherchait-il donc ? Ce blanc-bec venu de l'Est ne l'impressionnait pas. De plus, la confiance ne régnait pas entre Holt et Sam Newcomb. Alors, il n'avait pas à le ménager.

Leon s'approcha de la table de Lucas et, posant avec désinvolture son pied sur la chaise voisine, se pencha vers lui.

– J'ai entendu dire que vous vous mariez, Holt. Et il paraît que c'est une bien belle fille.

– Et alors ?

Leon eut un petit rire sarcastique.

– On n'a pas l'habitude de vous voir en ville le soir. Qu'est-ce qui se passe ? Vous auriez eu un petit accrochage avec votre fiancée ?

– Ce n'est pas avec vous que j'ai envie de parler

de ma future femme, répliqua Lucas d'une voix où perçait la menace.

– Je suppose que vous n'avez envie d'en parler avec personne. Ça vous ressemble. Mais, en attendant, toute la ville s'interroge. Une femme qui vient jusqu'ici pour se marier, ce n'est pas banal. Elle est vraiment aussi belle qu'on le dit ?

– Vous êtes sourd, Waggoner ?

– Pas du tout, Holt. Mais je me fiche de ce qui vous plaît ou non. Vous ne me faites pas peur. Ça m'étonnerait que vous dégainiez aussi vite que votre frère. Et moi aussi je suis rapide. On a dû vous le dire.

– Et vous, ignorez-vous que Slade m'a donné quelques conseils ? Je ne pense pas que vous ayez envie de le vérifier. Par contre, à mains nues...

– Ah ! Vous êtes venu chercher la bagarre, Holt ? Eh bien, allons-y.

– Allons-y, répéta Lucas. Je vais vous faire rentrer dans le crâne que je ne veux plus vous entendre parler de ma future femme.

– Je crois qu'elle va vous voir revenir avec le visage en sang.

Leon commença à retirer son arme. Lucas fit de même. Mais il n'avait pas encore achevé son geste quand l'arme et la cartouchière de Leon le frappèrent à la tête et le firent vaciller. Son oreille saignait. Le regard brûlant de rage, il fonça sur Leon. Les deux hommes roulèrent sur le plancher du saloon.

Beaucoup plus tard, Lucas chevauchait vers son ranch en sifflant joyeusement. Il avait la joue tuméfiée, les mains gonflées aux jointures, les côtes douloureuses, mais il ne regrettait rien. Et cette fois-ci, peut-être pourrait-il dormir comme une masse, sans penser à elle.

10

Le petit déjeuner l'attendait. Lucas en fut surpris. En revanche, il ne s'étonna pas de l'expression de Sharisse. Elle le servit en silence, les yeux baissés, et conserva son mutisme pendant tout le repas.

Il finit néanmoins par se demander s'il devait cette hostilité à ses avances ou, plus précisément, à l'audace qui l'avait saisi la nuit dernière, en rentrant de Newcomb. Sharisse l'avait-elle entendu entrer dans sa chambre? Il avait voulu s'assurer qu'elle n'avait pas profité de son absence pour se sauver. A part cela, il ne s'était rien passé. Elle dormait avec le drap remonté jusqu'au menton. Il n'avait même pas pu deviner la longueur de sa chevelure! Elle se faisait un chignon pour dormir...

Sharisse prit son temps pour faire la vaisselle, en espérant que Lucas partirait avant qu'elle ait fini. Ce qu'elle avait à lui dire demandait une autorité qu'elle n'avait pas encore rassemblée. Mais il s'attardait comme s'il voulait la faire sortir de son silence.

Soit! Elle allait lui parler, parce qu'il n'était pas question qu'il renouvelât l'outrage de la nuit dernière...

– Il faut que nous parlions, Lucas.

– Au sujet de cette nuit?

– Oui.

Elle se rassit. Aussitôt, il lui prit la main.

– Laissez-moi tout d'abord m'excuser, lui dit-il.

Le contact de sa peau, sa voix rauque la troublèrent. Incapable de soutenir son regard, elle fixa sa main et découvrit le gonflement des articulations violacées. Elle leva brusquement les yeux, constata qu'il avait également la joue tuméfiée.

– Vous êtes blessé ! s'exclama-t-elle.

– Ce n'est rien. Un petit différend m'a opposé à l'intendant de Sam Newcomb.

– Ici ?

– Non. En ville.

– Oh ! Je ne m'étais pas rendu compte de votre absence... Qui a gagné ?

– Ni l'un ni l'autre. Je dois avouer que j'aurais pu faire mieux.

– Vous n'avez pas cherché à gagner ? Ou, du moins, à éviter les coups ?

– Je n'étais pas sorti dans le but de me battre, Sharisse. Et puis, je n'ai rien de cassé. Mais vous avez l'air de vous soucier de ce qui peut m'arriver, et je vous en remercie.

Il eut soudain un sourire satisfait qu'elle trouva exaspérant. D'autant plus qu'il se trompait : il y avait eu en elle beaucoup plus de curiosité que de préoccupation à son égard.

– Au sujet d'hier soir, Lucas...

– Je sais. Vous m'en voulez. Et je vous comprends.

– Ce que vous avez fait est...

Il l'interrompit :

– Est impardonnable. J'en suis conscient.

– Oui. Mais ne m'enlevez pas le mot de la bouche ! C'est impardonnable, effectivement. Vous n'avez ni le droit de vous montrer si pressant ni celui de vous énerver quand je vous résiste. Et, de surcroît, vous auriez voulu que je me sente coupable alors que je n'avais rien provoqué.

– Il me semble tout de même que vous oubliez quelque chose.

Elle lui lança un regard circonspect.

– Quoi ?

– Vous êtes venue ici pour vous marier, ma

chère. La plupart du temps, dans ce genre de situation, on se marie dans les quarante-huit heures. Nous ne l'avons pas fait, uniquement parce que je préférais que l'on se connaisse un peu mieux.

– Et cela tombait très bien.

Il s'étonna.

– Pourquoi?

Mal à l'aise, elle tenait cependant à ne pas faiblir.

– J'ai changé d'avis, Lucas. Je veux rentrer chez moi.

– Eh bien! On peut dire que vous avez la rancune tenace!

– Il s'agit d'autre chose. Une simple question de goût. Vous me semblez être un adepte de la manière forte, et je n'aime pas cela.

Lucas éclata de rire puis lui fit remarquer :

– Ma douce, si je privilégiais la manière forte, vous n'auriez pas dormi dans votre lit mais dans le mien.

Nerveuse, elle se leva et s'approcha de la fenêtre ouverte.

– Je ne suis pas habituée à ce genre de discussion, dit-elle, en regardant vers le corral. J'ignore quel genre de femmes vous avez fréquenté, Lucas, mais moi, je n'ai pas l'intention d'être votre maîtresse. Je vous trouve déraisonnable, et je ne m'exposerai pas un jour de plus à votre harcèlement.

Il resta muet. Agacée par ce silence, elle finit par se retourner. Il regardait fixement la table.

– Vous me comprenez, n'est-ce pas, Lucas?

– Vous ne pouvez pas partir, Sharisse, répondit-il simplement.

– Pourquoi? Expliquez-vous, insista-t-elle en élevant la voix.

– Oh! C'est facile à expliquer. Je n'ai jamais

beaucoup d'argent liquide à ma disposition. Tout ce que j'avais, je l'ai utilisé pour votre voyage. Pour l'instant, il ne me reste rien.

Abasourdie, elle se tut. Et Lucas se dit qu'il devenait expert dans l'art de mentir. Mais, bon sang, il n'allait pas lui chercher une remplaçante quand tout le monde avait entendu parler d'elle! Trop tard...

Il la voyait se tenir très raide, face à la fenêtre.

– Essayons de redresser la situation, Sharisse. Si je vous ai effrayée, hier soir, je m'en excuse. Mais, au moins, reconnaissez que je ne vous ai pas fait de mal.

Elle se retourna en soupirant.

– Non. C'est vrai. Toutefois, je ne veux pas subir un second assaut, Lucas.

– Je ferai taire mon désir.

– Ne pourriez-vous pas, plutôt, cesser de me désirer? demanda-t-elle timidement.

Elle le déconcerta.

– Mais enfin... combien de temps avez-vous été mariée?

– Pourquoi?

– Parce que j'ai l'impression que vous ne connaissez rien aux hommes!

– En fait, je n'ai pas été mariée très longtemps, affirma-t-elle en évitant son regard.

– Et votre mari ne vous a pas expliqué qu'il est parfois impossible pour un homme de retenir une réaction physique?

– Non... C'est ce qui vous est arrivé, hier soir?

– Exactement. Mais je ne vous aurais pas violée, Sharisse. Je n'ai jamais pris une femme par la force. Vous me croyez, j'espère?

– Je ne sais pas, admit-elle avec franchise.

– Eh bien, approchez-vous. Je vais vous le prouver.

– Pardon?

– Venez. N'ayez pas peur.

Il se leva et, dès qu'elle fut près de lui, la prit dans ses bras en dépit de ses protestations. Il l'embrassa, longuement, et ne s'arrêta qu'au moment où il la sentit sur le point de s'abandonner.

– Vous voyez ? Ce n'est peut-être pas facile mais je peux me contrôler.

Et il sortit.

Elle aurait pu trépigner tant elle lui en voulait de la laisser en plein émoi. Il avait, comme la première fois, provoqué en elle un désordre très troublant...

11

L'invitation à dîner de Samuel Newcomb la mit dans tous ses états. Elle disposait de si peu de temps pour se préparer !

Mais elle ne pouvait reculer, même en prétextant que Lucas ne lui avait pas demandé son avis avant d'accepter l'invitation. Samuel Newcomb était l'homme le plus riche de la région et le fondateur de la ville qui portait son nom. Si les choses tournaient mal avec Lucas, elle trouverait peut-être opportun de faire appel à un homme si puissant.

Elle s'était sentie complètement désemparée en apprenant que Lucas ne pouvait pas la renvoyer à New York. D'une part, elle se retrouvait bloquée dans ce coin perdu, et d'autre part, elle éprouvait un profond sentiment de culpabilité : Lucas avait dépensé son argent pour une femme qui lui mentait, et une fois qu'elle serait repartie, il devrait tout recommencer. On n'utilise pas quelqu'un comme cela, c'est immoral. Elle commençait à se demander si le sacrifice qu'elle s'était imposé pour sauver l'amour de sa sœur justifiait une telle conduite...

Elle revint à l'invitation de Sam pour y voir au moins un avantage : elle n'aurait pas à cuisiner. Lucas, en revanche, semblait avoir accepté du bout des lèvres. Il faisait grise mine. Sans doute se sentait-il gêné après la bagarre de la nuit dernière.

Elle prit un long moment pour se préparer, et dut d'abord transporter elle-même de lourds seaux d'eau, puis faire chauffer son bain. Mais le résultat la ravit. Sa robe, en soie moirée bleu et ivoire, était l'une de ses préférées, avec son décolleté rond, avantageux, et ses petites manches ballon. Un ruban de velours autour du cou, de longs gants et une cape ivoire rehaussaient son élégante simplicité, tandis que quelques petites roses blanches donnaient à sa coiffure une touche d'extrême féminité.

Elle ajustait sa cape sur ses épaules lorsque Lucas frappa à la porte de sa chambre. Elle lui ouvrit. Rasé de près, il portait une chemise de soie blanche, mais gardait son allure décontractée : veste de daim frangée et bottes noires enserrant le bas d'un pantalon gris. Elle remarqua qu'il ne portait pas son arme. Puis elle se demanda ce que signifiait son silence.

– Eh bien?

– Fiona va être verte de jalousie.

– Ah, non! Ne me dites pas que je suis trop chic. Cette robe, je la porte d'habitude à la maison.

– Ne l'avouez pas à Sam. Il cesserait aussitôt d'être flatté.

Tandis que Lucas la conduisait au cabriolet que Sam avait mis à leur disposition, elle demanda :

– Qui est Fiona?

– Mme Newcomb. Depuis peu : il y a moins d'un an qu'ils sont mariés.

– Que vaut-il mieux que je sache avant de les rencontrer ?

– Rien de particulier. Sinon que Sam aime bien les jolies filles. Alors, méfiez-vous.

– Mais il est marié !

– Et alors ?

Réponse brutale qui suscita le souvenir de sa propre expérience avec un homme marié. Et, tandis que le Mexicain envoyé par Sam conduisait l'attelage, elle fut assaillie par un passé douloureux.

Elle avait rencontré Antoine Gautier à une soirée où elle accompagnait sa tante, une semaine après son arrivée en France. Le charme et la gaieté d'Antoine l'avaient conquise. Elle s'était crue amoureuse. Antoine lui avait avoué des sentiments identiques. Mais, face à cette jeune fille d'à peine dix-huit ans, Antoine avait déjà une certaine expérience de la vie.

Qu'il se contentât de lui baiser les mains et de lui faire une cour de quelques jours ne lui parut en rien suspect. Elle croyait à son amour. Un soir, confiante, elle se laissa entraîner dans une chambre inconnue.

Depuis leur première rencontre, il n'avait cessé de lui répéter qu'il la désirait. Sans lui parler de mariage. Mais l'amour et le mariage n'allaient-ils pas de pair ? Elle voulut tout donner à son futur mari.

Elle se revoyait se déshabillant timidement alors qu'assis sur le lit, il la pressait de se dépêcher. Quand elle le rejoignit, il n'avait enlevé que son pantalon, mais elle n'en tira aucune conclusion. Peut-être même ne se serait-elle pas étonnée de la façon dont il la renversa sur le lit sans le moindre mot tendre si la porte ne s'était brusquement ouverte.

– Deux minutes, Marie! Tu ne pouvais pas attendre deux minutes de plus? s'écria Antoine.

Une ravissante jeune femme brune lui répondit d'une voix suave :

– Je croyais que c'était terminé, mon chéri. Combien de temps te faut-il donc pour gagner ton pari?

Un pari! Voilà sur quoi elle avait basé ses illusions. Plus tard, elle apprit que Marie était la femme d'Antoine. Comment, après une telle expérience, pourrait-elle encore faire confiance à un homme?

Lucas affichait un air lugubre. Il s'apprêtait à feindre une attitude amicale en présence de Newcomb et cela lui pesait. Il n'éprouvait qu'un désir : le tuer. Mais Sam continuait à être protégé par son testament. La récompense promise pour la capture de son meurtrier avait même augmenté avec les années.

A l'évidence, l'invitation de Sam avait été dictée par la curiosité. Il voulait rencontrer Sharisse. Mais peu importait la raison de ce dîner dans la mesure où il fournissait à Lucas l'occasion d'en venir enfin à l'essentiel de son plan. Il lui suffirait de prendre Sam à part pour lui annoncer la nouvelle... Le laisser mordre à l'hameçon. Et dans quelques mois, il pourrait lui annoncer l'écroulement de sa fortune.

A sa façon, Fiona l'avait aidé dans son entreprise. La fortune de Sam, elle se faisait un plaisir de la grignoter. Et, parce qu'il avait voulu faire fructifier l'essentiel de son capital, Sam avait déjà dû céder quelques biens immobiliers. Les caprices de Fiona exigeaient de l'argent liquide.

12

Sharisse éprouvait bien du mal à retenir tant de noms nouveaux. Il s'avérait que le dîner était donné en son honneur et que la moitié de la ville y avait été conviée.

Sam Newcomb en personne guidait Sharisse parmi ses invités en faisant les présentations. Sa femme, Fiona, avait adopté une tout autre attitude : certes, elle avait accueilli Sharisse aux côtés de son mari, mais depuis elle l'ignorait. Cette impolitesse ne troublait nullement Samuel Newcomb.

– Fiona est jalouse, murmura-t-il à l'oreille de Sharisse. Désormais elle ne peut plus se targuer d'être la plus belle fille de la région. Je dois dire, mademoiselle Hammond, que Lucas a bien de la chance.

Le compliment fit rosir Sharisse. M. Newcomb était un homme agréable, d'une grande distinction, et non sans charme, avec ses cheveux d'un blond roux et ses yeux gris. La décoration de son ranch dénotait un goût sûr. Et s'il aimait les jolies femmes, comme Lucas le prétendait, Sharisse n'en ressentait aucune gêne. Quand il lui proposa de lui trouver un refuge au cas où elle se lasserait de Lucas, elle n'y vit aucune malice. Sam Newcomb aurait pu être son père. Et puis, à l'évidence, il aimait sa femme. Ne la cherchait-il pas du regard dès qu'elle s'éloignait de lui ? Cheveux de jais et yeux bleu pervenche, Fiona était ravissante et beaucoup plus jeune que son mari.

Ce soir-là, chez Sam Newcomb, on dîna sans cérémonial. Il y avait tant de monde que les gens s'asseyaient où ils pouvaient, avec leur assiette sur les genoux. Les plats étaient simples, mais le

ne trouvent pas d'investisseurs nouveaux. Ça m'a mis sur la paille. Je ne compte plus que sur le ranch, en espérant qu'il va enfin devenir productif. Mais je me félicite d'avoir freiné votre enthousiasme quand vous vouliez investir à fond. A fonds perdus, pourrait-on dire aujourd'hui.

Lucas ne s'étonna pas du mutisme de Sam. S'il lui avait effectivement conseillé la prudence, il l'avait fait en sachant que Sam ne l'écouterait pas. L'idée de devenir un magnat de l'industrie ferroviaire était bien trop alléchante. Et, sûr de lui, Sam n'avait même jamais pris la peine de s'inquiéter de la marche des travaux.

– Il doit... il doit bien exister un moyen... commença Sam Newcomb.

– Un seul : trouver de nouveaux partenaires. Moi, je n'ai plus un sou vaillant. Je ne peux rien faire. Vous n'avez donc pas encore reçu de lettre ?

– Non.

– Vous en recevrez une sous peu, je suppose. Avec tous les détails. Bien. Il faut que je retourne auprès de Sharisse. Bonsoir, Sam.

Sam lui répondit par un signe de tête. Cette nouvelle le rendait malade. Tout ce qu'il avait amassé au fil des années allait s'envoler en poussière s'il ne parvenait pas à trouver des fonds supplémentaires. Il fallait absolument qu'il télégraphie à ce notaire de Saint Louis qui l'avait informé que des Européens cherchaient un ranch dans la région. Peut-être achèteraient-ils aussi un hôtel ? Et alors il pourrait s'en sortir. Autrement, à son âge, il se voyait mal repartir de zéro. Et puis, les temps avaient changé. Finies les combines faciles. La loi et l'ordre régnaient maintenant sur le territoire de l'Arizona.

Sam savait ce qui lui restait à faire.

13

Sharisse était ivre mais conservait tant de dignité que personne ne s'en apercevait. Même Lucas n'eut aucun doute, jusqu'au moment où, en montant dans le buggy, elle fut prise d'un fou rire incontrôlable. Quelques secondes plus tard, elle s'endormait sur son épaule.

Il souriait de la voir dans cet état. Jamais il n'aurait cru qu'elle pourrait succomber à l'attrait de l'alcool. Et laisser ses cheveux flotter sur ses épaules... Toutefois, il avait plutôt envie de penser à sa discussion avec Sam.

Sam, qu'il avait senti envahi par la panique. Et Dieu, qu'il avait attendu ce moment!

Il faillit éclater de rire en songeant aux chevaux que Sam lui avait commandés. Le jour de la livraison, il n'aurait plus de quoi les payer. Mais il fallait faire comme si de rien n'était, continuer à capturer des mustangs et à les dompter.

Sharisse bougea, jeta son bras en travers de son torse et enfouit son visage dans son cou. Il la regarda, vit que sa cape s'était dégrafée et révélait la naissance de ses seins. Doucement, sa main caressa sa poitrine.

Mais qu'allait-il donc faire d'elle? Elle lui inspirait trop de désir. Un désir si fort qu'il semblait le fruit d'une très longue attente, et qui risquait d'engendrer un immense regret. La situation était faussée dès le départ. Il lui avait menti. Il l'utilisait à son insu dans sa guerre contre Sam. De plus, elle avait renoncé à l'épouser parce qu'il lui faisait peur. Et elle se disait incapable de concevoir une relation intime hors du mariage... Oui, il y avait toutes les chances pour qu'elle devienne le regret de sa vie.

La voiture s'arrêta devant le ranch. Lucas se leva lentement en tenant Sharisse contre lui.

– Sharisse?

Elle plissa le front sans vraiment s'éveiller et s'accrocha à sa veste.

– Mais je ne veux pas l'épouser, papa. C'est Stephanie qui aime Joel. Pas moi.

Loin de ce qui semblait la tourmenter, Lucas sourit.

– Sharisse, réveillez-vous...

Elle ouvrit enfin les yeux.

– Qui... Oh! c'est vous! Que faisons-nous ici? ajouta-t-elle en regardant autour d'elle.

– Nous venons de rentrer de chez Sam. Le dîner, vous vous souvenez?

Perdant l'équilibre, elle s'agrippa de nouveau à sa veste.

– Voulez-vous que je vous porte?

– Me porter? Ne soyez pas absurde!

Elle le devança, en s'appliquant pour ne pas tituber. Devant sa raideur, Lucas et le conducteur du buggy échangèrent un sourire amusé. Ce dernier les salua et se mit en route.

Au seuil de la maison, Sharisse faillit perdre l'équilibre. Par-dessus son épaule, elle jeta à Lucas un regard de reproche.

– Il y a une marche? je ne m'en étais jamais aperçue.

– Non. Il n'y en a pas, observa Lucas en riant.

– Oh!

La clarté de la lune éclairait l'intérieur de la maison. Lucas n'eut pas besoin d'allumer une lampe avant de soulever Sharisse dans ses bras. Plus que docile, elle entrouvrit ses lèvres et chercha sa bouche. Comme un guerrier vaincu, il ne put lui résister.

Quand elle posa sa tête sur son épaule en soupirant, il comprit qu'elle était à sa merci. Mais en dépit du désir qui le brûlait, il ne voulait pas la prendre ainsi. Il fallait qu'elle fût consentante, et non pas sous l'influence de l'alcool. Autrement, plus tard, elle lui en voudrait. Ou bien ne se souviendrait de rien. Et pour une raison qu'il ne parvenait pas encore à cerner, il était important qu'elle se souvînt.

Il sourit en constatant qu'elle s'était rendormie. Ce serait pour un autre jour... Bientôt, sans doute. Il posa un baiser sur son front et l'emmena dans sa chambre.

Elle se réveilla quand il commença à lui retirer ses chaussures.

– Je peux le faire moi-même, protesta-t-elle.

En se redressant trop brusquement, elle fut prise de vertige et dut s'allonger de nouveau. Lucas sourit.

– Imaginez que je suis votre femme de chambre. Je ne doute pas que vous en ayez une.

Il l'entendit rire.

– Vous n'avez rien de Jenny!

Amusée, elle ne s'aperçut pas qu'il lui retirait sa cape. Et, continuant à penser à Jenny, elle le laissa déboutonner son corsage.

– Heureusement qu'elle n'est pas ici! Elle ne supporte pas les gens qui boivent.

Puis elle étouffa un hoquet et, à brûle-pourpoint, demanda :

– Pourquoi ne m'avez-vous pas dit que votre frère est un tueur?

– Parce que c'est faux. Vous avez écouté des ragots, Sharisse.

Sans qu'elle s'en aperçût, il continuait à la déshabiller. Sa robe glissa sous elle.

– Je ne pouvais pas me boucher les oreilles, remarqua-t-elle. Vraiment, vous auriez pu me prévenir.

– Vous auriez voulu savoir qu'il avait tué un homme ?

– Plusieurs, prétend-on ! Des centaines. Enfin... des dizaines.

– Un seul, Sharisse. Le reste n'est qu'invention.

Il commença à délacer son corset.

– Mais, ça suffit à...

Visiblement, elle avait oublié que Feral Sloane avait poursuivi deux enfants sans défense dont il venait de tuer le père. Lucas l'interrompit :

– Sloan méritait la mort.

– On dit que ce fut un combat loyal, précisa-t-elle en cessant de s'émouvoir.

– Oui. Slade aurait pu tout autant y laisser sa peau.

– Mon Dieu...

– N'en parlons plus.

Lui ayant retiré son corset, il lui enlevait maintenant ses bas. Elle soupira, s'étira.

– Je préfère savoir qu'il n'est pas l'homme que l'on m'avait décrit.

Lucas soupira à son tour, mais pour une autre raison. Comment parvenait-il à la déshabiller sans se jeter sur elle ? Ah ! Quelle sottise de boire à ce point ! Il lui en voulait.

– Slade est ce qu'il est, conclut-il.

– C'est bien...

Il s'apercevait qu'elle ne l'avait même pas entendu. Le sommeil la reprenait.

Tirant le drap sur son corps, il embrassa son front.

– Bonne nuit, Sharisse.

– Antoine... Mon amour, murmura-t-elle.

Etait-ce le nom de son mari ? Elle lui avait dit l'amour qu'elle avait porté à cet homme. Et voilà que, soudain, il en prenait ombrage...

Quelle pagaille dans sa tête ! Peut-être valait-il

mieux qu'il parte avec Billy plus tôt que prévu pour traquer le mustang.

« Oui, se dit-il. Le plus tôt sera le mieux. »

14

Un chatouillement la réveilla. Elle ouvrit les yeux et vit les prunelles dorées de Charley à un doigt de son visage. Ronronnant avec ardeur, il bougea la tête. Ses longues moustaches effleurèrent de nouveau la joue de Sharisse. Que de fois elle avait été éveillée de cette façon, parce que Charley avait faim !

– Bonjour. Oh...

En se redressant d'un mouvement trop brusque, elle avait déclenché une nouvelle migraine. Doucement, elle se massa les tempes. Les souvenirs de la veille affluèrent et elle se reprocha sa faiblesse pour le champagne. Trois verres de trop... Maintenant, elle comprenait les mises en garde de Jenny contre les démons de l'alcool. Oh, cette migraine qui ne semblait supportable qu'en restant allongée !

Elle se souvint que Lucas l'avait soulevée dans ses bras et longuement embrassée. Puis ils avaient parlé de Slade. Mais, à ce sujet, sa mémoire devenait incertaine. Que s'étaient-ils dit ?

– Mademoiselle Hammond ?

– Que voulez-vous ? lança-t-elle.

Puis elle se rendit compte qu'elle avait affaire à une femme.

– Est-ce vous, Willow ? Entrez.

Instinctivement, Sharisse tira le drap sur son buste. Mais que faisait-elle en chemisette et jupon ? Elle se sentit pâlir tandis que d'autres souvenirs lui revenaient à la mémoire.

– Vous allez bien? lui demanda Willow.
– Oui. Ça va. Je pensais simplement à quelque chose qui ne m'est pas très agréable... Ainsi, vous êtes la femme de Billy Wolf?
Willow hocha la tête. Elle avait des yeux en amande dans un visage ovale, des cheveux lisses et noirs tombant à mi-dos, et une peau cuivrée qui semblait veloutée. Pieds nus, elle portait une longue jupe et un ample chemisier, d'un même bleu passé. Elle étonna Sharisse par sa joliesse et sa douceur. Quand on connaissait ce rustre de Billy, on ne s'attendait pas qu'il eût une femme comme Willow.
– Lucas m'avait demandé de vous laisser dormir. Mais je commençais à m'inquiéter. Il est presque midi.
– Oh! Je n'avais aucune idée de l'heure!
Le soleil inondait la chambre. Et les rideaux ouverts confirmaient qu'elle ne s'était pas mise au lit seule. Lucas l'avait aidée, puis était parti en oubliant de fermer les rideaux. Enfin, elle supposait et elle espérait qu'il l'avait laissée seule...
– Vraiment, vous allez bien? s'inquiéta Willow d'une voix mélodieuse.
– Oui. J'ai seulement un léger mal de tête.
– Je peux vous préparer quelque chose qui vous soulagera.
– Oh! J'accepte volontiers! Je m'habille et je viens vous rejoindre.
Dès que Willow eut refermé la porte, Sharisse fouilla dans sa mémoire. Lucas avait-il abusé d'elle, la nuit dernière? Elle ne ressentait aucun changement physique. Mais elle était si innocente en la matière qu'il lui semblait possible de perdre sa virginité sans s'en apercevoir. Il fallait absolument qu'elle se souvînt.
Quand elle fut prête, elle ouvrit la porte, le cœur

battant, peu disposée à affronter le regard de Lucas. Mais Willow était seule.

– Mon Dieu! s'exclama-t-elle en souriant. Vous êtes vraiment sur le point d'accoucher! Je n'avais pas encore fait très attention.

– Oui. C'est pour bientôt, répondit Willow en caressant son ventre.

– Y a-t-il un médecin par ici?

– Un médecin? Pourquoi?

– Il faut... sûrement...

Décontenancée, Sharisse se trouva à court de mots.

– Je sais comment m'y prendre, affirma Willow. C'est un travail qu'une femme doit faire seule. Je demanderais même à Billy de s'en aller s'il revenait avant que le bébé soit là.

– S'il revenait? Mais où est-il?

– Il est parti avec Lucas chercher des chevaux dans les montagnes.

Sharisse parvint à dissimuler son effarement.

– Lucas m'avait parlé de cela. Mais je n'avais pas réalisé que leur départ était imminent.

– Ah! Je vois qu'il ne vous a rien dit! Il ne s'est pas encore bien habitué à vous. Billy agissait de la même façon, au début.

– Sans doute parce qu'il avait l'habitude de vivre seul.

– Non, il avait déjà été marié. Mais il est vrai que sa première femme était une harpie. Il passait son temps à l'éviter. Maintenant, il n'oublie jamais de me dire au revoir. C'est même une occasion de...

Si Willow eut un sourire malicieux, Sharisse se sentit un peu offusquée par les sous-entendus de la jeune Indienne. Quant à imaginer Billy Wolf en homme amoureux... Impossible!

– C'est pour moi? demanda-t-elle en désignant un verre rempli d'un liquide blanc.

Willow acquiesça, et Sharisse but le breuvage auquel elle ne trouva qu'une légère amertume.

– Asseyez-vous, lui proposa Willow. Je vais vous préparer le petit déjeuner.

– Jamais ! Vous devriez garder le lit au lieu de vous occuper des autres. Et puis, c'est plutôt l'heure du déjeuner. Et je vais le préparer pendant que vous, vous resterez assise.

– Pourquoi faudrait-il que je sois au lit ? Attendre un bébé n'est pas une maladie.

– Mais vous ne pouvez pas travailler autant qu'à l'ordinaire ! Les quelques femmes enceintes que j'ai connues ne sortaient plus de chez elles dès le quatrième mois. Quand ma mère attendait ma sœur, elle s'est fait servir comme une princesse.

– Elle était peut-être réellement malade.

– Non. Elle rayonnait de santé... Vous voulez dire qu'on peut très bien éviter de prendre tant de précautions ?

– On se moquerait d'une femme indienne si elle s'arrêtait de s'occuper de sa famille quand elle porte un enfant. Et d'ailleurs, quand on reste couchée, on s'affaiblit alors qu'il faut des forces pour l'accouchement.

– Je n'avais jamais pensé à cela.

– Quand vous attendrez un enfant, vous comprendrez que ce n'est pas un fardeau mais un plaisir. Il existe des herbes pour faire passer les malaises du début. Ensuite, on est tout à la joie de donner la vie. Les douleurs de la fin ne représentent qu'un petit sacrifice en échange d'une vie nouvelle.

Sharisse se sentait encore très loin de ces considérations. Elle laissa la discussion s'achever sur cet hommage à la maternité.

– Il n'empêche que je vais préparer le déjeuner. Mais je ne refuse pas votre supervision. Vous avez dû entendre dire que je ne sais pas cuisiner.

Elle provoqua le rire charmant de Willow.
– Billy trouve la situation très drôle. Il imagine Lucas devenant maigre comme un clou.
– Oh! s'exclama Sharisse, quelque peu vexée. Et si c'était le contraire?

15

En l'absence de Lucas, de la tension permanente que sa présence provoquait, Sharisse eut une semaine très agréable. Ses rapports avec Willow, totalement dénués de rivalité, la changeaient merveilleusement de ce qu'elle avait toujours connu avec ses amies new-yorkaises.

Désormais habituée à la franchise naturelle de la jeune Indienne, elle considéra la pruderie de son éducation d'un œil critique et se mit à admirer la façon de vivre des Indiens. La sérénité de Willow face à sa première maternité fit taire ses craintes.

Elles passèrent toute une journée à faire des bougies et des conserves. Abandonnant son livre de cuisine, Sharisse nota les instructions de Willow. Le résultat fut convaincant et elle se surprit à apprendre ces choses nouvelles avec beaucoup de plaisir. Lucas pouvait rester aussi longtemps qu'il le souhaiterait dans les montagnes, elle ne s'en plaindrait pas...

Elle s'appliquait à l'oublier, ce qui lui était facile pendant la journée. Mais, le soir, quand elle cessait d'être occupée, il redevenait très présent. Au moindre bruit suspect, elle regrettait qu'il ne pût la rassurer. Et puis, sa pensée glissait vers le souvenir des délicieuses sensations qu'il lui avait fait découvrir.

Une nuit, elle s'endormit toute troublée, et elle

faisait un rêve plein de langueur lorsque Charley eut un miaulement déchirant. Le réveil fut brutal. Elle se redressa sur son lit comme un automate.

– Qu'est-ce que tu as, Charley?

Elle trouva la réponse en découvrant la silhouette d'un homme, debout, au pied du lit. Depuis le départ de Lucas, elle laissait les rideaux ouverts. La clarté des étoiles éclairait la chambre. Mais quelle façon d'annoncer son retour!

– J'ai dû lui marcher sur la patte...

– Et vous venez dans ma chambre pendant que je dors! Ce n'est pas une habitude à prendre, me semble-t-il.

Charley avait sauté sur le lit pour se réfugier dans ses bras, tandis que Lucas allait allumer la bougie sur le bureau. Quand il se retourna, elle lui trouva une expression bien étrange.

– Il me semble que c'est vous qui n'avez rien à faire ici.

Une angoissante appréhension s'empara d'elle. La barbe de plusieurs jours, les cheveux en broussaille, la couche de poussière sur ses vêtements : on pouvait s'y attendre. Mais pourquoi portait-il des bottes de peau frangées aux genoux, sa chemise sur le pantalon, un foulard noué avec désinvolture sur le côté? Et ce revolver sanglé sur sa cuisse?

– Lucas? demanda-t-elle d'une voix incertaine.

Elle le vit lui faire un signe négatif, avec, au coin des lèvres, l'ombre d'un sourire ironique. Puis il s'avança vers le lit, et elle remarqua que ses pas étaient inaudibles.

– Si vous apparteniez à Lucas, vous seriez dans son lit. Alors, qui êtes-vous donc?

Il scrutait son visage. Elle blêmit en réalisant que ce devait être Slade.

– Pas de réponse? fit-il.

Il enleva son foulard, le jeta sur le lit, puis il se

débarrassa de sa cartouchière tout en gardant les yeux fixés sur elle.

– Comme vous voulez. Je peux très bien partager ce lit avec vous, sans connaître votre nom.

Le cœur de Sharisse battait si fort qu'il en devenait douloureux. Mais, pétrifiée, elle regardait son visiteur se déshabiller, avec une totale incrédulité.

Sa chemise tomba sur le lit. Il vint s'asseoir à côté d'elle pour enlever ses bottes. Alors, elle se rejeta de l'autre côté du lit et en sortit précipitamment en emportant le chat et le drap. Mais la porte était en face et elle se retrouvait entre Slade et le mur.

Le violet de ses yeux s'était assombri. Mais Slade la trouvait plutôt comique avec son chat sur les seins et ce drap qui couvrait si peu ce que sa chemise de nuit révélait...

– Si ça vous dérange que je dorme ici, vous me le dites, lui conseilla-t-il avec malice.

– Dehors ! s'écria-t-elle, le doigt pointé sur la porte.

Elle comprit immédiatement son erreur. S'avançant vers elle, l'air menaçant et à demi nu, il l'effraya tellement qu'elle recula jusqu'à ce que le mur l'arrêtât.

– Pourquoi ? demanda-t-il.

Et le son de sa voix résonna dans la chambre comme un coup de tonnerre.

N'osant rencontrer son regard, elle voyait son torse musclé, dressé devant elle. Derrière sa carrure impressionnante, le reste de la pièce disparaissait. Et elle serra tant Charley contre elle qu'il eut envie de se dégager. Elle le laissa s'échapper plutôt que de voir glisser le drap.

– Vous n'avez pas le droit d'être dans ma chambre, dit-elle d'un ton plus modéré.

– Cette chambre est la mienne, ma belle, quand

je rends visite à mon frère. Et ma surprise est égale à la vôtre. Peut-être plus agréable pour moi, je dois dire...

Il effleura sa joue. Elle en trembla, incapable de rassembler suffisamment de courage pour rejeter sa main.

– Je... je dois vous demander de sortir, monsieur Holt.

– Trouvez une bonne raison pour me convaincre. Sinon, je reste, dit-il en lui prenant le menton.

– Non ! C'est impossible ! Je vous en prie, monsieur Holt, ajouta-t-elle en tentant vainement d'aller vers la porte.

– Vous feriez peut-être mieux de m'expliquer ce que vous faites ici.

– Je suis la fiancée de votre frère.

– C'est tout ce que vous avez trouvé ?

– Mais je dis la vérité !

– Ah ! Je ne mets pas votre parole en doute ! J'attends simplement quelque chose de plus convaincant.

– Lucas est votre frère !

– Et vous la plus belle femme que j'aie jamais rencontrée. Alors, le fait que Lucas soit mon frère n'a rien à voir avec ce que je ressens en ce moment.

– Je vais l'épouser. Vous ne comprenez donc pas ?

– Si. Mais pour l'instant vous n'êtes pas encore mariés.

Glissant une main sur sa nuque, il l'attira vers lui, sans se préoccuper de ses protestations. Sa bouche prit ses lèvres en un baiser fougueux. Son genou la força à entrouvrir ses jambes. Elle sentit une onde brûlante parcourir son corps. Comment n'aurait-elle pas gémi ? Dans les bras de Slade, elle pouvait se croire avec Lucas. L'émoi de sa chair était identique. Mais non ! Non, elle ne devait pas confondre Lucas et ce frère qui se révélait aussi dangereux que le prétendait la rumeur.

Elle parvint à le repousser. Un brûlant désir assombrissait le regard vert qu'il promenait sur son corps. Dans l'étreinte, le drap était tombé.

– Vous ne devriez pas porter des chemises de nuit aussi légères, dit-il. Je pourrais vous arracher ça en une seconde.

– Ne me touchez pas.

– Vous êtes à ma merci...

Elle retint sa respiration tandis qu'il semblait réfléchir. Puis elle le vit avancer la main vers elle et redessiner lentement le V profond de son décolleté. La chaleur de ses doigts, l'intensité de son regard provoquèrent un long frisson qui traversa son ventre.

– Je vais crier ! lança-t-elle. Et Mack m'entendra.

Souriant, la voix rauque, Slade remarqua :

– Mack est dur d'oreille. Vous l'ignoriez ? Et puis, pourquoi pensez-vous à lui ? Ce ne serait pas plutôt à Lucas de venir vous secourir ?

– Ai-je besoin d'être secourue ?

– Ça dépend de vous.

Visiblement, il pensait que Lucas se trouvait dans sa chambre.

– Partez. Et tout sera tellement plus simple...

– Je préfère rester.

– Et Lucas ?

– Il n'en saura rien.

– Mais je le lui dirai !

– Eh bien, allez-y ! N'attendez pas ! Appelez-le ! Je me battrai avec lui s'il le faut... Alors ?

Devant son mutisme, il se mit à rire.

– Je me demande si vous avez vraiment envie qu'il vienne.

– Il n'est pas ici, lui avoua-t-elle, au bord de la

crise de nerfs. Il est parti capturer des mustangs avec Billy.

– Donc, nous sommes seuls. Et nous perdons du temps à discuter?

Il se pencha sur elle. Aussitôt, elle plaqua ses mains sur son torse.

– Je vous préviens, Slade Holt : Lucas saura ce qui s'est passé. Et il vous haïra.

– Croyez-vous que ça me dérange?

– Vous êtes immonde! Si vous avez tellement besoin d'une femme...

– Allez vous en chercher une ailleurs?

Il posa son regard sur ses seins, et ajouta :

– Ce n'est pas vraiment ce que vous désirez. Vous tremblez...

– De peur.

– Non.

– Arrêtez!

Il la défia du regard.

– Pourquoi refusez-vous l'évidence? A moins... A moins que Lucas soit l'homme de votre vie?

– Oui, affirma-t-elle. Oui!

Les genoux flageolants, elle retint un soupir de soulagement en le voyant se tourner vers le lit.

– Comment vous appelez-vous? demanda-t-il tout en ramassant ses vêtements.

– Sharisse Hammond.

– Il y a longtemps que vous connaissez mon frère?

– Non. Mais si vous voulez tout savoir, interrogez plutôt Lucas.

– Mes questions vous rendent nerveuse?

– Oui.

En riant, il annonça :

– D'accord. Je m'en vais.

Mais avant de sortir, il se retourna et, les yeux brillants, annonça :

– Je vais attendre le retour de Lucas. Mais sachez que je n'en ai pas fini avec vous, Sharisse Hammond. Et vous en aurez la preuve avant que je reparte.

Elle n'eut de réaction qu'en entendant se refermer la porte de la chambre de Lucas. Alors, elle secoua la peur qui la paralysait pour courir verrouiller sa porte.

16

Sharisse se leva à l'aube, enfila sa robe de chambre, alla préparer du café puis retourna se coucher. Il n'était pas question qu'elle se tînt à la disposition de Slade. Il pouvait se faire une omelette lui-même. Moins elle le verrait et mieux elle se porterait.

Elle se réveilla tard la seconde fois. La porte de la chambre de Lucas était ouverte, mais le lit fait. Elle ne remarqua aucune trace de la présence de Slade. Peut-être avait-il dormi dans la grange... Un bon endroit pour un sauvage.

Il n'y avait pas plus de traces de son passage dans la cuisine. Toutefois, elle trouva la cafetière presque vide et en déduisit qu'il n'avait pas quitté le ranch pendant la nuit.

En ajoutant de l'eau, elle obtiendrait un café buvable. Mais avant que l'eau fût chaude, deux bras enlacèrent sa taille. Un menton rasé de près la rassura cependant.

– Oh, Lucas! J'ai cru mourir de peur en pensant avoir affaire à...

Elle entendit un rire ironique.

– Je vous avais dit que vous ne verriez pas la différence, même les yeux ouverts.

Elle avait effectivement lancé un coup d'œil par-dessus son épaule en se méprenant totalement. Le souffle coupé, elle repoussa Slade.

– Vous! Certes, vous lui ressemblez, mais ce n'est qu'une apparence. Lui n'a rien d'un goujat sans scrupules.

– C'est bien pour cela que vous devriez vous méfier et éviter de me contrarier.

– Je n'ai pas peur de vous, monsieur Holt.

– Le moins que l'on puisse dire, c'est que vous avez du cran. Je dois le reconnaître.

Il tira une chaise vers lui et s'y installa à califourchon. Lavé, rasé, il ressemblait terriblement à Lucas. Seule, l'expression cruelle, sardonique, de son visage le distinguait de son frère. Bien que Lucas eût aussi ses moments de dureté, il restait humain. On ne pouvait en dire autant de Slade.

Elle lui tourna le dos et acheva de verser l'eau sur le café.

– Je vous dérange...

– Oui.

– Vous finirez bien par vous habituer à ma présence.

– J'en doute fort, monsieur Holt.

– Puisque nous allons bientôt porter le même nom, appelez-moi donc Slade.

Songeant à ce qui s'était passé la veille, elle fit volte-face et lui précisa :

– C'est pour votre frère que je suis ici. Pas pour vous.

– Chez les Apaches, on partage en famille. Quand un guerrier meurt, sa veuve épouse son frère.

– Je sais que vous avez vécu avec les Apaches. Mais vous n'êtes pas devenu un Indien pour autant. Et moi, je n'ai rien à voir avec eux.

– A propos, d'où venez-vous?

– De Saint Louis, répondit-elle d'une voix tendue en se souvenant de ce que Lucas avait pris l'habitude de raconter à leur sujet.

– Comment avez-vous rencontré mon frère? Il n'est pas allé par là depuis pas mal de temps.

Elle détourna le regard.

– Lucas vous expliquera mieux que moi.

– Le coup de foudre?

– Monsieur Holt!

– Ça me regarde. Ne me dites pas le contraire. Lucas est mon unique famille.

– Vous auriez pu vous en souvenir, hier soir, observa-t-elle sèchement.

Il eut un haussement d'épaules presque imperceptible.

– Vous n'êtes pas encore sa femme.

A l'évidence, il n'éprouvait aucun remords. Son regard brûlant l'observait et, comme la veille, elle se sentait profondément troublée. Mais, dès qu'elle le vit s'approcher d'elle, elle brandit la cafetière.

– Eloignez-vous, Slade.

Il s'immobilisa.

– Vous avez l'intention de vous battre?

– S'il le faut!

– Vous n'avez aucune chance de gagner. Même avec un fusil à la main. Vous ne comprenez pas cela?

D'un geste imprévisible, il lui attrapa le poignet et la força à poser la cafetière sur la table.

– Vous aurez au moins eu le mérite d'essayer, dit-il, le sourire sardonique. Mais ne recommencez pas. Et je vous conseille aussi de porter votre jolie petite chemise de nuit bleue, ce soir.

Il pressa ses lèvres sur les siennes, puis lâcha son poignet et sortit, comme si de rien n'était.

17

– Mack?

– Je suis au fond. Par ici! répondit Mack.

Un mouchoir sur le nez, Sharisse traversa l'écurie. Tout à l'arrière, dans un grand box, deux jeunes poulains se disputaient les friandises que leur avait apportées Mack.

Il fallait vraiment qu'elle fût terrorisée par la menace de Slade pour qu'elle osât braver l'odeur des chevaux et de leurs litières. Si elle restait seule avec lui au ranch, il la plierait à son désir, et elle voulait à tout prix éviter cela.

Seul Lucas pouvait la protéger. Mais la journée était déjà trop avancée pour envoyer Mack le chercher. Ils ne reviendraient que tard dans la nuit. Trop tard, sans doute...

– Pouvez-vous me préparer un cheval, Mack?

Il lui lança un regard sceptique.

– Lucas m'a dit que vous n'êtes jamais montée sur un cheval. Enfin, si je me souviens bien.

– C'est exact. Mais à moi, il m'a dit qu'il faudrait que j'apprenne tôt ou tard.

Terrifiée à l'idée de se jucher sur l'une de ces bêtes, elle pria pour que Mack lui proposât plutôt un vieux buggy oublié dans un coin ou même une charrette.

– Et vous voulez commencer à vous entraîner?

– En fait, je veux trouver Lucas. J'espérais que vous pourriez me guider.

– Vous rêvez? Il y a au moins trois ou quatre heures de route jusqu'aux montagnes. Et il faudrait encore savoir où il campe. Je risque de le chercher pendant des jours. Et je ne peux pas quitter le ranch si longtemps. Qu'avez-vous de si urgent à lui dire? Il va bientôt rentrer.

Comment lui expliquer ce qui se passait?

– Voulez-vous me préparer un cheval, s'il vous plaît?

– Pas pour faire une bêtise. Non! Allez plutôt chercher un pisteur en ville. Il vous trouvera Lucas en moins d'une journée.

Le visage de Sharisse s'éclaira. Plus tard seulement, elle se demanderait comment payer le guide.

– Oui! C'est ce que je vais faire!

– Dans ce cas, je vais chercher Sally. Vous la monterez facilement, je pense.

Il sortit et elle le suivit du regard, tandis qu'il se dirigeait à grandes enjambées vers le corral.

Elle avait mis la jupe de son ensemble de voyage et sous l'épais tissu, tous les jupons qu'elle possédait, en guise de coussin. N'ayant pas de blouse propre, elle avait emprunté une vieille chemise dans l'armoire de Lucas et ramassé sur une chaise l'un de ses chapeaux à large bord sous lequel elle s'était fait un chignon. En un mot comme en cent, elle avait l'air parfaitement ridicule dans cet accoutrement. Mais n'avait-elle pas d'autres chats à fouetter?

– Vous voulez me fausser compagnie, ma belle?

Elle sursauta puis, faisant volte-face, découvrit Slade.

– Je... j'allais simplement...

Revenant avec Sally, Mack intervint :

– Elle veut voir Lucas. Je lui ai dit qu'elle ferait mieux d'attendre son retour, mais elle est têtue. Alors, elle va en ville chercher un pisteur.

– Je ne vous ai pas demandé de raconter tout ça! lança-t-elle à Mack.

Si Slade restait impassible, Mack marmonna :

– Qu'est-ce que ça peut faire? Il est le frère de Lucas, et il connaît les montagnes mieux que personne. Lui, il pourrait trouver Lucas avant le coucher du soleil. Demandez-lui donc de vous accompagner.

– C'est hors de question.

Ce fut Slade, cette fois-ci, qui intervint :

– Pourquoi ? Je n'ai rien à faire de particulier. Ça ne me dérangerait pas.

– Je ne vais pas vous imposer...

– Vous ne m'imposeriez rien du tout.

– Mais...

– Cessons de discuter, mademoiselle Hammond. Je ne vous laisserai pas quitter le ranch seule. On ne sait jamais sur qui vous pouvez tomber. Bien entendu, ajouta-t-il avec un sourire rusé, il vous est encore possible de changer d'avis et d'attendre mon frère ici.

Et, bien entendu, il se ferait un devoir de lui tenir compagnie... Le piège était évident. D'un autre côté, il ne lui permettrait pas de partir sans lui. Que fallait-il choisir ? Supporter ses menaces tout au long du chemin ou ici, à proximité de sa chambre ? Dans les deux cas, le danger semblait équivalent.

Il prit son silence pour une acceptation et s'avança vers son propre cheval. Elle le suivit, attendant que Mack ne pût les entendre pour rétorquer :

– Vous savez très bien pourquoi je veux m'éloigner. Laissez-moi tranquille.

Devant son impassibilité, elle insista :

– Il faut me laisser seule. Vous comprenez ?

Comme s'il n'avait rien entendu, il cria à Mack :

– Ne prépare pas la jument, Mack. Elle va monter avec moi.

– Jamais !

– Comme vous n'êtes certainement pas prête à

remonter votre jupe, vous ne pouvez que vous asseoir en amazone. Allez-y.

– Vous êtes sourd? Je ne partirai pas avec vous.

Furieuse, elle allait s'éloigner lorsqu'il l'attrapa par la taille et la hissa sur son cheval. L'instant d'après, il s'installait derrière elle, glissait ses bras de chaque côté de sa taille et prenait les rênes.

– Ne criez pas, ma belle, lui murmura-t-il à l'oreille. Ça ne servirait à rien. Mack croirait simplement que vous avez peur du cheval.

Elle n'eut absolument pas le temps de se dire que Mack serait peut-être capable d'une autre interprétation. Déjà, ils quittaient le ranch au grand galop. Elle laissa échapper un cri de frayeur qui ne devait rien à Slade. Celui-ci eut un petit rire moqueur.

Elle avait imaginé quelque chose d'horrible, et la réalité dépassait ses cauchemars : c'était franchement épouvantable de voir le monde du haut d'un cheval. Et quand il se mit au trot, ce fut encore pire. Elle claqua des dents sous l'effet des secousses.

Au bout d'un moment, Slade s'arrêta.

– Ça ne me déplaît pas que vous me serriez, mais c'est inutile, ma belle. Je n'ai pas l'intention de vous laisser en chemin.

Elle s'écarta légèrement de lui, sans être très rassurée : c'était si haut!

Puis elle vit Slade se retourner pour prendre quelque chose dans une sacoche.

– Soulevez-vous, lui dit-il.

– Pardon?

– Appuyez-vous sur les épaules du cheval et soulevez-vous. Vous allez vous asseoir sur cette couverture. Vous serez plus à l'aise. La route va être longue.

– Dois-je en conclure que vous m'emmenez vraiment rejoindre Lucas?

Il ne répondit pas et, pendant les heures qui suivirent, l'un et l'autre restèrent muets. Mais Sharisse ne cessa de se demander où il la conduisait.

Ils chevauchèrent sur des terres désertiques, parsemées de roches rouges et de gigantesques cactus. Puis, en montant peu à peu, ils traversèrent des plateaux fleuris qui annonçaient les véroniques et les gentianes de la montagne. L'air devint plus frais, et le crépuscule commença à peindre le ciel en mauve à l'est, en orange et or à l'ouest.

Sharisse redoutait la tombée de la nuit en compagnie de Slade dont les intentions lui paraissaient encore suspectes. Mais soudain, il la surprit :

– Nous approchons, dit-il.

– Je ne vois rien.

Il n'y avait effectivement autour d'eux que rochers et buissons, sans trace de campement.

– Que croyez-vous? Qu'ils vont laisser des chevaux exposés à la vue du premier Indien qui passe par là? La réserve de San Carlos vient pratiquement jusqu'ici.

– On aurait pu tomber sur des Indiens à n'importe quel moment, alors?

– Et vous auriez eu peur?

– Mais j'ai encore peur!

– Rassurez-vous. Ils ne sont pas plus dangereux que Billy, qui doit d'ailleurs être le seul Apache dans le coin en ce moment.

Il mit pied à terre et lui tendit les bras.

– Descendez.

– Pour aller où? Quelle piste avez-vous suivie? Je n'ai vu aucune trace...

– Faites-moi confiance. J'ai vécu par ici un certain temps. Et Billy et moi, nous avons les mêmes points de repère.

Elle se pencha vers lui et posa ses mains sur ses épaules. Mais, quand elle eut les pieds sur le sol, il ne lui laissa pas le temps de baisser les bras. Sa bouche prit fiévreusement la sienne. Ce fut le vertige. En pleine confusion, elle sentit son corps la trahir. Malgré elle, ses bras se nouèrent autour du cou de Slade.

Il laissa échapper un grognement sourd et la repoussa brusquement. Une flamme sombre brûlait dans son regard. Une flamme qui pouvait être celle du désir. Ou de la haine.

Muet, il lui attrapa le poignet et l'entraîna dans un passage rocheux, contre le flanc de la montagne. Impuissante à se libérer, elle se demanda ce que son destin lui réservait. Si Lucas n'apparaissait pas, elle deviendrait la proie de son frère.

18

A la vue de Billy, accroupi devant un feu sur lequel il faisait griller de la viande, Sharisse éprouva un immense soulagement.

Le passage débouchait sur une petite prairie, enclavée entre des parois rocheuses. Des chevaux paissaient dans un corral improvisé à l'aide d'une corde. Toute la beauté sauvage de la scène baignait dans les teintes sanguines du couchant.

Billy se redressa, torse nu sous un gilet de cuir, comme le jour où Sharisse l'avait vu pour la première fois. Il s'adressa à Slade :

– Pourquoi tu l'as amenée ici?

– Elle voulait voir Lucas.

Sharisse se rapprocha de Billy. Il la rendait moins nerveuse que Slade.

– Où est Lucas? demanda-t-elle.

– C'est de la folie d'être venue jusqu'ici. On rentre demain.

– Je l'ignorais. Alors, où est Lucas?

Slade, qui s'était à son tour approché de Billy, ne lui laissa pas le temps de répondre.

– Ça fait plaisir de te revoir, Billy.

Billy se détendit et sourit.

– Je commençais à me demander si tu reviendrais un jour.

– Lucas et toi, vous vous débrouillez très bien sans moi. Qui en a attrapé le plus? demanda-t-il en regardant les chevaux.

– Lucas. On peut dire qu'il a été à bonne école avec toi.

Impatiente, Sharisse intervint :

– Enfin, Billy! Où est Lucas?

D'un bref mouvement de la tête, Billy lui indiqua un second passage rocheux, de l'autre côté de la prairie.

– Il doit être quelque part par là. Je ne l'ai pas vu de toute la journée. Il a dû séparer un jeune mâle des juments. Et il a décidé de lui tenir compagnie, j'imagine.

Elle ne se soucia guère de savoir s'il plaisantait. La tombée de la nuit la préoccupait. Quoi que fît Lucas, il fallait qu'elle pût se sentir en sécurité auprès de lui. Slade l'observait avec une lueur d'ironie dans les yeux.

– Veux-tu aller chercher mon cheval, Billy? J'ai envie de m'allonger quelques instants sur cette herbe. Je me suis levé aux aurores.

Sharisse se méfia. Elle refusait de rester seule avec Slade.

– Je vais aller à la rencontre de Lucas, dit-elle.

– Alors, attendez! s'exclama Billy.

Il se pencha vers la viande qui grillait, en arracha un morceau qu'il enveloppa dans un bout de cuir.

– Apportez-lui ça, au cas où il aurait l'intention de rester sur place pour la nuit.

– Quand il saura que je suis ici, il viendra, affirma Slade. J'ai besoin de le voir, d'ailleurs. Ne l'accaparez pas trop longtemps, ma belle.

Elle s'engagea sur le chemin en courant, mais dut vite ralentir. On y voyait à peine. Les rochers dessinaient des ombres impressionnantes. Puis elle distingua sur sa gauche la lisière d'une forêt de sapins, alors que, sur la droite, le chemin s'enfonçait de nouveau parmi les rochers.

– Lucas? appela-t-elle. Lucas?

Elle n'obtint aucune réponse et hésita un instant avant de s'engager sous les arbres.

Le ciel s'assombrissait de plus en plus, et elle n'apercevait toujours aucun signe de Lucas. Elle décida de faire demi-tour et de suivre le chemin entre les rochers. Il semblait s'enfoncer au cœur de la montagne. Pourtant, à peine eut-elle traversé une gorge particulièrement étroite et sombre qu'elle découvrit un feu dans la nuit. Elle se précipita vers sa lumière, près de laquelle était attaché un cheval. Elle vit aussi Lucas, à plat ventre sur un rocher, le revolver pointé sur elle.

– Sharisse? Mais, bon sang, que faites-vous ici?

Il se redressa, sauta à bas du rocher et s'avança vers le feu. Près des flammes, il avait posé ses sacoches, l'étui du revolver, et étalé une couverture. Pendant qu'il rangeait son arme, elle se sentit vraiment soulagée de le retrouver. Cependant, une sourde angoisse l'étreignit encore à la vue des bottes de peau noire qu'il portait. Des bottes comme celles de Slade.

– Lucas? C'est bien vous, n'est-ce pas?

– Pourquoi cette question? Auriez-vous rencontré mon frère?

– Oh! Lucas! s'exclama-t-elle en se jetant dans ses bras. Si vous saviez à quel point je suis heureuse de vous retrouver!

– Je vois, murmura-t-il. Mais vous pourriez peut-être m'expliquer ce qui vous arrive.

Il lui inspirait un tel sentiment de sécurité qu'elle se serra très fort contre lui.

– Je suis désolée de vous le dire, Lucas, mais votre frère me déplaît profondément.

Il la prit par les épaules en cherchant son regard.

– Qu'a-t-il fait?

Rassurée, elle se trouva presque stupide d'avoir eu si peur et elle songea qu'elle risquait de paraître ridicule aux yeux de Lucas.

– Il... Oh! Nous parlerons de cela plus tard... Regardez, je vous ai apporté votre dîner. Billy ignorait si vous aviez l'intention de le rejoindre.

– Mais dites-moi comment vous êtes arrivée jusqu'ici.

– Je suis venue avec Slade.

– Il est ici? Il fallait me le dire.

Aussitôt, il commença à étouffer le feu avec de la terre.

– Non! Attendez! Nous ne sommes pas obligés d'aller les retrouver tout de suite. Slade... Slade sera encore là demain matin.

– Vous avez envie de rester dans ce coin? Je vous préviens : je n'ai qu'une couverture.

Elle négligea son avertissement, trop anxieuse de différer la confrontation.

– Il ne fait pas vraiment froid, répondit-elle machinalement.

Lucas se dit qu'elle semblait avoir reporté ses craintes sur Slade, et c'était exactement ce qu'il avait espéré. Il considéra qu'il avait une dette envers son frère.

– Eh bien, installez-vous, lui proposa-t-il en souriant. Tenez, prenez de la viande. Je dois avoir du pain dans les sacoches.

Assise sur la couverture, elle enleva son chapeau, puis rougit en songeant que Lucas avait dû reconnaître ses affaires.

– Je vous ai fait deux petits emprunts, dit-elle timidement. J'espère que cela ne vous gêne pas.

– La chemise vous va mieux qu'à moi.

Pendant qu'il s'appliquait à nourrir le feu, elle réalisa qu'elle mourait de faim, et détacha un morceau de viande avec ses doigts.

– Et maintenant, expliquez-moi ce qui vous a poussée à monter sur un cheval pour venir ici? lui demanda-t-il d'une voix calme, en s'asseyant près d'elle. Il faut que ce soit important pour vous faire oublier votre peur des chevaux.

Elle hésitait encore à exprimer le dégoût que lui inspirait son frère, craignant qu'il ne croie pas à ses explications.

– Je n'ai pas été trop angoissée. Ce n'est pas moi qui tenait les rênes. Et j'étais devant Slade.

– Slade que vous vouliez fuir, pourtant. Si je ne me trompe...

– Lucas... Slade ne m'a pas laissé le choix. Il a tenu à m'accompagner. Il m'a même installée sur son cheval sans me demander mon avis. Je ne voulais pas qu'il vienne avec moi. Seigneur, non! Puisque...

– Puisque vous vouliez le fuir. N'est-ce pas? fit-il en souriant.

– Vous trouvez ça drôle?

– Je trouve simplement que Slade reste égal à lui-même. Quand il a envie de faire quelque chose, il ne demande jamais la permission. Vous n'êtes pas habituée à lui, c'est tout.

– Et je n'ai pas l'intention de m'habituer à votre frère, rétorqua-t-elle.

– Ne seriez-vous pas un peu dure avec lui?

– Non!

– Il vous a brutalisée?

– Euh... Non.

– Bien. Alors qu'a-t-il fait exactement, Sharisse?

Elle baissa les yeux pour avouer :

– Il m'a embrassée.

– C'est tout?

– Lucas! s'écria-t-elle. Il savait que j'étais votre fiancée. Et il m'a quand même embrassée.

– Ma douce, je comprends votre réaction. Mais je ne peux pas en vouloir à Slade. Qui ne vous désirerait pas? ajouta-t-il avec une franchise un peu brusque.

Elle détourna le regard, en se disant qu'elle avait eu raison de douter de la compréhension de Lucas. Et puis, elle avait sans doute eu une réaction exagérée. Après tout, Slade s'était contenté de la menacer, de l'intimider, mais sans commettre de réelle violence.

– Il n'empêche que je ne l'aime pas, affirma-t-elle.

– Peu de gens l'aiment... dit-il d'une voix triste.

Aussitôt, elle s'en voulut.

– Pardonnez-moi, Lucas. Vous n'êtes pas fâché?

– Non.

– Vous savez, il a fallu que je me sente vraiment mal à l'aise avec lui pour venir vous rejoindre ici.

D'un sourire, il voulut la rassurer.

– N'en parlons plus. Il vous laissera tranquille, maintenant.

« Tant que vous serez près de moi », pensa-t-elle.

– Je suis heureuse que vous soyez différent, dit-elle impulsivement.

Mais elle ne sut déchiffrer le regard de Lucas.

19

Ni l'un ni l'autre ne dormait. Sharisse ne cessait de bouger, de se tourner et de se retourner. Lucas luttait contre son désir tout en se demandant ce qui pouvait tant la tourmenter.

Elle avait d'abord protesté lorsqu'il s'était allongé près d'elle. Mais il lui avait rappelé qu'il n'y avait qu'une couverture, et elle l'avait laissé lui offrir son bras en guise d'oreiller. Et puis il l'avait sentie nerveuse comme un chat. Pourtant, il ne cherchait pas à la caresser. Elle était venue se réfugier auprès de lui, il n'allait donc pas trahir sa confiance, même s'il la devinait capable de lui céder.

Sharisse, de son côté, regardait rougeoyer les dernières braises avec un sentiment d'exaspération de plus en plus aigu. Etait-ce le manque d'habitude qui l'empêchait de dormir près d'un homme? Ou le désir? Cette agitation qui la retenait éveillée, après une si longue randonnée, elle ne l'avait jamais éprouvée. Si c'était l'expression du désir, elle se sentait en danger. Doublement en danger. Car s'il découvrait qu'elle était encore vierge, il comprendrait qu'elle lui avait menti.

– Vous ne dormez pas, Sharisse...

Elle s'efforça de rester un long moment immobile. Puis à bout de résistance, elle se retourna lentement vers lui.

– Lucas? Quelque chose ne va pas?

Il jugea inutile de répondre : elle savait très bien ce qui se passait.

– Sharisse, murmura-t-il simplement.

Et son regard lui laissa deviner ce qu'il s'apprêtait à faire. Caressant son visage, il glissa jusqu'à sa bouche. Puis elle sentit ses lèvres sur les siennes. Son goût, son souffle l'enveloppèrent d'une brume magique. Nouant ses bras autour de son cou, elle lui fit comprendre qu'elle ne songeait pas à le repousser. Elle entrouvrit ses lèvres et, encore un peu intimidée, laissa sa langue rencontrer la sienne.

Ses lèvres cherchèrent ses seins à travers la chemise. Elle s'agrippa plus fort à lui lorsqu'il commença à la déshabiller. Ses mains habiles ouvrirent, dégrafèrent, défirent tout ce qui couvrait son corps. Puis il se leva en l'entraînant dans le même mouvement. Debout elle vit ses vêtements tomber un à un à ses pieds. Avant de pouvoir se dire qu'il était encore temps de se refuser à Lucas, elle se retrouva entièrement nue dans ses bras. Nue, mais couverte de baisers, tandis qu'il l'incitait à s'allonger de nouveau.

Exaltée par ses caresses, tendue vers lui, offerte, elle faillit crier son nom quand soudain il s'écarta d'elle. Oh... Juste le temps de se dévêtir à son tour.

Il y eut encore dans son esprit l'ombre d'une hésitation, mais les mots lui manquèrent... Déjà, elle retrouvait sa peau, son corps d'homme, la force qui émanait de lui. Elle l'attira contre elle. Sur elle.

Grisée par l'ardeur de son baiser, elle ne s'effraya pas de le sentir glisser en elle. Mais sa virginité imposa une réalité douloureuse. Il dut se modérer, retenir un mouvement qu'il sembla oublier pendant quelques secondes en couvrant ses seins de baisers. Elle se détendit si bien que, lorsqu'il recommença à bouger, la déchirure fut rapide et presque indolore.

Un immense soulagement déferla en elle. Et Lucas la comblait en suscitant des vagues successives de désir : une volupté croissante dont l'intensité finit par la faire trembler.

Quand Lucas céda à l'urgence du plaisir ultime, elle sentit en elle les pulsations de son corps. Ce fut alors un élan de tendresse qui la poussa à l'étreindre de toutes ses forces.

20

Sharisse s'éveilla en sursaut et s'aperçut en se redressant qu'elle avait passé la nuit enveloppée dans ses jupons. C'était évidemment l'œuvre de Lucas. L'idée qu'il l'ait regardée pendant qu'elle dormait la fit rougir comme un coquelicot.

– Bonjour, ma belle.

Elle étouffa une exclamation et serra la couverture contre elle.

– Lucas?

Il eut un petit rire amusé.

– Seriez-vous encore capable de me confondre avec Slade?

Encore un peu effrayée, elle rétorqua :

– Ne m'appelez donc pas comme ça!

– Mais vous êtes belle.

Il vint s'accroupir devant elle et lui vola un baiser. Puis s'asseyant, il prit entre ses doigts une mèche de ses cheveux, joua avec un instant et la laissa retomber, le regard admiratif.

– Ainsi, ils vous viennent jusqu'à la taille! dit-il. Pourquoi faites-vous un chignon?

– Je n'ai plus l'âge de porter mes cheveux sur les épaules.

– Vous plaisantez?

– Non. C'est bon pour les adolescentes.
– Vous parlez de conventions dont on n'a rien à faire ici.
– Je parle de la mode, Lucas. Mais il me semble que pour l'instant, je ferais mieux de m'habiller. Si vous vouliez bien vous éloigner un peu...
Dans la pile de ses vêtements, il prit son corset et demanda :
– Pourquoi portez-vous cette horreur? Vous n'en avez pas besoin.
– Lucas! s'écria-t-elle, profondément embarrassée. Ce que je porte ne regarde que moi.
– Non. J'estime que vous comprimez votre corps au-delà de tout bon sens. Dans l'Ouest, les femmes...
– Peu m'importe ce que font les femmes d'ici! Lucas, je vous en prie, laissez-moi m'habiller...
Il se leva, visiblement amusé.
– Bien. Moi, je ne pensais qu'à votre confort... Vous trouverez une serviette dans les sacoches. Et il y a de l'eau dans la gourde. Je vous donne dix minutes. Avec les chevaux, nous avons besoin de toute la journée pour rentrer.
Elle se demanda si Slade était encore là et s'il avait deviné ce qui s'était passé cette nuit. A ce propos, elle songea que Lucas venait de lui parler comme si rien n'était arrivé. Quoique, à la réflexion... Ne s'était-il pas montré plus possessif que les jours précédents?
Puis ce fut le silence même de Lucas au sujet de leurs ébats qui la rassura. Il n'avait fait aucun commentaire sans doute parce qu'il ne s'était pas aperçu qu'elle lui avait offert sa virginité. Quel soulagement!
Chassant toute réflexion désormais inutile, elle s'empressa de se rafraîchir. Hélas, elle ne tarda pas à découvrir la serviette maculée de sang. Fébrile, elle la fit disparaître sous les cendres. Mais quand

son regard tomba sur une autre tache au beau milieu de la couverture, elle faillit renoncer à tout autre camouflage. Finalement elle décida de garder la couverture avec elle.

Elle enfilait ses bottes lorsque Lucas revint.

– Prête ?

– Oui.

Il commença à rassembler ses affaires et s'étonna de voir Sharisse prendre la couverture.

– Elle va me servir de coussin, dit-elle.

– C'est Slade qui vous a appris ça ?

– Oui.

– Vous voyez qu'il peut être attentionné.

– Effectivement, marmonna-t-elle.

Posant ses mains sur ses épaules, gentiment, il lui demanda :

– Vous appréhendez de le revoir, Sharisse ?

Troublée par la chaleur de son corps, elle bafouilla :

– Je... Non... Tant que vous êtes avec moi, ça va.

– Bien.

Il lui tapota l'épaule puis passa sa cartouchière autour de sa taille et ramassa ses sacoches.

– Il vient rarement et ne reste jamais longtemps, précisa-t-il. Vous n'aurez jamais à le supporter plus de deux ou trois jours.

– C'est encourageant... dit-elle d'un ton sarcastique.

Décidément, les avances qu'elle avait dû subir de la part de Slade ne bouleversaient pas son frère ! Elle tenait pourtant à lui rappeler que cette indifférence lui déplaisait. Mais Lucas ne releva pas le sarcasme. Il s'occupait du cheval rebelle qui, sentant la corde se relâcher, se cabra puis chercha à prendre du champ.

– Restez en arrière, Sharisse. Notre camarade risque de me donner du fil à tordre.

En fait, le cheval se montra rétif jusqu'au

moment où il aperçut le troupeau. Alors Lucas dut le freiner au lieu de le tirer comme un mulet fatigué.

Quand Sharisse rejoignit à son tour le campement, Lucas avait remis l'étalon entre les mains de Billy qui allait également mener les juments sur la route du ranch.

– Où est Slade?

La question venait de Lucas. Billy lui répondit sans même le regarder :

– Il n'a pas apprécié que tu restes là-bas avec elle, alors qu'il venait te rendre visite.

– Il te l'a dit?

Billy regarda Lucas avec un sourire éloquent.

– Non. Mais il n'avait pas besoin de parler, je l'ai vu à son air. Et quand il se renferme sur lui-même, il est comme une mule. Inutile de lui adresser la parole.

– Ça va, Billy...

Satisfait de son analyse, Billy se mit à rire. Puis il lança à Lucas de la viande enveloppée dans du cuir.

– Voilà de quoi manger en cours de route. J'ai eu le temps de m'occuper du ravitaillement pendant que je t'attendais.

Au grand agacement de Lucas, Billy en rajoutait. Heureusement l'instant suivant, quand Lucas eut enlevé la corde qui avait retenu le petit troupeau, Billy dut s'occuper des chevaux, au lieu d'ironiser.

Assise sur une roche plate, Sharisse attendait. Dès qu'ils se retrouvèrent seuls, Lucas vint vers elle et lui offrit sa main avec une expression qui lui fit penser à Slade et lui déplut. Mais elle voulut masquer son état d'esprit.

– Je suis désolée qu'il soit parti, Lucas.

– Vraiment?

– Ne me prenez pas pour une hypocrite, dit-elle

en se relevant. Je ne regrette pas de ne pas le revoir. Je regrette qu'à cause de moi vous ne l'ayez pas rejoint.

– Et lui, Sharisse, est-il parti à cause de vous?

– Comment le saurais-je?

– M'avez-vous vraiment dit tout ce qui s'était passé entre vous?

Le malaise s'installait. Elle s'efforça de garder un ton mesuré.

– Il voulait que nous fassions l'amour, et cela je vous l'ai déjà raconté. Alors, maintenant, on peut peut-être se demander s'il n'a pas préféré éviter de se battre avec vous.

– Mon frère? Se battre avec moi pour une femme? Mais que lui avez-vous donc fait?

– Ne m'accusez pas! Je ne l'ai pas provoqué!

Son regard violet étincelait de colère. Elle aurait pu le gifler. Mais son emportement sembla le ravir. Passant un bras autour de sa taille, il l'attira contre lui.

– Soit, Sharisse, je vous crois. Parce que je sais qu'il est très facile de perdre la tête en vous regardant.

Il avait si vite changé d'expression qu'elle songea à un jeu, à une suspicion feinte, simplement destinée à provoquer son indignation. Décontenancée, elle demanda :

– Lucas... Ne devrions-nous pas nous mettre en route?

– Billy a le troupeau en main. Il n'a pas besoin de moi. Et puis, nous aurons vite fait de le rattraper.

Sa voix avait pris un timbre plus sourd, plus sensuel. Elle savait ce qu'il avait en tête. Mais la simple idée de faire l'amour en pleine lumière lui parut inimaginable, en dépit de l'émoi qu'elle ressentait dans ses bras. Elle finit par s'arracher une petite phrase :

– Je pense que... nous devrions partir, Lucas.

Il soupira et s'écarta d'elle.

– Vous vous inquiétez pour votre chat, je suppose.

Etonnée, elle s'empressa tout de même de sauter sur cette excuse...

– Oui. Jamais je ne l'ai laissé aussi longtemps seul.

– Eh bien, allons-y. D'autant, qu'après tout, Slade nous attend peut-être au ranch.

Il l'installa devant lui, non pour profiter de la situation mais pour apaiser ses craintes : Lucas n'était pas Slade. Elle était heureuse de retourner avec lui à la maison. Oui, en dépit des circonstances bien particulières, elle commençait à penser au ranch comme à sa maison.

Ils chevauchèrent en silence, un peu sur leurs gardes, mais en goûtant néanmoins le plaisir d'être ensemble.

21

Le bébé qu'elle tenait dans ses bras la fascinait, avec sa tête toute chevelue et son aspect de miniature humaine. Il était né la nuit où ils étaient revenus au ranch, comme si Willow avait attendu le retour de son mari.

Cependant, Billy n'avait pas participé à l'accouchement. Il s'était endormi, pour n'être réveillé que par les cris du bébé.

Willow s'était donc débrouillée seule. Et dès le lendemain, elle se levait. Tout ce que Sharisse avait entendu dire au sujet de l'accouchement, Willow le démentait avec un naturel confondant.

Depuis trois jours, Sharisse passait son temps

avec la jeune Indienne et son fils. Elle négligeait la lessive, cuisinait à la va-vite et ne parlait que du bébé. Lucas manifestait une tolérance bienveillante, et ne semblait pas s'irriter de ce laisser-aller.

Il avait beaucoup de travail à cause des chevaux. Le soir, la fatigue le conduisait droit au lit et épargnait à Sharisse des avances amoureuses. Mais pour combien de temps?

En fait, elle ne savait plus très bien ce qu'elle souhaitait. N'en venait-elle pas à se demander si le calme de Lucas ne tenait qu'à sa fatigue? Ainsi, elle le soupçonnait parfois d'indifférence, se sentait délaissée et envisageait même de lui poser franchement la question...

Elle s'inquiétait aussi du silence de Stephanie. Ah! Une toute petite lettre lui aurait apporté tant de réconfort!

Ce jour-là, elle attendait le retour de Lucas qui, depuis le matin, était parti en ville. L'après-midi touchait à sa fin lorsqu'elle le vit arriver dans un buggy.

– Que faites-vous avec cette voiture? lui cria-t-elle.

– Je vous emmène en ville. Dîner à l'hôtel.

L'initiative de Lucas l'enthousiasma. Qu'importe si elle la devait à ses piètres talents de cuisinière!

– Tenez, lui dit-il en lui tendant deux paquets enrubannés. C'est pour vous. Et pour plus tard... Ce soir, je vous demande de porter votre plus belle robe. Nous avons rendez-vous.

– Avec qui?

– Un ami de Saint Louis. Il est arrivé à Newcomb juste aujourd'hui.

– Mais, je croyais que vous trouviez mes robes trop élégantes pour Newcomb, Lucas? Je ne voudrais pas avoir l'air déplacé.

– Vous serez très bien.

– Auriez-vous l'intention de me... montrer?
– Et pourquoi pas? J'ai pour fiancée la plus belle femme de la région. Quel homme ne serait pas fier?
– Lucas, soyez sérieux.
– Je le suis, ma belle.
– Ne m'appelez pas ainsi.
– Enfin, Sharisse! Cessons de discuter et allez vous préparer. Une soirée en ville ne peut pas vous faire de mal. Surtout en semaine. Il n'y aura pas trop de bousculade. Et Emery Buskett sera ravi de vous rencontrer. C'est un citadin, comme vous.
– Croit-il lui aussi que je suis de Saint Louis? Souvenez-vous que je n'y ai jamais mis les pieds!
– Ne vous inquiétez pas sans raison. Il se trouve que je n'ai pas eu le temps de lui parler de vous. Nous avions bien d'autres sujets de discussion, aujourd'hui.
– C'est ce qui vous a retardé?
– Bon sang, Sharisse! On dirait un vieux couple qui se chamaille.
– Merci... fit-elle, indignée, bien que persuadée qu'il la taquinait.
– En fait, je ne m'attendais pas du tout à le voir, expliqua Lucas.
– Et maintenant, vous voulez le surprendre à votre tour en m'emmenant avec vous, n'est-ce pas?
– Vous n'aimez pas les surprises?
S'il devait son humeur taquine à quelques verres, il n'en était pas moins désarmant.
– Je vais me préparer, Lucas.
– Parfait! lui dit-il en posant un petit baiser sur sa joue. Faites comme si je n'étais pas là. Prenez votre bain dans la cuisine pour aller plus vite. Moi, je vais me laver dans la grange.
– Vous attendrez que je vous appelle?
– Je ne peux rien promettre, ma belle.

Elle le regarda tandis qu'il s'éloignait en riant. Pourquoi s'entêtait-il à l'appeler « ma belle » alors que cela l'agaçait tant ?

Mais comment lui en vouloir quand il avait l'humeur et le rire d'un adolescent...

22

Sharisse fut agréablement surprise par Le Palace. L'hôtel cachait son luxe derrière une façade de bois d'une extrême simplicité. Sur les tables de la salle à manger, les chandeliers de cristal lui donnèrent l'impression d'être à New York, bien que là-bas jamais un restaurant n'eût été aussi désert. Et puis, à New York, elle aurait porté une tenue plus sophistiquée.

Il n'y avait qu'un autre couple dans la salle, occupé avec le maître d'hôtel. Elle observa discrètement Lucas pendant qu'ils attendaient Emery.

Les paquets qu'il lui avait apportés contenaient des robes de coton imprimé et des chemises et pantalons de garçon. Tenues de travail ou de cheval, sans doute. Elle n'avait encore fait aucun commentaire, mais elle en avait conclu qu'il n'envisageait pas son départ avant un bon moment.

Lucas, lui aussi, l'observait à la dérobée. Décidément, il la trouvait très belle. Sa robe, rouge et noir, en satin, ornée de trois rangs de dentelle de Chantilly au bas de la jupe, rehaussait le chaud cuivre de sa chevelure. Elle était tout simplement exquise. Dommage qu'il eût découvert qu'elle était aussi une jolie petite menteuse. Aussi habile que lui à raconter des histoires ! Jamais il ne l'aurait crue vierge. Et pourtant, à la réflexion, il aurait pu le deviner à son comportement.

Il avait été aussi crédule qu'elle devant ses mensonges à lui. Mais, s'il enrageait, il était également ravi. Une vierge, c'était beaucoup mieux qu'une veuve! Restait à comprendre pourquoi elle lui avait caché une vérité bien séduisante.

Il repensait à la façon dont elle avait tenté, le lendemain matin, de dissimuler la preuve de son mensonge. Comme s'il avait été dupe... Bon sang! Que cherchait-elle à fuir en rusant de la sorte? Qui était-elle vraiment? Avait-elle l'intention de l'épouser, ou fallait-il là aussi croire à un mensonge? La curiosité le dévorait. Le désir également. Et quand ses yeux améthyste se posèrent timidement sur lui, il se dit qu'il la retiendrait tant qu'il aurait besoin d'elle.

L'instant d'après, Emery entra dans la salle à manger. Il n'était pas seul : les Newcomb l'accompagnaient! Lucas plissa le front. Emery lui avait dit que Sam ne voulait pas que la vente de son ranch s'ébruite. Or, il apparaissait au côté du notaire dans un lieu public. Emery, quant à lui, avait l'air terriblement embarrassé. Et Lucas pensait connaître la raison de cette gêne. Soudain propulsé sur le devant de la scène, le notaire devait regretter le confort de son bureau, là-bas, à Saint Louis. Il est plus facile de tirer les ficelles dans l'ombre. D'ailleurs, ce face-à-face entre Sam et l'homme de loi peu scrupuleux que Lucas utilisait justement contre lui n'était pas prévu...

De son côté, Samuel Newcomb aurait préféré se trouver à cent lieues du Palace. C'était Fiona qui avait voulu dîner en ville avec Emery qu'il lui avait présenté comme un simple associé. Et voilà que Fiona – pour comble de malchance! – se dirigeait vers la table où elle venait de reconnaître Lucas Holt.

Evidemment, Lucas allait se demander pourquoi l'homme qui s'occupait de leurs intérêts mutuels se trouvait à Newcomb. En réfléchissant un peu, il risquait de découvrir le pot aux roses. Sam achetait le nouveau stock d'actions de la compagnie ferroviaire sous le nom de jeune fille de sa femme... Et, en attendant de pouvoir un jour agrandir sa ville grâce à la voie ferrée, la faire prospérer et racheter ce qu'il avait dû vendre pour se procurer de l'argent liquide, il préférait tenir ses ambitions secrètes. Il avait même renoncé à traiter cette affaire par correspondance et demandé au notaire de se déplacer.

– Quelle charmante surprise ! s'exclama Fiona. Nous ne pensions pas vous rencontrer ici, Lucas. En compagnie de votre charmante fiancée.

Fiona ne lança à Sharisse qu'un regard rapide et hautain avant d'ajouter :

– Mon pauvre Lucas. J'imagine que vous venez ici pour faire un repas correct. Cela n'a pas dû vous arriver souvent ces derniers temps.

Et Fiona accompagna son insulte d'un regard brûlant à l'adresse de Lucas.

C'en était trop. Mais à l'instant même où Sharisse allait sortir ses griffes, Lucas intervint :

– Je n'ai besoin d'aucun prétexte pour emmener ma fiancée dîner en ville. Mais, pour vous rassurer, Fiona, je vous dirai que Sharisse surpasse, et de loin, votre cuisinier.

– J'en suis ravie pour vous, répondit sèchement Fiona.

En revanche, Sharisse avait rosi de plaisir.

– Lucas a voulu, en fait, que je fasse connaissance de l'un de ses amis, madame Newcomb.

– Vous voulez parler de M. Buskett ? s'étonna Fiona.

Se retournant, elle vit Emery et Sam s'approcher. Ce dernier parut tout aussi surpris que sa femme :

– Vous saviez qu'Emery était en ville, Lucas ?

– Je l'ai croisé ce matin par hasard. Mais vous savez comment sont les notaires en voyage d'affaires. Toujours sur les dents. Alors, je me suis dit que dans la soirée il serait plus libre et que c'était une occasion de lui présenter Sharisse. Mais... Et vous? Comment saviez-vous qu'il était ici?

– Il... il est venu au ranch. Une visite de courtoisie. Voilà un homme qui s'occupe d'une partie de mes affaires et que je n'avais jamais rencontré.

– Qu'est-ce que ça veut dire, Emery? remarqua Lucas d'un ton amical. Vous avez refusé mon invitation, mais vous êtes allé voir Sam?

Pris de court, Emery laissa Samuel répondre à sa place :

– Je suis sûr qu'Emery vous aurait rendu visite s'il ne vous avait pas vu en ville, ce matin.

Le notaire sortit de son embarras.

– Bien entendu. Si j'avais su que vous vous étiez fiancé, Lucas, je serais allé vous présenter mes félicitations au ranch.

Emery s'était bien ressaisi et Lucas sourit. Puis il fit les présentations sous le regard sombre de Fiona.

– Hammond? répéta Emery Buskett. J'ai entendu ce nom récemment. Mais je ne sais plus où.

S'il était peu probable qu'il eût entendu parler d'elle, Sharisse se méfia tout de même et changea de conversation.

– Si vous êtes déjà invité à dîner, monsieur Buskett, je le regrette. Mais j'espère que nous aurons bientôt l'occasion de vous revoir à Newcomb.

– Le plaisir de votre compagnie justifiera le voyage, répondit Emery avec une suave courtoisie.

Mais Fiona Newcomb n'entendait pas laisser passer l'occasion de flirter avec Lucas.

– Quelle raison aurions-nous de ne pas dîner tous ensemble ?

Et, avant que Sam pût intervenir, elle s'assit à côté de Lucas.

– Cette chère enfant se fait sans doute une joie d'entendre les dernières nouvelles du pays, dit-elle.

Sharisse décida de contre-attaquer en feignant la candeur. Cette femme l'exaspérait.

– Vous êtes trop aimable, madame Newcomb. D'abord, vous acceptez de partager votre invité avec nous. Et ensuite, vous me rappelez mon jeune âge. J'en suis ravie. Il y a longtemps que l'on ne m'avait pas qualifiée d'enfant, et je commençais à me sentir vieille, ce qui n'est pas très agréable. Vous devez savoir ce que c'est.

Tout en rapprochant une autre table, Sam faillit rire devant l'air déconfit de sa femme. Il s'amusait de son manège. Elle n'avait cessé d'être déplaisante depuis sa rencontre avec Sharisse. A l'évidence, elle ne supportait pas la rayonnante beauté de celle-ci qui lui faisait évidemment de l'ombre. Et puis, cette jeune femme lui prenait l'homme de ses rêves ! Quelle déroute ! Il fallait maintenant que Lucas mît définitivement un terme aux espoirs de Fiona en se mariant. Ce serait un vrai soulagement.

Il appela le serveur pour commander des boissons tandis qu'Emery, ébloui par Sharisse, oubliait complètement la raison de sa présence à Newcomb.

La trentaine, séduisant et apprécié des femmes, Emery Buskett savourait en effet le plaisir inattendu de rencontrer dans cette petite ville une personne comme Mlle Hammond. Même à Saint Louis il ne fréquentait pas de jeunes femmes de cette classe. Elle devait appartenir à l'une de ces riches familles dont il entendait parler dans les journaux. Toutefois, il ne se souvenait pas d'avoir lu le nom de Hammond dans un magazine. Ni de l'avoir entendu prononcer à Saint Louis. Ah! Que c'était agaçant de sentir qu'il avait la réponse au bout de la langue!

Les alcools arrivèrent : une bouteille de vin blanc pour les dames et des whiskeys pour les messieurs. Sam prit l'initiative de commander le dîner pour tous, et le repas sembla promettre de se dérouler agréablement. Car si Fiona n'avait d'yeux que pour Lucas, Sharisse était trop occupée à donner le change devant Emery, qui lui parlait de Saint Louis, pour se préoccuper de sa rivale.

Elle ignorait que Lucas s'intéressait beaucoup plus à sa conversation qu'à Fiona. Il trouvait qu'elle jouait fort bien son rôle. En revanche, l'admiration évidente d'Emery commençait à le gêner. Le jeune notaire avait beaucoup de charme et ce côté dandy qui devait rappeler à Sharisse les attraits de l'Est. N'avait-il pas été stupide de les réunir?

– Marcus Hammond! s'écria soudain Emery au grand effarement de ses compagnons. Oh! Excusez-moi. Mais vous savez, c'est ce nom dont je ne parvenais pas à me souvenir tout à l'heure.

– Eh bien, monsieur Buskett! dit Fiona d'un ton sec. Nous vous écoutons.

– Oh... C'est au fond sans importance.

– S'agirait-il d'un parent à vous, ma chère? demanda machinalement Fiona à Sharisse.

– Non.

Elle avait presque crié et baissa les yeux en ajoutant :

– Non. Je n'ai jamais entendu parler d'un Marcus Hammond.

Emery décida alors de raconter ce qu'il savait. Après tout, l'histoire n'était pas banale.

– Cet homme est un riche excentrique new-yorkais dont la fille a disparu. L'un de mes amis, Jim, fait partie des nombreux détectives chargés de retrouver la demoiselle. Et la récompense offerte est si importante que le patron de Jim exige un résultat positif. Autrement dit, Jim risque de perdre sa place à cause de cette jeune femme.

– New York ? répéta Lucas, songeur. Et quel est le prénom de la jeune femme ?

Sharisse aurait aimé disparaître sous la table.

– Je ne m'en suis jamais préoccupé, je dois dire.

Soulagée, Sharisse hasarda une question afin de ne pas intriguer Lucas par son silence.

– S'agit-il d'un enlèvement, monsieur Buskett ?

– Non. C'est une fugue. On sait que cette personne a quitté New York en train en emportant une petite fortune en bijoux. Et le pays est grand... Mais Jim, pour sa part, pense qu'elle a dû faire demi-tour, le jour même de son départ, et se cacher dans un hôtel.

– Pourquoi ? demanda Fiona.

– Elle est née à New York et n'en est sortie qu'une fois pour un voyage en Europe. Par conséquent, il est difficile de croire qu'elle ait eu envie de quitter sa ville natale à cause d'un simple différend avec son père. Jim estime qu'elle va revenir d'elle-même. Et qu'il n'y aura de récompense pour personne...

– C'est une histoire fascinante, monsieur Buskett, observa Fiona non sans malice. Surtout que nous avons une demoiselle Hammond, ici même, à notre table. Si nous ne savions, par Lucas, qu'elle vient de Saint Louis, nous pourrions imaginer qu'elle est bel et bien cette petite fille gâtée qui a fui son papa.

Sharisse s'efforça de rester calme. Mais il y avait

vraiment de quoi hurler! Les insinuations perfides de Fiona étaient dévastatrices...

– Pourquoi dire des choses pareilles, madame Newcomb? demanda-t-elle en se contraignant à sourire. Ce sont des idées de personne sénile ou ivre. Mais vous n'êtes pas si vieille que cela, et vous avez à peine touché à votre verre. Alors comment justifiez-vous une hypothèse aussi ridicule?

Fiona fit un bond sur sa chaise.

– Petite...!

Sam l'interrompit avec un petit rire.

– Allons, Fiona, sois bonne joueuse.

– Mais...

– Va donc te repoudrer le nez avant le dessert.

Fiona quitta la table, l'air outré. Mais aussitôt Sharisse se leva également.

– J'ai, moi aussi, besoin de me repoudrer le nez. Veuillez m'excuser, messieurs.

– Sharisse! lança Lucas.

– Ne vous inquiétez pas, Lucas. Je ne vais pas loin. Je serai juste derrière cette porte qui vient de claquer.

Et elle s'éclipsa avec un grand sourire, curieuse de voir comment Mme Newcomb pourrait se sortir d'une confrontation directe...

Si Lucas, agacé, tambourina sur la table, Sam eut du mal à contenir sa jubilation. Quant à Emery, il était visiblement plongé dans une profonde perplexité.

Puis des éclats de voix parvinrent des toilettes. Lucas se leva d'un bond, mais Sam l'arrêta.

– Laissez-les faire. Elles ne vont pas s'entretuer.

– Là n'est pas la question, rétorqua Lucas.

– Par pitié, Lucas, n'intervenez pas. Fiona a besoin d'une leçon. Sinon, elle va devenir insupportable. Et puis, encore une fois, les femmes ne s'étripent pas. Elles s'en tiennent aux injures.

Lucas se dit qu'il avait raison et se rassit. Bientôt, les cris s'apaisèrent, une porte claqua. L'incident était terminé. Cependant, ni Fiona ni Sharisse ne réapparurent. Lucas redevint anxieux. Il allait se relever quand le réceptionniste vint prévenir Sam que sa femme s'était retirée dans leur suite. Sam entretenait en effet une suite au Palace à longueur d'année.

– Sans explication? demanda Sam.

– Je ne pense pas que vous ayez envie d'entendre ce que Mme Newcomb a pu ajouter...

Sam s'éclaircit la gorge, remercia l'employé et, se tournant vers Emery et Lucas, leur demanda d'excuser Fiona.

– Vous restez donc à l'hôtel, ce soir? demanda Lucas.

– Oui. Et j'envisage sérieusement de m'y installer de façon permanente. C'est sans doute ce qu'il faudrait pour Fiona. Au ranch, elle s'ennuie tellement... Ce qui peut expliquer son humeur.

Quel prétexte bien choisi pour éviter de parler de la vente du ranch!

– Vous pourriez vous séparer de vos domestiques, suggéra Lucas en riant. Ainsi, Fiona aurait de quoi s'occuper.

– Je crois plutôt qu'elle me laisserait tomber. Je l'ai trop gâtée. Prenez garde de ne pas faire la même erreur avec votre jolie petite fiancée.

– Pour gâter Sharisse, il faudrait que je la ramène dans l'Est. Elle n'est pas vraiment faite pour s'adapter à la vie d'un ranch.

– Vous envisageriez de partir?

– Ne m'avez-vous pas conseillé d'éviter de la gâter?

– Si...

Sam eut du mal à dissimuler sa déception, après

avoir entrevu la possibilité de se débarrasser de Lucas.

Mais le réceptionniste revenait, avec un message pour Lucas, cette fois-ci.

– Mlle Hammond vous demande de l'excuser, monsieur Holt. Elle ne se sent pas très bien.

– Où est-elle ?

– Dehors. Dans le buggy.

Sam s'inquiéta :

– J'espère que ce malaise n'est pas dû aux remarques de Fiona.

Les trois hommes se levèrent. Mais Lucas laissa exploser sa colère :

– Vous savez bien que si, répondit-il à Sam. Et je tiens à vous dire que j'en ai par-dessus la tête de ces histoires. Fiona est votre femme. Ce qui a pu se passer entre nous est terminé. Faites en sorte qu'elle le comprenne, Sam. Sinon, je finirai par l'étrangler. Surtout après ce qui vient de se passer.

Et Lucas laissa à Sam le soin d'éclairer Emery, comme il l'entendrait.

23

Sharisse ne parvenait pas à retenir ses larmes. C'était ridicule, mais ne s'était-elle pas montrée stupide toute la soirée ? Jamais elle n'avait agi de la sorte. Elle ne se reconnaissait plus, et ce bouleversement était sans doute la véritable raison de ses larmes incontrôlables.

Lucas la trouva ainsi, le visage enfoui dans ses mains, les épaules tremblantes. Eût-elle bruyamment sangloté, il ne l'aurait pas prise au sérieux. Mais au contraire, elle pleurait sans bruit. Visiblement, elle souffrait en silence. Alors monta en lui un besoin qu'il n'avait plus éprouvé depuis très longtemps. Le besoin de protéger ce qui lui appartenait.

– Sharisse?

Elle releva brusquement la tête, en regrettant qu'il la surprît. Pourquoi s'était-il approché silencieusement? Elle aurait voulu lui cacher sa joue gauche. Mais c'était trop tard, et elle vit son expression changer, passer de l'inquiétude à la colère, lorsqu'il découvrit le bleu qui marquait sa joue.

Pendant quelques secondes, elle s'interrogea sur l'objet de sa colère. A qui en voulait-il? A elle? A Fiona? Puis il explosa :

– Je vais la tuer!

– Mais je n'ai pas mal, Lucas...

– Alors, pourquoi pleurez-vous tant?

– Parce que je me suis conduite comme une idiote. J'aurais dû vous écouter et rester à table. Mais je ne pensais pas qu'elle se jetterait sur moi.

Il s'assit à côté d'elle et la prit dans ses bras.

– Fiona ne voit pas la vie comme vous. Elle suit d'autres règles, expliqua-t-il. Je croyais que vous l'aviez compris.

– Comment l'aurais-je compris? Je ne suis pas habituée aux sauvages. Moi, je voulais simplement qu'elle me dise pourquoi elle me provoquait tout le temps. Mais quand elle m'a giflée, je ne sais pas ce qui m'a pris. Je... je lui ai rendu sa gifle, Lucas. Oh! Je suis désolée.

Il la regarda, effaré.

– Vous avez réagi normalement. Ce n'est pas la peine de pleurer pour ça.

– Mais vous ne comprenez pas! Je crois que je lui ai cassé le nez... Ah, non! Ne riez pas! Ce n'est pas drôle.

– Oh, si! Elle vous insulte, vous frappe, et vous pleurez parce que vous avez réagi...
– Trop violemment.
– Vous êtes sûre qu'elle a le nez cassé? Vous avez entendu l'os craquer?
– Non. Mais elle saignait. Et elle m'a regardée comme si j'allais la tuer.
– Evidemment. Elle ne s'attendait pas à une telle riposte de la part d'une jeune femme élevée dans les beaux quartiers. Ne vous en faites donc pas, ma douce. Si vous l'aviez réellement blessée, elle aurait ameuté tout l'hôtel.
Sharisse sortit un mouchoir de sa pochette et, plus calme, se préoccupa de Sam et d'Emery.
– J'espère que vous leur avez transmis mes excuses.
– Oui. Et à l'adresse de Sam, j'ai ajouté ce qu'il convenait de dire. Il devrait avoir un peu plus d'autorité sur sa femme... Maintenant, j'aimerais savoir pourquoi elle vous a giflée.
– Je lui avais fait remarquer que vous n'auriez pas cherché une femme si elle avait été la maîtresse exceptionnelle qu'elle prétendait être. Oui, la discussion en était là, si je me souviens bien.
– Et que vous a-t-elle répondu?
– Que tout pouvait recommencer entre vous, si elle le désirait.
– Vous êtes jalouse, n'est-ce pas, Sharisse? Et c'est pour cela que vous l'avez giflée.
– Ne soyez pas absurde. Vous auriez dû, par contre, me prévenir. Je viens d'un milieu où les hommes n'imposent pas à leur fiancée de dîner avec leur ex-maîtresse.
– Elle n'a jamais été ma maîtresse, Sharisse. On se voyait de temps en temps. Mais j'avais toujours quelqu'un d'autre. Et si l'on a passé quelques bons moments ensemble, c'était sans aucune espèce d'engagement. Ensuite, elle a épousé Newcomb, et

nous en sommes restés là. Je ne veux pas d'histoires avec des femmes mariées.

– Pourquoi ne l'avez-vous pas épousée si vous passiez de si bons moments ensemble ?

– Tout simplement parce que je n'avais pas, à l'époque, envie de me marier. Alors je ne risquais pas de me demander si elle ferait ou non une bonne épouse.

– Et maintenant ? Si elle était libre...

Il secoua la tête en riant.

– Vous êtes décidément jalouse, Sharisse ! Et sans raison. Je peux vous l'assurer.

– Oh ! J'en ai assez de votre air moqueur ! Ramenez-moi à la maison, monsieur Holt.

– Bien, madame, répondit-il en étouffant un rire.

Ils rentrèrent sans se parler. Dans la cour du ranch, Lucas demanda à Mack de s'occuper du buggy et raccompagna Sharisse. Dès qu'il eut allumé une lampe, elle se dirigea vers sa chambre. Mais sur le seuil, une question inattendue l'arrêta net.

– Qui est Joel ?

Elle fit volte-face.

– Quand avez-vous entendu ce nom ?

– Le soir du dîner chez les Newcomb. Vous parlez beaucoup lorsque vous avez bu.

Son expression s'était assombrie. Elle s'en inquiéta.

– Joel est un ami, Lucas. Un ami d'enfance. Pourquoi ? Qu'ai-je raconté à son sujet ?

– Que Stephanie l'aimait. Pas vous. Et que vous l'aviez dit à votre père.

Lucas s'approcha d'elle et chercha son regard.

– Est-ce ce qui vous a fait fuir, Sharisse ?

– Croyez-vous que je sois la personne dont M. Buskett a parlé ?

– Je me trompe ?

– Je vous ai déjà répondu à ce sujet, observa-t-elle d'un ton sec. Mais, afin d'en rester là, je vous dirai que mon père se nomme John Richards. Hammond était le nom de mon mari.

– Antoine Hammond?

– Certainement pas! s'exclama-t-elle avant de se ressaisir rapidement. J'ai dû mentionner ce nom ce même soir d'ivresse, je suppose?

– Oui.

– Et qu'ai-je dit qui ait pu vous faire croire que je parlais de mon mari?

– Vous l'avez appelé : « mon amour ».

– Oh...

Tandis qu'elle restait muette d'embarras, il effleura sa joue, son cou, puis posa sa main sur son épaule. Il attendait une réponse.

– J'ai rencontré Antoine il y a longtemps, Lucas. J'étais jeune, naïve, il était beau et savait parler aux femmes. Parce que je rêvais d'amour, je me suis facilement méprise sur ses sentiments et sur les miens. Antoine était un homme sans scrupules. Un menteur éhonté. Il...

Elle s'interrompit, surprise par ses propres paroles. Car en matière de mensonge, depuis quelque temps, elle n'avait plus grand-chose à envier à Antoine...

– Il...? Il quoi? demanda Lucas.

Baissant les yeux, elle reprit :

– Il ne voulait qu'une chose. Fort heureusement, je l'ai démasqué à temps.

– Il ne vous a pas pris votre virginité? C'est cela?

– Oui.

– Mais vous avez cru l'aimer. Combien de fois vous êtes-vous trompée, Sharisse, avant de rencontrer votre mari?

Lui avait-elle demandé d'énumérer ses conquêtes ? Elle était au courant de sa liaison avec Fiona. Il connaissait maintenant l'épisode vécu avec Antoine. C'était suffisant. Mais, puisqu'il l'agaçait, elle allait lui rendre la pareille.

– Je ne suis pas le genre de femme à tenir des comptes, lui répondit-elle avec un sourire angélique.

Feignant d'entrer dans son jeu, il remarqua :

– Tant d'amours, et seulement un mari ! Et maintenant, Sharisse, qui aimez-vous ?

Il prit ses lèvres sans attendre de réponse. Elle ne l'aimait probablement pas. Elle mentait avec une étonnante maîtrise. Mais, en revanche, son corps, lui, se livrait...

Elle se disait qu'il se moquait bien de l'amour. Qu'il ne voulait, lui aussi, qu'une seule chose. Et qu'elle ne le laisserait pas recommencer.

Alors, pourquoi passa-t-elle ses bras autour de son cou en signe d'assentiment ?

24

Sharisse ouvrit les yeux en s'étirant langoureusement, aux côtés de Lucas. Il lui fallut un moment pour se rendre compte que la présence de Lucas dans son lit lui semblait familière, alors qu'elle aurait dû trouver la situation désastreuse. Elle venait de passer la nuit avec un homme qui n'était pas son mari et qui ne le serait sans doute jamais... Il aurait pu au moins regagner sa chambre. Cette fois-ci, ils n'avaient pas l'excuse d'avoir dû partager la seule et unique couverture disponible...

Mais elle ne tarda pas à songer qu'elle avait adoré se blottir dans ses bras et qu'elle aurait été très déçue s'il l'avait laissée après l'avoir aimée aussi intensément.

Devenait-elle amoureuse de Lucas? Non! Elle refusait cette possibilité. L'arrogance de son père lui avait suffi. Elle ne permettrait à aucun autre homme d'avoir la même autorité sur elle. Elle préférait l'immoralité aux chaînes de l'amour. Oh! Une immoralité qui n'allait pas très loin! Elle pouvait bien à vingt ans faire l'expérience d'un plaisir sans lendemain sans se condamner à l'enfer.

Elle sourit en contemplant Lucas, son torse, ses muscles, cette boucle noire sur le front lisse. Mais, d'abord séduite par l'impression de puissance qui émanait de lui, même pendant son sommeil, elle remarqua bientôt à quel point, ainsi privé de son sourire juvénile et de l'éclat malicieux de ses yeux verts, il ressemblait à son frère.

C'était la première fois qu'elle repensait à Slade depuis qu'ils étaient revenus. Quel soulagement lorsqu'elle avait constaté qu'il ne les attendait pas au ranch! Cependant, maintenant, la ressemblance était criante, et Slade revenait la hanter.

Elle détourna son regard. Dans la bassine de porcelaine, Charley la fit sourire, avec sa mine désapprobatrice. Il ne s'habituait pas à Lucas et devait trouver insupportable son intrusion dans son domaine personnel.

Puisque sa maîtresse le regardait, il en profita pour lui manifester son mécontentement. Quittant son refuge, il sauta par la fenêtre. Et voilà comment l'on se fait juger par son chat!

– Bonjour, ma belle.

Il la fit tressaillir. Agacée, elle se tourna vers lui en un mouvement brusque.

– Combien de fois vous ai-je demandé de ne pas m'appeler comme ça!

– Il est trop tôt pour élever la voix, ma douce...

Se glissant sur elle, il eut un sourire enjôleur et lui demanda :

– Pourquoi cette interdiction?

– Parce que votre frère m'a appelée ainsi. Et je n'ai pas envie de me souvenir de lui.

Lucas effleura ses lèvres avant d'embrasser ses seins parfaits.

– Je préfère aussi que vous l'oubliiez pendant que je vous tiens dans mes bras. Sinon, je risquerais d'être jaloux...

– Etes-vous un homme jaloux, Lucas?

Entre deux baisers, il murmura :

– Je ne sais pas.

– Alors, pourquoi dites-vous cela?

– Lorsque je fais l'amour avec vous, je tiens à ce que vous soyez totalement présente. Comprenez-vous?

– Il m'est difficile de penser en ce moment, Lucas...

Les yeux clos, elle se mit à gémir doucement tandis que les lèvres de Lucas se posaient sur son ventre. Bientôt elle vogua au gré de la volupté qu'il savait si bien susciter. Et elle faillit laisser échapper un cri de douleur quand il s'interrompit.

Mais, ouvrant les yeux, elle vit dans son regard tant d'adoration et de désir qu'une immense confiance la submergea. Vierge ou non, riche ou pauvre, elle était l'objet d'un désir absolu.

– Dieu! Que vous êtes belle!

– Je commence à croire que vous le pensez vraiment, remarqua-t-elle, encore haletante.

Il plongea son regard dans le sien.

– Pourquoi? Vous en doutiez?

– Lucas... Taisez-vous.

Tandis qu'elle prenait sa bouche, il se dit qu'il

allait la faire un peu attendre. Mais s'il lui refusait ce qu'elle lui demandait dans l'instant, ce n'était que stratégie délicieuse, dans le but de lui donner finalement un plaisir sans bornes.

Ses mains cherchèrent les points sensibles de son corps. Il la fit vibrer de plus en plus fort, tout en découvrant qu'avec elle, il prenait un infini plaisir à donner.

25

Sharisse laissa tomber le jupon qu'elle venait de laver : Charley ronronnait dans les bras de Lucas ! Un Lucas qui s'avançait vers elle avec un sourire de fête. Elle crut rêver.

Pourtant, à l'instant où Charley sentit son odeur, il poussa un cri rauque et commença à se débattre comme un démon dans les bras de Lucas. Dès qu'il se fut libéré, il fila vers la fenêtre de sa chambre, où, d'un bond, il s'engouffra.

– Je me doutais qu'il aurait cette réaction, dit Lucas. Je crois avoir compris ce qui ne va pas entre lui et moi.

– Ah ?

– Quand a-t-il eu pour la dernière fois une femelle ?

– Lucas !

– Je suis sérieux, affirma-t-il en riant. C'est un mâle qui a besoin d'une femelle, comme tous les mâles de la création. En attendant, il vous prend comme substitut.

– Ne soyez pas absurde.

– Ce chat considère tout homme qui vous approche comme un rival.

– C'est aberrant. Je vous ai expliqué qu'il n'aime pas les étrangers.

– Dans ce cas, pourquoi est-il venu vers moi ?

– C'est lui qui est venu vers vous ?

– Absolument. Vous avez bien vu qu'il m'a laissé le prendre dans mes bras... Je vais vous dire ce qui s'est passé : j'étais dans la grange, loin de vous. Il m'a perçu différemment. C'est tout.

– Mais alors, si cela est vrai, où vais-je lui trouver une femelle ?

– Pas à Newcomb. Je n'y ai jamais vu de chat. Mais je pourrais faire envoyer des petites annonces dans les villages environnants. Et puisque je dois rapporter le buggy aujourd'hui, nous allons en profiter. Allez vous changer, je vous emmène avec moi.

– Mais comment reviendrai-je ?

– A cheval. Il est grand temps que vous vous y mettiez.

Elle se détourna de Lucas pour retourner à sa lessive.

– Je reste ici. Vous n'avez pas besoin de moi pour envoyer ces annonces.

– Je tiens à votre compagnie.

– Il y a trop de travail, Lucas.

– Allez mettre le pantalon que je vous ai acheté, Sharisse, lui ordonna-t-il.

Elle releva brusquement la tête.

– Je ne porterai pas ce pantalon. Surtout en ville !

– Je ne l'ai pas acheté pour qu'il reste dans la penderie. Allez le mettre.

– Non.

Il se rapprocha d'elle. Aussitôt, elle recula en tenant le jupon qu'elle venait de relaver comme une arme.

– Voulez-vous parier que vous irez en ville avec

moi, et en portant ce pantalon? demanda-t-il calmement. Et que je vous le mettrai de force, s'il le faut?

– Vous n'oseriez pas.

Le voyant faire un pas de plus vers elle, elle se mit à courir vers la maison. Mais il la souleva de terre avant qu'elle pût atteindre la porte.

– D'accord! s'écria-t-elle. Je vais me changer. Lâchez-moi.

Elle enrageait de le voir sourire.

– Ne traînez pas. Sinon, je m'imaginerai que vous avez besoin de mon aide.

– Vous êtes un tyran, Lucas Holt!

S'éloignant, il lui lança par-dessus son épaule :

– Non. Il se trouve, tout simplement, que je supporterais très mal de me séparer de vous, aujourd'hui.

– J'ai envie de hurler, dit-elle.

Ce qu'elle fit...

Deux heures plus tard, ils rendaient le buggy et laissaient à l'écurie les chevaux qui allaient les ramener au ranch. Sharisse portait son ensemble de voyage sur la chemise et le pantalon achetés par Lucas. Un compromis qui avait fait éclater de rire Lucas.

Elle lui en avait voulu, mais pas très longtemps... A l'évidence, elle lui trouvait un sourire désarmant. Ses fureurs s'apaisaient dès qu'il la taquinait avec son fameux air d'adolescent. Jamais elle n'avait vu un homme pourvu d'un tel charme.

Lucas la laissa à la poste.

– Il faut que je voie si Emery est déjà parti. J'ai oublié de lui dire quelque chose, hier. Habituellement, la diligence a du retard. Cela m'éviterait de lui écrire.

– Et qu'est-ce que je fais en vous attendant?

– Rédigez trois annonces. Vous saurez mieux

que moi décrire le genre de femelle qui peut convenir à Charley. Wilber va vous fournir du papier et une plume. Et profitez-en pour voir si vous avez du courrier.

– On ne l'apporte pas au ranch ?

– Non. Il faut venir le chercher ici.

– Si vous ne m'aviez rien dit, personne ne m'aurait prévenue ? demanda-t-elle, effarée.

– Non...

Dès que Lucas fut parti, elle se précipita dans le bureau de poste. Mais aucune lettre de Stéphanie ne l'attendait. En revanche, il y en avait deux pour Lucas. L'une venait d'un certain M. Andrevie, de La Nouvelle-Orléans, l'autre d'Emery et avait été déposée à la poste. Lui aussi avait dû oublier de dire quelque chose à Lucas.

Elle fit un effort d'imagination pour rédiger ses annonces. Lucas aurait sans doute eu moins de mal. Après tout, il avait déjà une certaine habitude des petites annonces...

Lucas trouva Emery au dépôt, juste au moment où la diligence arrivait.

– C'est gentil de venir me dire au revoir, Lucas.

– Honnêtement, je suis surtout venu ramener le buggy que j'avais loué.

Il aida Emery à installer sa malle à l'arrière de la diligence.

– Je vous ai laissé une lettre expliquant en détail ma rencontre avec Newcomb.

– Parfait. Mais j'ai autre chose à vous demander. Votre ami, ce détective...

– Jim ?

– Oui. Allez le voir dès votre retour.

– Je doute qu'il soit encore à Saint Louis.

– Eh bien, même s'il est en route pour New York, entrez en contact avec lui. Je veux qu'il vous donne toutes les informations qu'il possède au sujet de cette demoiselle Hammond. Nom, âge, description, tout ce qu'il sait d'elle.

– Serait-ce finalement une parente de votre fiancée?

– Peut-être. Sharisse s'est souvenue de cousins new-yorkais que sa famille n'a pas vus depuis longtemps. Elle aimerait en savoir un peu plus à propos de cette personne.

– Je me ferai un plaisir de lui être agréable. Et je regrette qu'elle ne soit pas avec vous. J'aurais pu le lui dire moi-même.

– Vous oubliez qu'elle n'est pas libre, remarqua Lucas d'un ton soudain froid.

– Une femme comme elle me ferait oublier l'amitié que j'ai pour vous, répondit Emery en souriant.

Et son sourire s'agrandit lorsqu'il aperçut Sharisse.

– La voilà justement!

Lucas vit à son tour Sharisse qui venait vers eux. Mais il vit également Leon Waggoner qui changeait de trottoir pour s'avancer vers elle.

– Bon voyage, Emery.

Lucas s'éloigna brusquement.

– Mais, Lucas...

Emery s'interrompit. Lucas avait mis un terme à leur conversation et il était inutile d'insister. Quel homme étrange! Très souvent agréable, il pouvait être parfois d'une indifférence glaciale.

Cela dit, Emery ne cherchait plus à comprendre Lucas Holt. Celui-ci rémunérait ses services avec largesse, et c'était l'essentiel.

26

Sharisse se demanda qui était ce cow-boy qui venait vers elle. Si elle l'avait rencontré chez Samuel Newcomb, elle ne s'en souvenait pas...

– Mademoiselle Hammond, n'est-ce pas?

– Nous nous connaissons, monsieur?

Les pouces dans sa ceinture, l'homme prit une pose désinvolte, mais Sharisse le sentait agressif.

– Non. Je dois être le seul en ville qui n'ait pas encore eu le plaisir de vous rencontrer. Je m'appelle Leon, et je suis l'intendant du ranch Newcomb. Et vous, vous êtes encore plus jolie qu'on me l'avait dit.

Leon... Sharisse avait déjà entendu ce nom. Mais où? En tout cas, quelle manière d'aborder une femme, comme cela, en pleine rue!

– Monsieur Leon, je ne sais rien de vous, et...

– Je viens de vous dire que je suis l'intendant de Sam Newcomb. Mon nom est Waggoner. Je vous aurais vue à la soirée du patron si votre fiancé ne m'avait pas abîmé le portrait. J'ai dû me cacher pendant une semaine.

– Ah! Vous êtes l'homme avec lequel Lucas s'est battu!

– Il vous a raconté? En prétendant avoir gagné, je suppose... Eh bien, il faut que vous sachiez qu'il a eu de la chance ce jour-là. J'avais bu quelques verres de trop. Mais, à propos, qu'est-ce que vous lui aviez fait pour qu'il cherche la bagarre?

– Moi? Vous avez de l'audace, monsieur! Au revoir.

Leon l'attrapa par le bras.

– Ne me tournez pas le dos. Ce ne sont pas des manières.

– Je crois plutôt que c'est votre mère qui a

oublié de vous enseigner les bonnes manières, Leon.

La voix de Lucas les fit tous deux sursauter. Ils le virent, mains sur les hanches, le visage aussi dur que le ton de sa voix.

Leon relâcha Sharisse.

– Votre fiancée n'est pas très chaleureuse, Lucas.

– Elle aime choisir ses interlocuteurs.

La froideur de Lucas inquiéta Leon. Mais il avait encore sa réputation à sauvegarder.

– Je n'en ai pas fini avec vous, Holt. Si vous étiez seul...

– Faites comme si je l'étais, Leon. Pour moi, ça ne change rien. Si vous voulez me prendre au pistolet, je suis aussi votre homme.

Le front soudain couvert de sueur, Leon secoua la tête.

– Depuis que cette femme est ici, vous n'êtes plus le même. Et il n'est pas question que je règle mes comptes avec un type qui a perdu la tête. J'attendrai que vous soyez revenu à votre état normal.

Lucas regarda Leon s'éloigner précipitamment, en se disant qu'il avait peut-être un peu raison. Quand Leon avait posé sa main sur Sharisse, Lucas la lui aurait volontiers arrachée à coups de revolver...

Se tournant vers Sharisse, il s'apprêtait à apaiser sa frayeur lorsqu'il vit son beau regard améthyste étinceler de colère.

– Comment pouvez-vous agir ainsi ? lui demanda-t-elle avec dureté.

– C'est-à-dire ?

– Par moments, rien ne vous distingue de Slade.

– Mon frère serait content de l'apprendre, remarqua-t-il en souriant.

– Pourquoi?

– Ce qui me permet de survivre ici, c'est lui qui me l'a enseigné. Je n'ai pas été comme lui à dure école.

– Voudriez-vous me faire croire que ce genre d'attitude n'est qu'une façade?

– Exactement.

– Quelque chose me dit que ce n'est pas vrai.

Et, devant son mutisme, elle ajouta :

– La moité de la ville vous traite cordialement. Les autres vous évitent. Pourquoi, Lucas?

– Vous avez trop d'imagination, Sharisse.

– Non.

L'expression de Lucas trahissait son mécontentement. Mais elle se moquait qu'il n'apprécie pas son observation. Il lui importait avant tout d'obtenir une explication.

– Pour quelle raison a-t-on peur de vous, Lucas?

– Mais, bon sang, ce n'est pas moi qu'ils redoutent! Vous le savez bien!

– On se méfierait de vous parce que vous ressemblez trop à votre frère?

Cette fois-ci, ce fut au tour de Lucas d'être intrigué. Il en négligea la question de Sharisse.

– Je trouve que vous pensez beaucoup à Slade.

– Non. Je ne peux pas dire qu'il me préoccupe.

– Vraiment? Moi, je crois qu'il vous a fait grande impression...

– Peut-être. A cause de son arrogance, de sa froideur, de son insensibilité.

– Je ne me trompais pas : vous n'êtes pas tiède à son égard.

– Oh! ça suffit! Je ne l'aime pas, je vous l'ai dit. J'espère ne jamais le revoir. Mais quand vous adoptez ses manières... j'ai du mal à ne pas penser à lui.

Il sembla scruter son visage. A quoi pensait-il? Devinait-il qu'elle avait bien failli succomber à la séduction de Slade?

– Sur certains points, je suis exactement comme lui, Sharisse, finit-il par dire. Il vaut sans doute mieux que vous le compreniez.

Mais que diable voulait-il dire par là?

27

Sharisse porta à la sellerie le déjeuner de Lucas, enveloppé dans un torchon de cuisine. Au petit déjeuner, il l'avait informée qu'il passerait la journée dans les collines avec Billy. Ils allaient voir comment se portaient les poulains.

Elle avait préparé son repas de son propre chef et se surprenait à espérer qu'il en serait heureux. Vraiment, en trois semaines, elle avait beaucoup changé... N'était-elle pas venue en se promettant de tout faire pour qu'il la renvoyât à New York? Et voilà qu'elle cherchait à lui être agréable parce que depuis l'incident avec Leon Waggoner il lui avait à peine adressé la parole.

Il ne l'avait pas touchée, non plus. Elle n'aurait pas dû le regretter une seule seconde. Stephanie ne devrait plus tarder à lui écrire maintenant et à lui envoyer de l'argent pour le train. La situation se normaliserait.

Et pourtant... Des sentiments contradictoires l'assaillaient. Elle ne savait plus ce qu'elle souhaitait. Une seule certitude s'imposait : elle désirait un homme qu'elle ne comptait pas épouser et rien ne lui paraissait plus insupportable. Elle devait absolument se ressaisir.

A la place de Lucas, elle trouva Mack dans la sellerie, préparant son cheval. Elle s'étonna.

– Vous ne partez pas avec Billy et Lucas, n'est-ce pas, Mack ?

– Non, mam'zelle. Je vais en ville. Lucas a oublié des bricoles la semaine dernière.

– Ce qui signifie que Willow et moi allons rester seules ?

– Je vois ce que vous voulez dire, mais il ne faut pas avoir peur. Si vous apercevez un étranger, prenez le fusil qui est au-dessus de la cheminée et tirez un coup en l'air. Lucas vous entendra. Ils ne vont pas loin.

– J'ignorais qu'il gardait les poulains si près d'ici.

– Plus loin, ils risqueraient de disparaître. Les Indiens, vous comprenez...

Elle préféra se rassurer complètement plutôt que de relever cette dernière remarque.

– Dans ce cas, je pense qu'il n'y a rien à craindre. De toute façon, vous ne resterez pas longtemps en ville ?

– Oh, non ! Je n'ai plus l'âge de m'y attarder pour des raisons inavouables.

L'humour bon enfant du vieux Mack fit sourire Sharisse. Mais elle n'oubliait pas sa principale préoccupation.

– Pourriez-vous passer au bureau de poste pour moi ? J'attends une lettre.

– J'y penserai, mam'zelle.

A peine Mack s'était-il éloigné que Lucas apparut en tenant par la bride deux des nouvelles juments. Billy le suivait. Un instant plus tard, Billy montait l'un des chevaux, et Sharisse s'étonna qu'ils ne fussent pas sellés.

– Ce n'est pas dangereux de monter de cette façon ?

– Non, ça vaut mieux pour les bêtes. C'est la

première fois qu'elles ont un cavalier. Le poids de la selle viendra plus tard, expliqua Lucas.

Il avait évidemment l'habitude de monter de cette manière et ne devait pas comprendre ses appréhensions. De toute façon, elle tenait peu à parler des chevaux. Son expérience de cavalière, au retour de Newcomb, la semaine dernière, lui valait encore quelques douleurs dorsales.

– Je vous ai préparé votre déjeuner.

Elle le lui tendit. Il le mit dans une sacoche. Sa chemise en daim, frangée à hauteur des épaules, collait à ses muscles. Elle se sentit rougir, en songeant qu'elle finirait par commettre l'impensable si Lucas continuait à la délaisser. Impossible de se cacher à quel point il la troublait du matin au soir...

– Nous serons de retour dans la soirée, dit-il.

Il avait plongé son regard dans le sien. Mais elle ne savait que lire dans ses yeux.

– Pour le dîner?

– Sûrement avant.

Il s'apprêtait à enfourcher sa monture lorsqu'il se retourna, la regarda, secoua la tête comme pour chasser une idée folle puis l'enlaça impulsivement en prenant ses lèvres.

Quand il releva la tête, la douceur de son regard était éloquente. Il sourit.

– J'ai très mal dormi ces derniers temps.

– Moi aussi...

Il n'avait aucune envie de la quitter, mais il le fallait.

– Evitez de trop vous fatiguer aujourd'hui, lui dit-il en montant sur son cheval.

– Laissez-moi vous donner le même conseil.

Il s'éloigna en riant. Elle le suivit du regard avec un sourire béat tandis qu'il rejoignait Billy.

28

Soudain désœuvrée dans le ranch désert, Sharisse repensa à son père pour la première fois depuis qu'Emery Buskett en avait parlé.

L'importante récompense offerte par Marcus Hammond à celui qui retrouverait sa fille laissait deviner sa colère. Il n'était donc pas question de retourner chez elle avant que son père se fût calmé. Alors, en supposant qu'elle reçût bientôt de l'argent, elle envisagea de se rendre chez sa tante Sophie. On l'avait certainement déjà cherchée là-bas, donc ce devait être maintenant un endroit sûr. Et sa tante Sophie se rangerait probablement à son avis lorsqu'elle lui aurait expliqué la situation. C'était une femme romantique.

Puis elle pensa à Stephanie, au moment où elle lui parlerait des bijoux. Une confrontation qui promettait d'être pénible. Pourquoi sa sœur lui avait-elle à ce point compliqué la vie? D'un autre côté, elle comprenait un comportement motivé par le désespoir. Et puis, au fond, qu'avait-elle réellement perdu jusqu'ici? Son innocence... Et, en vérité, elle ne le regrettait pas.

Elle sourit en songeant à Lucas. Elle avait hâte de retrouver la chaleur de son corps. Le temps ne passait pas assez vite.

Cherchant de la compagnie, elle alla jusqu'à la maison de Willow, mais la mère et l'enfant profitaient de leur tranquillité pour faire la sieste. Elle aurait aimé être suffisamment fatiguée pour les imiter.

Elle pensa alors au jardin. La terre était bonne mais facilement assoiffée. Sous le ciel presque blanc, il faisait très chaud. Malgré l'heure peu propice à l'arrosage, elle plongea le seau dans le puits.

Entendant le clapotis de l'eau qu'elle remontait, elle eut soudain soif. Posant le seau sur le sol, elle s'apprêtait à prendre de l'eau dans ses mains. C'est alors qu'elle vit le reflet d'un visage inconnu au-dessus du sien.

Elle se redressa si brusquement qu'elle heurta le menton de l'étranger. L'homme maugréa. Puis ils se dévisagèrent, immobiles. Sharisse avait devant elle un Indien qui la rendait muette de terreur, alors qu'il semblait simplement fasciné par ses cheveux. Quand il avança la main pour toucher une boucle sur ses épaules, elle crut qu'il allait la scalper.

Toutefois, si elle avait perdu sa voix, il n'en allait pas de même de ses réflexes. D'un geste imprévisible, elle repoussa la main de l'Indien. Alors elle en vit un autre sur un cheval, puis un deuxième et un troisième…

Elle courut se réfugier dans la maison. Mais comment aurait-elle pu se sentir à l'abri derrière la porte verrouillée, quand toutes les fenêtres étaient ouvertes ! Il n'y avait plus que le fusil, au-dessus de la cheminée, pour lui laisser une chance de s'en sortir. Jamais elle n'avait manié une arme, mais en l'absence de choix, elle devait jouer le tout pour le tout.

La porte céda brusquement. Sept Apaches entrèrent. Elle empoigna le fusil, pressa sur la gâchette, mais il ne se passa rien. Et le rire des Indiens souligna son impuissance.

– Vous auriez eu intérêt à presser plutôt sur la détente…

Elle se retourna. Dans l'encadrement de la porte qui donnait sur la cour, elle vit Lucas et remercia le ciel. Puis elle remarqua ses vêtements, et se dit qu'elle avait affaire à Slade. Pourtant, elle n'avait jamais éprouvé un tel soulagement.

Il vint lui prendre le fusil des mains.

– C'était de la folie, marmonna-t-il. Vous auriez pu vous faire massacrer.

Elle se raidit.

– Je cherchais à défendre ma vie.

Il jura entre ses dents, remit le fusil à sa place, puis s'adressa aux Indiens dans leur langue. Quand ils eurent quitté la pièce, Sharisse s'appuya contre le mur, immensément soulagée. Un peu de couleur lui revint aux joues.

– Vous les connaissez? demanda-t-elle.

– C'est moi qui les ai amenés ici. Ils ont deux ou trois chevaux affaiblis qui n'iront pas jusqu'au Mexique. Ils devaient les remplacer.

– Pourquoi vont-ils au Mexique?

– Je ne sais pas. Ça les regarde.

– Et je suppose que vous allez me donner la même réponse si je vous demande pourquoi vous ne vous êtes pas montré plus tôt.

Elle fulminait. Slade n'apprécia pas son ton et le lui fit remarquer. Alors elle s'avança vers lui, mains sur les hanches.

– Tout ce que je vois c'est que j'ai failli mourir de peur. Vous devez prendre un malin plaisir à terroriser les femmes.

– Vous êtes absurde. Réfléchissez une minute : le danger, vous l'avez imaginé. Vous vous êtes effrayée pour rien. Comment aurais-je pu penser qu'à la simple vue de mes amis, vous perdriez la tête?

– Mais où étiez-vous?

– Avec Willow. Elle m'avait appelé pour me dire que Lucas était absent. Mais la conversation n'a duré qu'une minute. Ensuite, je suis venu vous prévenir. Et je vous ai trouvée le fusil à la main.

Tout s'était effectivement passé très vite.

– Je... je vous dois peut-être des excuses, admit-elle.

– N'en parlons plus.

Il passa devant elle et alla regarder du côté du corral. Au bout d'un moment, il annonça :

– Ils ont pris ce qu'il leur fallait.

– Sans rien demander à Lucas ?

– Ils se servent quand ils ne peuvent pas faire autrement. Et là, ils ne demandent pas la permission.

– Charmants, vos amis, remarqua-t-elle, sèchement. Ils s'en vont ?

Slade cria quelque chose en faisant un signe de la main. Puis il referma la porte.

– Ils sont partis.

– Vous n'allez pas avec eux ?

– J'étais déjà en route lorsque je les ai rencontrés ce matin. Ils venaient ici pour les chevaux, et moi pour vous voir, précisa-t-il en jetant son chapeau sur la table.

Les Indiens furent aussitôt oubliés.

– Vous voulez dire que vous veniez voir Lucas...

– Non. Vous. Et ça m'arrange qu'il ne soit pas ici.

Il s'approcha d'elle, les yeux brillants.

– Lucas ne va pas tarder à revenir, dit-elle, la gorge nouée.

– Et alors ?

– Alors vous avez perdu votre temps si vous êtes venu ici pour moi, affirma-t-elle en retrouvant un peu d'assurance.

– C'est à moi d'en juger, rétorqua-t-il.

Puis il voulut l'enlacer mais elle le repoussa.

– Je vous en prie... J'ai fait une promesse à Lucas et je tiens à la respecter. Lui et moi... nous...

– Je vois. Mais je m'en moque. Je vous ai déjà dit que cela ne changeait rien.

– Pour moi, si! lui lança-t-elle.

– Vraiment? Je demande à voir.

La saisissant par les poignets, il l'attira contre lui. Ses lèvres écrasèrent sa bouche. Elle tenta vainement de se libérer puis, brusquement, elle s'abandonna. Au même instant, il s'écarta d'elle.

Ce n'était pas la première fois que cette mésaventure lui arrivait. Il avait eu exactement la même attitude lorsqu'il l'avait embrassée dans la montagne, juste avant de rejoindre Billy. A quel jeu cruel jouait-il?

– Je crois que vous avez répondu à ma question, observa-t-il d'un ton cinglant. Mon frère n'a pas l'air de vous suffire, il me semble.

– C'est vous qui m'avez embrassée.

– Mais vous m'avez rendu ce baiser.

C'était exact. Dès que l'un ou l'autre la prenait dans ses bras, la confusion s'installait. Mais elle se refusait à croire qu'elle pût désirer les deux frères indistinctement. C'était indigne d'elle.

– Souhaitiez-vous que je n'aie aucune réaction?

– Je n'ai jamais dit cela.

– Cessez de brouiller les cartes. Vous étiez contrarié.

– Me connaissez-vous si bien?

Elle vit son visage se fermer. Avec un frisson dans le dos, elle se dit que cet homme tenait à dissimuler ses émotions et y parvenait généralement avec une maîtrise stupéfiante. La haine pouvait le dévorer sans qu'on le devinât, et rien ne saurait être plus traître.

– Qu'attendez-vous de moi, Slade?

– Une attitude honnête. Pas de récriminations quand je vous aurai fait l'amour.

– Vous... n'allez pas...

Son rire l'interrompit.

– Je ne suis pas venu jusqu'ici uniquement pour parler.

– Mais je ne veux pas de vous ! Je n'ai eu tout à l'heure qu'une faiblesse passagère. Lucas m'a délaissée ces derniers temps.

– N'essayez pas de me faire croire qu'il s'est déjà fatigué de vous.

– Je n'ai pas dit cela. En fait, nous avons eu une discussion. A cause de vous.

– Vous aurait-il reproché de penser à moi ? demanda-t-il avec un petit sourire ironique.

– Vous n'aimez que les conclusions qui vous avantagent, n'est-ce pas ? Mais vous vous trompez. Je lui ai simplement dit qu'il lui arrive d'agir comme vous, et que cela me déplaît. Je ne vous aime pas, Slade. Vous êtes arrogant et brutal. Il faudrait que je sois folle pour vous préférer à Lucas.

– Même s'il ne vous touchait plus jamais ?

– Oui. Au moins, je me souviendrais de sa tendresse et de sa prévenance.

– Mais vous excite-t-il autant que moi, ma belle ?

Il n'attendit pas sa réponse pour la prendre dans ses bras. Et elle allait se débattre, quand il la surprit en l'embrassant avec une exquise tendresse. A la manière de Lucas.

Lorsqu'il détacha ses lèvres des siennes, le regard brûlant d'une flamme sauvage, il murmura :

– Vous pouvez penser que vous préférez Lucas, ma belle, mais votre corps, lui, ne voit pas la différence. Il est temps que Lucas le sache.

Il la souleva dans ses bras et la porta vers sa chambre.

– Non ! Je vous en prie, Slade ! Ecoutez-moi.

Ses poings martelaient son torse tandis qu'il feignait de ne rien entendre.

– Slade, comprenez-moi. Vous avez, c'est vrai, le même pouvoir sur moi, l'un et l'autre. Mais un seul homme me suffit. Et si vous ne vous approchez pas de moi, je peux vous assurer qu'alors, en toute lucidité, je préfère Lucas. Oui, Slade, un seul homme me suffit.

Il s'arrêta.

– C'est ce que je voulais savoir, dit-il.

– Alors, vous me laissez tranquille? Ou faut-il que je vous supplie?

– Le feriez-vous?

– Oui.

Devant son regard de triomphe, elle songea qu'il avait, avant tout, souhaité l'humilier... Quel homme détestable! Les larmes lui montèrent brusquement aux yeux.

– Est-ce nécessaire? dit-il, sèchement.

Puis il lui rendit sa liberté.

Ebahie, elle se demanda comment elle avait pu le faire céder si facilement.

– Vous me laissez vraiment tranquille?

– Oui.

– Vous le jurez?

– Mais, oui, bon Dieu!

Il attrapa son chapeau, s'avança vers la porte, contempla les montagnes. Et il fut sans doute très surpris d'entendre Sharisse lui dire impulsivement :

– C'est vraiment dommage que Lucas et vous ne soyez pas un seul et même homme, Slade.

Sans se retourner, il se mit à rire.

– Vous seriez plus sûre de vous, n'est-ce pas?

Décidément, il ne lui épargnait pas son ironie et ses humiliations! Et ce fut d'un ton vindicatif qu'elle lui lança :

– Il y a un peu de vous en Lucas, Slade. Mais

vous n'avez vraiment rien de lui. Partez. Et laissez-nous en paix.

29

En fin d'après-midi, Lucas et Billy trouvèrent Sharisse dans la cuisine, attablée devant un verre d'alcool et une bouteille. Elle était allée demander à Willow quelque chose qui pût lui calmer les nerfs. A la fin d'un second verre, elle était satisfaite d'avoir atteint son but, sans se soucier de ce qu'elle avait avalé.

Quand elle aperçut des bottes de peau sur le seuil de la cuisine, son cœur s'affola : Slade était revenu ! Puis elle leva la tête et découvrit Lucas.

– Vous êtes revenus tôt.

– Non. Nous sommes plutôt en retard sur l'horaire prévu, observa-t-il.

Son regard tomba sur la bouteille.

– Hé ! Ce n'est pas le mescal de Billy que vous êtes en train de boire ?

Il la vit sourire béatement.

– J'ignore ce que je bois. Mais on a vite fait de s'habituer. Et, à mon avis, vous ne pouvez pas être en retard. Mack n'est pas encore de retour, alors qu'il avait dit qu'il ne resterait pas longtemps en ville.

– Vous allez bien, Sharisse ? s'inquiéta Lucas.

– Mais oui ! affirma-t-elle, heureuse de le retrouver.

– J'ai appris par Willow que Slade est venu...

– Oui. Votre cher frère est passé. Mais, vous savez, Lucas, j'ai peut-être mal jugé Slade. Il ne m'a ni violée ni tuée. Il n'est pas si mauvais que cela.

Lucas éclata de rire.
– Vous êtes ivre.
– Non.
Il la prit par les mains, l'incita à se lever puis enlaça sa taille.
– J'espérais un tout autre accueil, ma douce, dit-il d'une voix rauque. J'ai pensé à vous toute la journée. Mais dans l'état où vous êtes, j'aurais l'impression d'abuser de vous.
– Abusez! Abusez! Ou je vous en voudrai.
– Vous êtes certaine?
– J'insiste!
Elle poussa un petit cri lorsqu'il la jeta sur son épaule pour l'emporter dans sa chambre et la renverser sur le lit. Mais elle se sentait prête à tout lui permettre.
– Oh, Lucas! J'ai tant envie de vous!
Il se raidit et scruta son visage.
– Slade vous fait toujours le même effet, n'est-ce pas?
– Non. Ne parlez pas de lui. C'est vous que je désire.
Cherchant à lire dans ses yeux, il tarda avant de lui répondre.
– Oui... je crois bien que c'est vrai...
Il commença à l'embrasser. Le goût de sa bouche, la chaleur de son corps : elle oubliait tout le reste. Mais, brutalement, il se souleva à demi et tendit l'oreille.
– Ce doit être Mack, dit-elle en percevant un galop de cheval.
– Il n'est pas seul, Sharisse.
– Oh... Des visiteurs? Eh bien, qu'ils passent leur chemin!
– J'ai laissé la porte d'entrée ouverte. Et ici, les gens n'ont pas l'habitude d'attendre dehors.
Ils se retournèrent et constatèrent que la porte

de la chambre était également ouverte. Lucas jura puis se leva en soupirant.

Quand elle le rejoignit dans la pièce principale, elle se trouva en présence de Mack mais aussi de Samuel Newcomb et d'un autre homme.

Mack lui tendit une lettre.

– J'espère que vous n'avez pas eu d'ennuis. J'ai été retardé par un vieux copain que je n'avais pas vu depuis vingt ans.

Sharisse l'entendait à peine. Devant cette lettre tant attendue, une étrange réaction s'emparait d'elle. Au lieu de se sentir libérée, elle ne pensait qu'à Lucas, à ses mains sur son corps, et l'idée de le perdre lui nouait la gorge.

– Veuillez m'excuser quelques instants, messieurs, dit-elle. Il y a si longtemps que j'attends cette lettre.

– Sharisse!

– J'en ai pour une minute, Lucas, répondit-elle.

Et elle courut dans sa chambre ouvrir le courrier envoyé par Stephanie.

Ma très chère Sharisse,

Tu pourras te dire en recevant cette lettre qu'il m'a fallu contourner mille difficultés pour te l'envoyer. J'ai perdu ma liberté. Je ne peux plus recevoir qui que ce soit. Heureusement que Mme Etherton a finalement eu pitié de moi et m'a promis de faire venir Trudi en cachette. C'est à elle que je remettrai cette lettre. Les domestiques ne m'inspirent pas confiance. Je suis sûre qu'ils iraient la donner à papa.

Toute la colère de notre père s'est reportée sur moi. Et elle est terrible. Je ne vois personne. Je ne dois plus sortir. Même nos serviteurs sont supposés ne plus me parler. Je n'ai pas pu voir Joel, même lorsque père l'a fait venir avec M. Parring-

ton pour leur expliquer que tu étais malade et que le mariage devait être ajourné. Il a raconté cela à tout le monde tant il pensait te retrouver rapidement. Depuis, il a dû avouer la vérité, ce qui a augmenté sa fureur.

C'est franchement terrible, Sharisse. Je ne vois aucun espoir pour Joel et moi dans les jours à venir. Dès que je tente de prononcer son nom, père explose. Et il y a pire. Papa affirme maintenant que si tu ne reviens pas avant la fin de la semaine prochaine, il te déshéritera.

Tout cela est ma faute. Jamais tu ne pourras me pardonner. Mais, je t'en supplie, ne désespère pas. Je te promets de trouver une solution. En attendant, je suis un peu rassurée par ta description de M. Holt. Il me paraît être un homme sensé auquel tu n'auras pas de mal à faire accepter un délai supplémentaire. Courage, Sharisse. Ne perds pas espoir.

C'était plus facile à dire qu'à faire... Pas d'argent. Pas de billet de train. Et si son père avait mis sa menace à exécution, elle était déjà déshéritée, à en croire le cachet de la poste. Fallait-il en conclure qu'elle ne pourrait jamais rentrer chez elle ? Qu'elle avait échoué dans ce ranch pour toujours ?

Elle se laissa tomber sur le lit et resta longtemps dans un état de stupeur. Puis elle entendit la porte s'ouvrir et Lucas qui lui disait :

– Sortez de cette chambre, Sharisse. Sam nous a fait une petite surprise.

Une certaine tension perçait dans sa voix mais, profondément préoccupée, elle n'y prêta pas attention. Comme un automate, elle se leva pour suivre Lucas.

30

Lucas modéra l'allure de son cheval dès qu'il arriva en vue du ranch. Le lever du soleil chamarrait le ciel de violet, de lilas, d'améthyste... Toutes les nuances de ses yeux, se dit-il alors qu'il aurait préféré ne pas y penser.

Des spirales de fumée montaient de la cheminée de Billy, mais l'habitation principale semblait encore plongée dans le sommeil. C'était logique. Elle ne l'attendait pas. N'était-il pas parti sans la prévenir ?

Six jours, déjà. Il pouvait s'attendre à être reçu comme un déserteur. Mais qu'elle fût en colère, ou même blessée, eh bien, tant pis ! Il n'entendait pas se condamner à toujours faire passer les sentiments de Sharisse avant les siens.

Tandis que le cheval descendait vers le ranch, le sac qu'il avait attaché à la selle bougea contre sa jambe. Au moins, la chatte était encore en vie. Il l'avait trouvée dans une ferme, où il s'était arrêté pour boire, et achetée au propriétaire. Une chatte pour Charley. Un problème en moins.

Il parvint à rentrer son cheval à l'écurie sans éveiller Mack. Puis il libéra la chatte qui alla se réfugier dans le premier coin sombre. Charley saurait bien la dénicher. Pour l'instant, Lucas avait d'autres chats à fouetter...

Dès qu'il entra dans la chambre de Sharisse, Charley grogna. Puis il sentit l'odeur de la chatte sur ses vêtements et il avait déjà changé d'humeur lorsque Lucas le fit sortir d'un coup de botte.

Sharisse ne s'était pas éveillée. Il put s'extasier sur sa beauté qui produisait sur lui toujours le même effet. Mais dès qu'il aperçut l'alliance sur la table de chevet, il changea lui aussi d'humeur.

Lourdement, il s'assit sur le lit en espérant la réveiller. Il y parvint.

– Lucas?

Il trouva fort à propos la colère qu'il perçut dans sa voix. Pourquoi aurait-il dû être seul avec sa contrariété?

– Comment vas-tu, ma chérie?

– Comment je vais?

Elle sortit du lit, attrapa son déshabillé et s'écarta manifestement de Lucas.

– Il faut avoir du toupet pour me poser cette question, après ce que vous avez fait.

– Qu'ai-je fait de mal, sinon m'absenter quelques jours?...

– Je ne pensais pas à cela. Vous pouvez disparaître quand vous le voulez. Je songeais à la façon dont vous m'avez piégée, Lucas. J'aurais pu croire que j'avais simplement rêvé si Mack ne m'avait pas appelé Mme Holt.

– C'était donc bien de la panique que je sentais en toi quand je t'ai présentée au pasteur.

Oh! Que ce genre de discussion pouvait être pénible quand on avait les yeux à peine ouverts! Et puis, elle n'avait pas eu l'intention de lui révéler ses véritables sentiments. Elle cherchait simplement confirmation de ses doutes : Lucas n'avait-il pas été tout aussi contrarié qu'elle par l'initiative de Samuel Newcomb?

– J'ai seulement été surprise, Lucas, affirma-t-elle d'une voix plus calme.

– Surprise d'être piégée?

– Enfin... oui. Cette impression de tomber dans un piège se comprend. Je n'étais pas moi-même, ce jour-là. J'avais bu le mescal de Billy. Une demi-douzaine d'Indiens avaient failli me faire mourir de peur. Sans parler de votre frère. Et, pour couronner le tout... Mais, peu importe. Je crois, d'ailleurs, que j'ai oublié la moitié de ce qui s'est passé ce jour-là.

– De toute façon, nous n'avions pas le choix, devant le pasteur. Tu te souviens de sa présence, au moins ?

– Evidemment. Sans lui, nous n'en serions pas là.

Elle se tourna vers la fenêtre tandis qu'il songeait qu'elle n'avait pas tout à fait raison. Il aurait pu, lui, prévenir cette situation en jetant Sam et le pasteur à la porte. Mais, voilà : il avait ménagé la sensibilité de Sharisse. Il s'était interdit de lui infliger un affront en refusant de l'épouser en présence de Sam. Quel gentleman, mon Dieu !

Ceci dit, il s'agissait d'un mariage sans valeur légale, à moins qu'il choisît de l'honorer. Sharisse l'ignorait, bien entendu. Tôt ou tard, il le lui dirait. Mais pour l'instant, il enrageait parce qu'il avait perdu le contrôle de la situation. Et les six jours qu'il avait passés à ruminer ne lui avaient pas apporté de solution.

Peut-être fallait-il entretenir la colère de Sharisse ? Ainsi, il leur serait plus facile de se séparer. Quelle idée il avait eue de la tutoyer quand il fallait plutôt se tenir à distance !

– Tu sais, dit-il, tu me donnes l'impression que tu n'avais pas envie de te marier.

La justesse de sa remarque mit de l'huile sur le feu. Les mains sur les hanches, Sharisse s'approcha de lui :

– Première chose : puisque tu me tutoies, je ferai de même. Bien que c'eût été à moi de prendre cette initiative... Et maintenant, je te ferai observer que je ne suis venue ici que pour me marier. Cependant, j'ai le droit de m'insurger devant des changements inattendus, il me semble. Tu devais me laisser le temps de m'adapter et de te connaître mieux. Or, à peine cinq semaines après mon arrivée, voilà que nous nous retrouvons mariés !

– Tu as au moins eu le temps d'apprendre à me connaître, non ? demanda-t-il, un rien moqueur.

Elle se sentit rougir mais rétorqua :

– La question n'est pas vraiment là. Et puis, à en croire ta réaction, c'est plutôt toi qui parais contrarié par ce mariage. N'es-tu pas parti dès que le pasteur a tourné les talons ? Et tu es encore en colère.

Il la regarda droit dans les yeux en songeant qu'il avait le choix entre continuer à mentir et avouer la vérité. Dans le second cas, il privilégiait son intérêt personnel.

Optant pour cette attitude, il feignit l'indifférence et déclara :

– En fait, Sharisse, je n'avais jamais eu l'intention de t'épouser.

Elle le regarda, ébahie.

– Pardon ?

– Je dis la vérité.

Ses complexes, dus à sa taille et à la couleur de ses cheveux, resurgirent en un clin d'œil. Elle en eut un haut-le-cœur.

– Je ne comprends pas, Lucas. Est-ce qu'en fait tu préférais Stephanie, sur la photo ? Mais, dans ce cas, tu aurais pu me renvoyer d'où je venais immédiatement.

Il vit qu'il l'avait blessée et le regretta. Il avait simplement voulu provoquer sa colère.

– Tu te trompes complètement, Sharisse, s'empressa-t-il de lui dire. Tu es la femme la plus désirable que je connaisse. Mais je ne veux pas me marier. Avec personne, comprends-tu ?

– Alors, que signifiait ta petite annonce ?

– Je ne peux pas te l'expliquer.

– Tu ne peux pas me dire pour quelle raison tu

as cherché une femme alors que tu n'avais pas l'intention de te marier?

– Non. Ça ne te regarde pas.

– C'est pourtant moi que tu as séduite dans l'intention de me déshonorer!

– Je n'ai pas eu beaucoup de mal...

La gifle partit sans qu'il l'ait vue venir. Et Sharisse aurait recommencé s'il ne lui avait attrapé les poignets.

– Tu es odieux, Lucas.

– Peut-être. Mais parlons un peu de toi. Qui es-tu réellement?

– Que veux-tu dire? demanda-t-elle d'un ton soucieux.

– Eh bien, laisse-moi te poser une question : comment peut-on être à la fois veuve et vierge?

– Tu t'en étais aperçu? Pourquoi n'as-tu rien dit plus tôt?

– Je voulais éviter de te gêner.

– Ah? Et tu ne mets plus de gants depuis que je suis ta femme?

Maintenant la colère l'emportait, noyant tout sentiment de culpabilité au sujet de ses mensonges.

– Lâche-moi, lui ordonna-t-elle d'un ton cinglant.

– Tu ne recommenceras pas?

– Je crois que tu méritais cette gifle.

– Ce que je mérite et ce que j'accepte ne vont pas toujours de pair, Sharisse. Mais revenons-en à toi.

Il la lâcha. Elle se frotta les poignets en cherchant une explication qui pût le satisfaire sans la trahir. Puis elle prit un ton hautain :

– Mon cher Lucas, quand un homme manque d'honnêteté, il a tendance à prêter aux autres le même défaut. Et à se méfier.

– Il me semble que dans ton cas, je n'ai pas tort. Cette histoire de veuvage me paraît très douteuse.

– Pourtant... Tu ne t'es jamais dit que les hommes ont parfois des problèmes ? Ils n'ont pas tous ta vitalité. Certains ne peuvent jamais remplir leur devoir conjugal.

Il serra les mâchoires. Quelle bévue ! Il allait devoir reconsidérer ce qu'il pensait d'elle. Décidément, elle était vouée au rôle d'innocente victime... Il sentait déjà venir le geste plein de noblesse qu'il n'avait pas envisagé mais qui s'imposait pour qu'il pût se racheter.

– On peut demander l'annulation du mariage, si tu le veux. Les circonstances de... la cérémonie le permettent.

– Je ne demande pas mieux ! s'exclama-t-elle. Crois-tu que je puisse avoir envie de rester auprès d'un homme qui ne veut pas de moi ?

Il regarda soudain le plancher.

– Bien. Mais pour l'instant tu restes ici. Et tu ne t'approches pas de moi. Sinon rien ne sera annulé.

Elle comprit qu'il parlait de son désir pour elle, mais se tut. Puis elle finit par demander :

– Pourquoi ne puis-je pas partir tout de suite ?

– Je n'ai pas l'argent du voyage, Sharisse. Surtout si tu comptes retourner à New York.

– Effectivement, je n'ai pas l'intention d'aller ailleurs. Combien de temps faudra-t-il attendre ?

– Qu'y a-t-il de si urgent ? Tu es venue ici pour te marier, souviens-toi. Alors, considère que tu l'es pour l'instant. D'accord ?

– Nous sommes dans une situation intenable, dit-elle avec lassitude.

– Crois-tu que je sois satisfait ? J'ai terriblement envie de te prendre dans mes bras. Mais il me semble que je viens de te faire assez de mal.

Il se leva et se dirigea vers la porte.

Mais avant de sortir, il se retourna.
– Je t'ai fait venir pour une raison précise, qui est toujours valable, expliqua-t-il. Du moins, pour l'instant. Alors, patientons ensemble, Sharisse.
– Quelle est cette raison?
– Je ne peux pas te la dire.
– Soit! Mais moi, ce que je peux te dire, c'est que tu ne remettras pas les pieds dans cette chambre tant que je serai ici.
Lucas sortit, accablé de remords et cependant harcelé par le désir de l'aimer.

31

Entre souhaiter partir et trouver le courage d'agir, il y avait une différence que Sharisse commençait à mesurer. Néanmoins, dans la matinée, elle parvint à faire sa valise, puis s'habilla de façon à monter à cheval facilement. Il ne lui restait plus qu'à prier pour que Lucas quitte le ranch.
Elle craignait qu'il ne veuille la retenir, d'autant qu'il en avait parfaitement le droit. Même si elle allait se réfugier chez Sam Newcomb, il ne se laisserait pas impressionner. Il irait la chercher et personne ne serait en mesure de l'arrêter parce qu'elle était sa femme au regard de la loi...
Il n'y avait vraiment qu'une seule solution : partir, s'éloigner de Newcomb le plus vite possible, en dépit des injonctions de Lucas. Elle savait trop l'effet qu'il produisait sur elle : dans quelques jours, elle n'écouterait plus que son trouble et lui pardonnerait. Ils redeviendraient amants, et cela ne les mènerait nulle part. Il y avait eu trop de mensonges depuis le début.
Quand elle vit enfin Lucas partir vers les collines,

elle prit sa grosse valise et le panier de Charley, qu'elle cacha derrière l'écurie le temps de prier Mack de lui seller un cheval. Puis elle partit à la recherche de Charley. Il se tenait derrière la grange, en arrêt devant une vieille planche. Sourd à ses appels, il semblait hypnotisé par de beaux yeux dorés que Sharisse vit briller sous la planche. Les yeux dorés d'un chat... Le cadeau de Lucas, sans doute. Un geste adorable, songea-t-elle. Mais ce n'était pas le moment de se laisser attendrir.

Ni, pour Charley, de courtiser sa belle. Sharisse l'enleva à sa fascination pour l'enfermer dans son panier.

Il lui restait maintenant une dernière chose à faire : dire au revoir à Willow et au bébé. La jeune Indienne ne posa aucune question. Il n'y eut que le silence des larmes et la compréhension muette de Willow qui semblait lire dans le cœur de Sharisse.

Elle arriva en ville sans encombre, laissa le cheval devant la poste – où Lucas le retrouverait facilement – puis alla demander si – par hasard – elle avait du courrier. A sa grande surprise, une lettre l'attendait, et ce qu'elle contenait faillit la faire hurler de joie. De l'argent! Stephanie lui avait finalement envoyé de l'argent, et bien plus qu'il ne lui en fallait pour retourner à New York. Quelle incroyable chance! Elle n'avait plus besoin d'aller implorer l'aide de Samuel Newcomb. Ni de quiconque.

Avant même de lire la lettre de sa sœur, elle se rendit au dépôt des diligences. On en attendait une, qui avait du retard mais ne devait plus être très loin. C'était vraiment son jour de chance!

L'attente la rendit toutefois un peu fébrile, comme si elle n'osait croire que tout irait bien jusqu'au bout. La diligence arriva enfin, mais pour repartir seulement une heure plus tard, après le repas du cocher et le changement d'attelage. Sharisse voulut patienter dans la voiture. La chaleur y était étouffante, mais elle se sentait à l'abri, protégée par d'épais rideaux.

Elle commençait à se détendre lorsqu'une portière s'ouvrit brusquement. Stupéfaite, elle vit Slade entrer et s'asseoir à côté d'elle.

– Comment... ?

– Je vous ai vue arriver en ville.

– Et que faites-vous à Newcomb ?

– Je vais où mon humeur me conduit... Et vous, ma belle, où allez-vous ?

Estimant qu'elle ne lui devait aucune explication, elle se tut.

– Vous ne répondez pas ?

– Où je vais ne vous regarde pas.

Il se rejeta contre le dossier de la banquette et prit un ton trop détaché pour sonner juste.

– J'ai vu Lucas à Tucson, il y a quelques jours. Quand il m'a dit qu'il s'était passé la corde au cou, je n'ai pas voulu le croire. Je venais donc tirer les choses au clair. Et j'ai appris qu'effectivement un pasteur avait fait de vous une femme respectable... Je n'ai jamais aimé les femmes respectables, ajouta-t-il après un soupir.

– Ce ne serait pas plutôt l'inverse ? remarqua-t-elle d'un ton sec.

– Vous croyez ? Mais, nous parlions de votre nouveau statut, madame Holt. Nous faisons partie de la même famille maintenant, et je prétends que les faits et gestes de ma belle-sœur me regardent. Je ne voudrais pas qu'on dise que mon frère n'a aucune autorité sur sa femme.

Et, sans lui laisser le temps de répondre, il continua :

– Si vous êtes seule ici, c'est que Lucas ignore que vous partez. Vous ne juriez pourtant que par lui. Non ?

Elle détestait son sourire moqueur.

– Laissez-moi tranquille, Slade.

Elle tourna la tête mais il lui prit le menton et l'obligea à le regarder.

– Répondez-moi.

– Oui, je voulais vivre avec lui. Mais il ne souhaitait pas ce mariage. Maintenant, il attend que j'en demande l'annulation. Et je vais lui donner satisfaction dès que possible.

Il la regarda d'un air pensif.

– En attendant, dit-il, vous êtes encore une jeune mariée que j'ai envie de féliciter. Une vieille coutume, ma belle...

Elle voulut l'arrêter en plaquant ses mains sur son torse.

– Non, Slade ! Non !

Mais il prit sa bouche. Un long frisson la traversa. Quelle diabolique traîtrise de son corps ! Impossible de ne pas se serrer contre cet homme qu'elle voulait pourtant repousser.

Il s'écarta d'elle, la laissant haletante et grisée, et disparut brusquement comme il était venu.

32

Quand Billy découvrit, en entrant dans l'écurie, la montagne de bagages que Lucas avait chargés sur son cheval, il resta cloué sur place. Mais où Lucas comptait-il donc aller ?

– Willow m'a dit que ta femme était partie. Tu te lances à sa recherche ?

– Non.

– Alors, où vas-tu avec tout ça ?

– Ici et là.

Billy eut un petit rire sardonique qui fit sourire Lucas.

– Depuis quand t'intéresses-tu de si près à ce que je fais ?

– Depuis que tu es parti le jour même de ton mariage. Ça m'a donné à réfléchir. Je me suis dit que le mariage ne devait pas vraiment te convenir.

– C'est exact.

– Je croyais qu'elle te plaisait, pourtant.

– Ça n'a rien à voir avec elle. Je n'avais simplement pas envie de me marier.

– Dans ce cas, il ne fallait pas m'écouter. Je vais me sentir coupable jusqu'à la fin de mes jours.

– Pourquoi ? Tu ne m'as pas forcé la main. C'est moi qui ai menti. Je n'avais jamais eu l'intention de l'épouser.

– Elle le sait ?

– Maintenant, oui.

– Je vois... Donc, tu es désormais marié et seul. Tu penses que ça peut durer longtemps ?

– Je sais que ça ne durera pas. Dès qu'elle sera à New York, Sharisse s'occupera de faire annuler le mariage.

– Tu en es sûr ?

– Oui.

De plus en plus intrigué par les bagages de Lucas, Billy plissa le front et demanda :

– As-tu l'intention de te recueillir sur la tombe, à Tucson ?

– Je l'ai déjà fait il y a quelques jours, Billy. Non, je m'en vais pour de bon.

– Tu blagues ?

Lucas ne put s'empêcher de rire : l'air ahuri, les yeux en boules de loto, Billy était transformé...

– Où est la surprise ? Tu as toujours su que je ne resterais pas éternellement ici.

– Oui. Mais je ne comprends pas pourquoi tu t'en vas avant d'en avoir vraiment fini avec Newcomb.

Lucas eut un haussement d'épaules.

– J'en ai assez. Je suis resté trop longtemps ici. Et pour ce qui reste à faire, tu n'as pas besoin de moi. Dès que Buskett confirmera la vente du ranch de Sam et l'envoi de l'argent à des œuvres de charité, il te suffira de réunir toutes les lettres de remerciement déjà reçues et de les adresser à l'hôtel. Nous en avons fait une âme charitable. Il devrait être heureux... Reste la levée de toutes les hypothèques qui lui avaient été consenties. Mais là, c'est la banque elle-même qui s'en occupera, puisque désormais elle m'appartient.

– Tu crois indispensable d'être aussi généreux ?

– Il faut que les gens se sentent libres de s'installer dans des villes plus prospères s'ils en ont envie.

– Dans un an, cette ville sera morte. C'est certain. Mais pourquoi ne tiens-tu pas à voir la tête de Sam lorsqu'il lira toutes ces lettres ? Tu rates ta vengeance, Lucas.

– Il ne s'agit pas de vengeance, mais de justice. Et puis je peux très bien imaginer la tête qu'il va faire. Il est fini. Sa femme va le quitter ainsi que la petite armée qu'il avait à sa solde et qui lui donnait l'impression d'être un roi. Tout ce qui lui restera, c'est une suite dans un hôtel qui n'a jamais rapporté un sou, au milieu d'une ville fantôme.

– Et ton ranch ?

– Vends-le, si tu trouves un acheteur. Ou bien garde-le. Je ne demanderais pas mieux.

– Je vais certainement retourner à la réserve. Willow préfère vivre là-bas.

– Je la comprends.

– Et toi ?

– J'ai reçu des nouvelles de Henri Andrevie. Il séjourne à La Nouvelle-Orléans avant de partir en France. Ce sont les casinos qui l'intéressent... Je crois que je vais aller le voir.

– N'est-ce pas lui qui t'a si bien appris à te débrouiller dans la vie?

– Si. Il n'a jamais compris ce qui m'avait poussé à m'installer dans un ranch. Je vais peut-être le lui expliquer finalement. Je suis sûr que ça va l'amuser.

– Fais attention. Il pourrait devenir méfiant...

– Tu as raison, admit Lucas.

Prêt à partir, il regarda longuement Billy en songeant à leur chaleureuse complicité. Billy allait lui manquer.

– Tu penses revenir un jour par ici? lui demanda son ami.

– Qui sait? On verra. Ah... A propos des lettres pour Sam, Billy. Il y a encore une chose que je vais te demander. Mets tout dans une grande enveloppe et écris : « Avec les compliments de Jake Holt. Boothill. Tucson. » Si ce salaud a un minimum de conscience, il se souviendra.

Billy hocha la tête avec solennité.

– Et il n'y aura plus rien à ajouter, remarqua-t-il.

Tandis qu'il s'éloignait, Lucas se demanda si Sam se rappellerait effectivement son père. Jake n'était que l'une de ses nombreuse victimes, après tout. Mais en réfléchissant un peu, Newcomb arriverait bien à faire le lien entre Lucas Holt et Jake Holt.

Oui, ce chacal finirait bien par se souvenir de Jake Holt...

33

– Est-ce la première fois que vous allez dans une grande ville, mon enfant? demanda à Sharisse la femme très élégante assise à côté d'elle.

– Je suis née à New York, madame.

– Oh...

Privée de l'occasion d'éblouir une jeune campagnarde avec une description de la vie citadine, la femme détourna son regard. Sharisse fit de même et contempla le paysage.

Mais elle comprenait la réaction de sa voisine. Elle avait tellement l'air de sortir de sa campagne avec son costume de voyage bon pour le rebut, sa grosse valise et le panier de Charley sur les genoux.

Son apparence demeurait cependant sans importance. Dans moins d'une heure, elle serait de retour chez elle et ignorait encore ce qui l'attendait. La lettre de sa sœur était bien énigmatique. L'ayant lue et relue, elle la connaissait par cœur, mais n'en saisissait toujours pas le sens exact.

Une fois de plus, son anxiété lui fit ressortir l'enveloppe toute froissée de son réticule.

Ma très chère Sharisse,

Mon rêve s'est enfin réalisé. J'ai épousé Joel hier soir. Bien que nous ayons dû nous marier secrètement, cela va te sembler bien soudain après ce que je t'avais dit dans ma première lettre. Oh! Comme je regrette cette lettre! Mais je ne pensais pas alors que Joel pourrait arranger les choses aussi rapidement.

J'avais donc choisi de te mentir, Sharisse. Tu voulais revenir immédiatement. Or, si papa se faisait beaucoup de souci, il ne parlait pas d'an-

nuler ton mariage. Il refusait d'aborder le sujet avec moi. J'étais persuadée qu'il demeurait décidé à te faire épouser Joel dès que tu reviendrais.

Il n'a jamais avoué au père de Joel que tu t'étais enfuie. Il n'en a parlé à personne et m'a laissée expliquer ton absence. Si j'avais prétendu que tu étais malade, tes amies auraient voulu te rendre visite. Alors, j'ai dit que c'était tante Sophie qui était malade et que tu t'occupais d'elle.

Les gens pensent encore que tu vas épouser Joel. Nous leur dirons que tu as changé d'avis. Puis, plus tard, tu annonceras que Joel et moi nous nous sommes enfuis ensemble. Ainsi, personne ne saura la vérité au sujet de ton absence.

Tout cela doit te paraître bien compliqué. Mais, au fond, rien n'est plus simple. Je ne t'aurais jamais menti si je n'avais eu tellement peur de perdre Joel. Mais ne crois pas que j'aie été impitoyable avec papa. Sans lui dire où tu te trouvais, je lui ai tout de même parlé de ta lettre en lui assurant que tu ne tarderais pas à revenir. Reviens vite, Sharisse, ou papa risque de tomber malade. L'angoisse a pris le pas sur la colère.

Ne m'en veux pas trop. Souviens-toi : je t'avais laissé entendre que tout finirait par s'arranger. J'espère que tu m'avais crue.

Sharisse remit la lettre dans son sac, sans être parvenue à se faire une opinion. Stephanie lui disait-elle la vérité, cette fois-ci, ou avait-elle écrit sous la dictée de son père? Comment serait-elle accueillie? Tantôt elle s'apprêtait à braver les foudres de son père, tantôt elle espérait que des semaines d'anxiété avaient usé sa fureur, ainsi que l'affirmait Stephanie...

Quoi qu'il en soit, elle ne pourrait pas oublier les

mensonges de sa sœur dans sa première lettre. N'était-elle pas responsable de son mariage avec Lucas? Sans cette lettre, elle aurait eu l'esprit plus clair et ne se serait pas laissé piéger. Il faudrait qu'un jour Stephanie apprenne à avoir un peu plus de scrupules, même si l'amour était en jeu.

Mais le plus drôle dans cette affaire, c'était qu'elle revenait comme elle était partie : préoccupée par sa sœur, son père et une troisième personne. A cette différence près que l'inconnu de l'Arizona avait maintenant un visage et probablement une place dans son cœur.

Jamais il ne l'avait laissée indifférente. Avec lui, elle passait de l'amusement à l'exaspération, du plaisir à la peur...

Il lui manquait déjà. Et cela, ajouté au reste, lui mettait les nerfs à vif.

34

Désormais habituée au soleil de l'Arizona, Sharisse prêta peu d'attention au beau ciel d'automne et à la chaude lumière qui baignait l'avenue. La voiture, louée à la gare, était depuis longtemps repartie lorsqu'elle se décida à s'avancer vers la maison de son père. Il ne lui semblait pas s'être absentée trois mois, mais des années entières...

Elle monta lentement les marches du perron, en tentant de maîtriser son émotion, puis s'apprêta à frapper à la porte. Mais elle renonça aussitôt à ce comportement timide, fautif, qui d'emblée lui eût donné tort. Elle entra directement dans le grand hall où elle retrouva avec éblouissement tout ce qui lui avait habituellement paru aller de soi : le sol de marbre, le riche papier mural, le lustre de cristal, les tableaux venus d'Europe. Tant de parfaite élégance...

Mais elle songea aux yeux de Lucas. Ces yeux couleur d'émeraude qu'elle préférait, en vérité, au marbre et au cristal. Puis elle s'avoua sa stupidité. Lucas ne voulait pas d'elle et il fallait qu'elle s'en souvînt !

– Mademoiselle Hammond !

Sharisse sursauta. Mme Etherton se tenait en haut de l'escalier, toujours aussi pimpante bien que, sur le coup, un peu perturbée.

Puis Sharisse entendit la voix de son père venant du bureau.

– Que se passe-t-il, madame Etherton ?

Il y eut un profond silence. Sharisse retint son souffle. Un instant plus tard, Marcus Hammond apparut au seuil de son bureau, et la jaugea de son regard bleu. Si on remarquait des cernes sous ses yeux, on ne pouvait pas dire qu'il avait l'air d'un homme miné par l'anxiété.

Cependant, Sharisse crut discerner un éclair de soulagement sur le visage de son père avant qu'il pût maîtriser ses sentiments. Puis des pas précipités résonnèrent au premier étage : Stephanie avait également entendu l'exclamation de Mme Etherton et elle accourait accueillir sa sœur. Mais Sharisse ne la regarda pas. Elle attendait l'ordre que son père allait inévitablement lui donner d'une seconde à l'autre.

– Pose tes affaires et viens dans mon bureau, dit-il effectivement.

Toute sa docilité lui revint. Elle posa sa valise et le panier de Charley, puis traversa le hall en interceptant le regard inquiet de Stephanie. Son appréhension redoubla. Dès qu'elle eut refermé la porte derrière elle, elle posa la question qui la rongeait depuis des semaines :

– Es-tu encore en colère après moi, papa ?

– Evidemment, répondit-il d'un ton rude.

Mais ses gestes démentirent cette rudesse. Il vint vers elle, la prit dans ses bras et la serra contre lui à l'étouffer. Bien qu'elle le vît froncer les sourcils, elle ne s'en inquiéta pas. A l'évidence, il s'était fait énormément de souci. Soulagée, elle sourit.

– Tu m'as manqué, papa.

– Ah! Ça c'est un comble! Tu sais que je devrais t'administrer une bonne correction, ma fille! Tu t'es comportée avec une telle irresponsabilité!

Elle l'interrompit avant que la fureur ne le reprît.

– Je sais. J'en suis sincèrement désolée, papa. Je suis la première à regretter ce que j'ai fait.

Alors, Marcus Hammond laissa s'exprimer ses sentiments.

– Tu vas bien, n'est-ce pas, Sharisse? Je veux dire... Rien ne t'est arrivé?

Elle avait décidé de ne pas parler de Lucas à moins d'y être absolument contrainte.

– Non. Rien. Ça ne se voit pas?

– Depuis combien de temps ne t'es-tu pas regardée dans un miroir?

– Je suis en route depuis bientôt deux semaines. Quand je me serai lavée et changée...

– Deux semaines! Mais d'où viens-tu? Les hommes que j'avais chargés de te retrouver sont revenus bredouilles. Pas étonnant! Deux semaines!

– J'étais en Arizona.

– A l'autre bout du pays? Quelle folie! C'est un endroit à peine civilisé. Qu'est-ce qui a pu te conduire là-bas?

– Peu importe. Je suis de retour.

Marcus préféra serrer les dents. Jamais il n'aurait cru que sa fille ressemblait à ce point à sa mère. Mais il ne voulait pas envenimer la situation ni, surtout, risquer de la voir faire une nouvelle fugue. Il avait enduré un véritable calvaire et ne tenait pas à recommencer. Sharisse comprendrait le jour où, à son tour, elle aurait des enfants...

Il passa derrière son bureau afin de mieux affirmer son autorité.

– Assieds-toi, Sharisse. Bien. Je veux que tu me jures de ne plus jamais quitter la maison sans mon assentiment. Tu as, certes, l'âge d'une certaine liberté, mais tu n'en restes pas moins vulnérable. Et ton éducation ne te permet pas de te conduire n'importe comment, Sharisse. Tu dois penser à la réputation de la famille. Ai-je ta promesse?

– Oui.

Cette réponse expéditive le laissa songeur. Avait-elle réellement des remords? Il se dit que c'était le moment de la mettre à l'épreuve.

– Tu es redevenue raisonnable, et j'en suis ravi. D'autant que rien n'a changé. Ton mariage aura lieu, comme prévu. Enfin, mis à part un certain retard...

– Papa...

– Non. Je refuse toute objection.

– Mais tu ne peux refuser une certaine réalité, répondit-elle sur le même ton. Comment épouserais-je Joel quand Stephanie est déjà sa femme?

Devant le mutisme effaré de son père, Sharisse ajouta :

– Elle te le dira elle-même, papa.

Etre mis devant le fait accompli, voilà quelque chose que Marcus Hammond ne supportait pas! Le sourcil froncé, le regard orageux, il s'apprêta à appeler sa cadette. Mais, dès qu'il ouvrit la porte, Stephanie plongea dans la pièce, bien involontairement. Surprise à écouter aux portes, les joues en feu, elle baissa les yeux.

– Est-il vrai que tu as épousé Joel?

Les colères de son père l'avaient toujours terrorisée. Elle se mit à trembler mais trouva néanmoins le courage de murmurer :

– Oui...
– Et comment cela s'est-il passé?
– Joel... m'a conduite dans un village. Nous nous sommes mariés dans une petite église. Et il m'a reconduite ici avant que tu reviennes au bureau.
– Tu appelles ça un mariage? Ce n'est qu'une mascarade. Je vais en demander l'annulation.
– Non! s'écria Stephanie.
– J'en ai assez de cette rébellion familiale. Monte dans ta chambre.
Désespérée, Stephanie se tourna vers sa sœur.
– Fais quelque chose, Sharisse.
La lassitude s'empara brutalement de Sharisse. D'une voix blanche, elle répondit à sa sœur :
– Je crois que j'en ai assez fait, non?
Eclatant en sanglots, Stephanie sortit du bureau de son père pour monter en courant au premier étage. Marcus referma la porte et retourna s'asseoir derrière son bureau. Ah! Ce qu'il pouvait détester que l'on contrarie ses plans!
– Tu vois, la question a été vite réglée, remarqua-t-il avec fermeté.
Devant cette affirmation d'une autorité qui faisait fi des sentiments, Sharisse soupira. Puis elle regarda son père, droit dans les yeux.
– Pourquoi faudrait-il absolument que j'épouse Joel? Si tu désirais une alliance entre les deux familles, eh bien, c'est fait! Mais, en vérité, tu cherches autre chose, n'est-ce pas?
– Oui. Tu le sais très bien. Puisque tu vas hériter de la plus grande partie de mes affaires, je tiens à ce que mon gendre soit un bon gestionnaire.
– Dans ce cas, tu légueras à Stephanie ce que tu me destinais.
– Stephanie aura sa part, de toute façon.
– Je suppose que tu lui avais déjà choisi un mari pour gérer cette part...

– Elle est encore trop jeune.

– Et pourtant amoureuse, et déjà mariée. Qu'est-ce qui t'empêche de modifier tes plans? Accorde-lui ce que tu souhaitais voir gérer par Joel. Et tout le monde sera satisfait. Pourquoi ne serait-ce pas aussi simple que cela?

– Edward tient à ce que tu deviennes sa belle-fille.

Elle commençait à comprendre. Des bribes de discussions, surprises pendant son enfance, lui revinrent en mémoire.

– Parce que je ressemble à ma mère, et que je rappelle à Edward son premier amour?

Que son père parût visiblement piqué au vif la mit hors d'elle. C'était donc là la raison de son entêtement!

– Oui. Je savais cela, dit-elle.

– Comment l'avais-tu appris?

– Tes discussions avec maman n'ont jamais été très discrètes. Il était souvent question de M. Parrington. Je croyais alors que tu étais jaloux parce qu'il avait connu maman avant toi. Mais maintenant, je me demande si tu n'éprouvais pas plutôt un sentiment de culpabilité.

– Ça suffit, Sharisse!

– Non. Je continue parce que je sens que j'ai raison. Et aujourd'hui encore tu te reproches d'avoir pris maman à ton meilleur ami. Tes deux filles devraient donc être sacrifiées dans le but d'effacer ta faute, n'est-ce pas?

– Abstiens-toi de divaguer, tu veux.

– Mais alors pourquoi t'accroches-tu à un plan qui n'a plus aucun sens?

– Souviens-toi : tu aurais parfaitement consenti à épouser Joel si Stephanie ne t'avait pas déclaré qu'elle le voulait. Ne t'est-il jamais venu à l'esprit qu'elle désirait simplement prendre ta place? Comme une rivale.

– Tu voudrais dire qu'elle ne l'aime pas vraiment ? Non. Je ne crois pas, affirma-t-elle en pensant à tout ce que sa sœur avait fait.

– C'est une enfant, Sharisse. Elle peut se méprendre sur ses sentiments. Non, ce mariage sera annulé. Je ne vais pas laisser le caprice d'une enfant ruiner l'avenir de la famille.

– C'est ton dernier mot ?

– Oui.

– J'en doute, papa.

– Ce qui signifie ?

– Que de toute façon je ne pourrais pas épouser Joel. Si tu m'avais laissé le choix, j'aurais préféré attendre un peu pour te l'apprendre, papa, mais j'ai déjà un mari.

– Tu mens, répondit Marcus Hammond.

Sharisse prit son certificat de mariage dans son réticule et le posa sur le bureau.

Son père le lut soigneusement puis déclara :

– Je ferai également annuler cela.

– Impossible, papa. J'ignore ce qu'il en est pour Stephanie et Joel, mais Lucas et moi, nous avons eu notre nuit de noces. Si bien que tu n'obtiendrais une annulation que si je mentais.

Marcus Hammond laissa exploser sa fureur.

– Eh bien, ce sera un divorce !

– Tu as pensé au scandale ?

Devant la lueur de défi qui brillait dans les yeux de sa fille, Marcus sut qu'il avait perdu la bataille. Inutile même de se demander si Stephanie et Joel... Seigneur ! Comment avait-on pu en arriver là !

Cependant, en lisant la défaite sur le visage de son père, Sharisse se voulut un peu moins implacable.

– Ecoute, papa, si tu ne t'en prends pas à Stephanie et à Joel, j'accepterai de faire annuler mon mariage.

– Tu viens de m'expliquer que c'était impossible... En me donnant une bonne raison, il me semble.

Le sujet était suffisamment embarrassant pour que Sharisse se hâte de préciser :

– Lucas ne me contredira pas. Peux-tu voir un avocat?

Intrigué, Marcus s'étonna :

– Il ne te contredira pas? Veux-tu dire que ce Lucas se moque de son mariage?

– Au fond, oui. Ni l'un ni l'autre n'avions réellement envie de nous marier. Mais je vivais chez lui, les gens s'attendaient à ce qu'il m'épouse, le pasteur est arrivé... C'est une longue histoire, papa. Et je préférerais te la raconter plus tard, conclut-elle en soupirant.

– Il faut au moins que tu me brosses le portrait de cet homme, Sharisse.

– Que pourrais-je te dire? Il a un ranch... En Arizona.

– Et de quoi vit-il?

La question ne surprit pas Sharisse. Elle correspondait bien aux préoccupations habituelles de son père.

– Il n'est pas fortuné. Il n'a qu'un petit ranch, près de Newcomb, qui lui permet d'assurer sa subsistance et celle de ses employés. Il attrape des mustangs qu'il vend à l'armée ou à d'autres fermiers. Les chevaux qu'il élève sont encore trop jeunes pour la vente.

– Comment est-il?

Ne tenant pas à penser à Lucas, elle répondit négligemment :

– On peut sans doute dire qu'il est beau. Si l'on aime ce genre d'homme.

– C'est-à-dire?

Elle soupira devant l'insistance de son père.

– Il est grand, musclé, brun, très viril... dit-elle

en rougissant brusquement jusqu'aux oreilles. Disons qu'il peut faire des jaloux. Quant à son caractère, il ressemble au tien. Lucas est têtu, arrogant. Mais il peut aussi être tout à fait charmant.

Soucieux de s'informer le plus possible, Marcus préféra ignorer la comparaison.

– Comment l'as-tu connu ?

– C'est une histoire compliquée, répondit Sharisse d'un ton las.

Cette réponse évasive déplut à son père, mais il eut finalement l'impression d'en savoir assez pour le moment.

– Es-tu certaine que cet homme ne te convient pas ?

Elle baissa les yeux.

– De toute façon, il est inutile que je me pose la question.

– Pourquoi ?

– Il ne veut pas de moi. Ce mariage l'a rendu furieux.

Marcus changea de couleur. Le sang lui monta à la tête.

– Cet homme oserait rejeter ma fille ?

– Voyons, papa ! Tu n'es pas en cause. Lucas ignore qui est Marcus Hammond. Au lieu de lui parler de ma famille, j'ai prétendu que je voyais seulement ma sœur. Et que j'étais sans ressources.

– En somme, il ne veut pas d'une femme sans argent, conclut Marcus.

– Ce n'est pas cela. Il ne voulait simplement pas se marier.

– Libre à lui. Mais il aurait pu avoir l'honnêteté de te renvoyer chez toi sans te toucher.

– Il ne m'a pas renvoyée, papa. Je suis partie de mon propre chef, et Lucas demeurerait sans doute mon mari, si je le désirais. Il me laisse le choix.

– Comment peux-tu en être certaine ?
– Il n'y a pas de grande incompatibilité entre nous...
Voyant qu'elle redevenait évasive, son père demanda, intrigué :
– Me dis-tu toute la vérité, Sharisse ? T'a-t-il laissée partir ? Ou as-tu quitté le ranch comme tu avais quitté la maison ?
– Je suis partie sans le prévenir, oui ! répondit-elle avec irritation. Pour une certaine raison, qu'il ne voulait pas me donner, il aurait aimé que je reste encore un certain temps. Mais comment aurais-je pu quand je savais qu'il s'était marié à contrecœur ?
Marcus resta pensif pendant quelques secondes.
– Crois-tu qu'il risque de venir te chercher ?
– Non. Même s'il le voulait, il n'a pas l'argent du voyage. Et puis, franchement, ce serait idiot. Ecoute, papa, je suis très fatiguée...
– Oui, je comprends. Mais, encore une dernière chose : tu n'es pas enceinte ?
Les yeux de Sharisse s'arrondirent sous l'effet de la surprise. Jamais elle n'avait envisagé cette éventualité !
– Non ! s'écria-t-elle.
– Alors, il n'y a pas de problème. Mais... es-tu bien sûre ? Ne m'as-tu pas répondu sans réfléchir ?
– Si, admit-elle. En fait, il est trop tôt pour le savoir.
– Eh bien, attendons ! Et puisque tu as déjà un mari, nous ne serons pas obligés de t'en inventer un, n'est-ce pas ?
– C'est cela : attendons.
Quand il fut seul, Marcus Hammond s'appuya au dossier de sa chaise et se mit à tambouriner sur son bureau. Ses deux filles s'étaient mariées sans

son consentement. Ses projets tombaient à l'eau. Il secoua la tête en se demandant s'il ne rêvait pas.

Puis il fit un autre bilan. Stephanie était heureuse; Edward Parrington pourrait se laisser convaincre que tout allait pour le mieux; et Sharisse... Eh bien, Sharisse était peut-être amoureuse sans le savoir. Elle avait pris si vite la défense de Lucas! Et elle rayonnait en le décrivant! Souffrait-elle de se sentir rejetée?

Mais qui croyait donc être ce Lucas Holt pour dédaigner sa fille? Un homme têtu et arrogant, avait dit Sharisse... Etait-ce si négatif? Pour la première fois de la journée, Marcus sourit, avec une idée derrière la tête...

35

A peine se fut-elle allongée sur son lit qu'elle ferma les yeux. Elle venait de passer deux heures entre les mains de Jenny. Sa peau portait encore la brûlure de la brosse que la servante avait maniée avec une belle énergie. Mais en vain : Sharisse avait gardé sa nouvelle couleur de peau. Ce bronzage très inesthétique avait inspiré à Jenny de petits rires moqueurs.

Charley avait retrouvé sa place favorite, au milieu du lit, après avoir reniflé chaque coin et recoin de la chambre. Observant l'agitation autour de lui avec un calme olympien, il trahissait son contentement. Enfin, il était de retour à la maison!

Dès que Sharisse avait pu échapper à Jenny, elle avait vu Charley venir se blottir contre sa hanche. Il avait ronronné avant même qu'elle ait commencé à le caresser. La fin de l'aventure avait fait au moins un heureux.

Sharisse, elle, était pensive. Tout en continuant à caresser Charley, elle songeait à cette éventuelle maternité suggérée par son père. Un bébé... Effectivement, ce n'était pas impossible. Ses cycles étaient irréguliers. Elle avait eu des rapports charnels avec un homme passionné. Cela suffisait pour qu'elle ne fût sûre de rien...

Mais désirait-elle l'enfant de Lucas? Un garçon qui serait fort, beau, arrogant comme lui. Ou bien une fille. S'il était trop tôt, en vérité, pour songer à ce genre de chose, elle ne pouvait s'empêcher d'éprouver, une fois le choc passé, une sensation d'émerveillement. Oui, elle avait très envie de garder un souvenir vivant de sa passion partagée avec Lucas. Cet homme qu'elle aurait eu tant de plaisir à revoir, mais qui l'avait probablement déjà oubliée.

Sa sœur bouscula ses pensées en faisant irruption dans sa chambre.

– Oh! Sharisse! Papa vient de m'apprendre qu'il a invité Joel à dîner. C'est sa façon de l'accueillir officiellement dans la famille. Je ne sais pas comment tu as fait, mais je te remercie du fond du cœur. Je savais que tu ne me laisserais pas tomber.

Sharisse se redressa lentement pour s'asseoir sur le lit, sans quitter sa sœur des yeux.

– J'ai d'abord pensé à moi, Stephanie. Papa voulait encore que j'épouse Joel. Bien entendu, c'était hors de question.

– Evidemment! Après... que Joel et moi... Enfin, tu comprends...

– Non.

– Nous ne sommes pas revenus directement à la maison après la cérémonie, expliqua Stephanie en rougissant. Nous nous sommes arrêtés dans une auberge et...

– Mais pourquoi ne l'as-tu pas dit à papa ?

– Mon Dieu ! Comment aurais-je pu lui parler de cela ? Et puis, de toute façon, il était tellement en colère qu'il ne m'aurait pas écoutée.

– Tu te trompes ! s'écria Sharisse, exaspérée par la naïveté de sa sœur. Parce que si tu es vraiment devenue la femme de Joel, le mariage ne peut être annulé.

– C'est vrai... Joel me l'avait dit. Mais j'étais si contrariée tout à l'heure que je n'y ai plus pensé.

– Tu ne penses plus à rien.

– Pourquoi es-tu si agressive, Sharisse ? Nous avons eu ce que nous voulions, non ?

– Toi, tu peux être satisfaite ! Mais moi, j'ai dû avouer à papa quelque chose que je voulais garder secret. Je ne devrais même pas t'en parler après ce que tu as fait.

– Ne dis pas cela. Je peux m'expliquer.

– Vraiment ? Eh bien, commence par me dire où se trouvent mes bijoux. Sans eux, j'ai été contrainte d'aller jusqu'en Arizona. Pourquoi les as-tu pris ?

– Je connais ton impulsivité, Sharisse. Je craignais de te voir revenir le lendemain. D'ailleurs, la lettre que tu m'as envoyée en arrivant là-bas me donnerait plutôt raison.

– Il y a une énorme différence entre se retrouver seule, dans un endroit tranquille, et supporter la vie dans un coin désert de l'Arizona, remarqua Sharisse avec fermeté. Les Indiens viennent voler des chevaux. Les hommes portent des pistolets à la hanche et se tirent dessus comme l'on se dit bonjour. Et le soleil te donne cette couleur. Ce n'est pas du maquillage, Stephanie. J'en ai pour des mois avant de retrouver ma couleur naturelle.

– Il fallait m'avertir, Sharisse.

– J'ai voulu t'épargner des remords. Te laisser agir librement. Mais je me faisais des idées. Tu n'aurais pas eu plus de remords que tu n'en as aujourd'hui.

– Ce n'est pas vrai. S'il y avait eu une autre solution...

– Oh! Tais-toi! J'en ai assez entendu.

Mais Stephanie avait en tête une petite phrase de sa sœur dont elle avait très envie de connaître la signification. Regardant Sharisse qui lui tournait le dos, elle lui demanda :

– Si tu avais, comme tu me l'as dit, une bonne raison pour ne pas épouser Joel, pourquoi n'en avais-tu pas parlé à papa plus tôt?

Sharisse fixa le reflet de sa sœur dans le miroir.

– Il est évident que cette raison n'existait pas avant mon voyage. C'est bien grâce à ce séjour en Arizona que j'ai, moi aussi, un mari...

– Comment? Tu l'as épousé! Mais pourquoi?

Sharisse se retourna lentement.

– On ne peut refuser, devant un pasteur, d'épouser un homme quand on vit sous son toit. Je n'ai pas eu le choix.

– Mon Dieu! Je n'ai jamais voulu une chose pareille, Sharisse.

– Je sais.

– Quelle a été la réaction de papa?

– Il n'a pas vraiment sauté de joie.

– Mais ce mariage n'est pas fait pour durer. Tu as un moyen de t'en sortir?

– Oui. Lucas ne le souhaitait pas plus que moi. Il ne voulait pas d'une femme. Il avait menti tout autant que moi.

– C'est effrayant! s'indigna Stephanie.

Puis elle songea soudain à certaines implications de ce mariage inattendu.

– Seigneur ! Si tu l'as épousé, tu as dû... Alors que tu ne l'aimais pas. C'est horrible ! Avec Joel, l'expérience m'a un peu déçue, mais au moins nous nous aimons. Tu as dû souffrir.

Sharisse ne put retenir un sourire.

– Je n'ai pas vraiment souffert. Non...

– Il te plaît ? demanda Stephanie, abasourdie.

– Lucas a un charme fou, sans doute plus de défauts que de qualités. Mais c'est un amant superbe. J'ai été comblée.

A la fois offusquée et envieuse, après son expérience décevante, Stephanie resta quelques instants muette. Puis elle remarqua :

– Finalement, je trouve que tu as mauvaise grâce à me faire des reproches. Ton séjour là-bas n'a pas eu que des mauvais côtés...

Sharisse lui laissa le dernier mot.

36

Lucas commençait à se dire que toutes les salles de jeu se ressemblaient. Celle qu'il venait de découvrir dans le sud de la France, grâce à Henri, était suffisamment spacieuse pour que les tables fussent bien séparées les unes des autres. Par les fenêtres ouvertes sur la douceur d'avril, entrait le parfum des lauriers-roses qui venait se mêler aux fragrances des femmes. Et les femmes ne manquaient pas...

Remarquant que Lucas observait une brune sculpturale, Henri l'informa :

– Cette personne est mariée. Mais cela me fait plaisir de constater que tu manifestes enfin de l'intérêt pour ces dames.

Lucas sourit.

– Je suis certain que tu sais quelque chose sur chacun, n'est-ce pas ? Comme d'habitude.

– Absolument. Je n'ai pas passé mon temps, moi, à errer sur la plage. Et je suis tombé sur un serveur qui adore bavarder.

S'informer tant soit peu sur ses partenaires de jeu était une démarche essentielle chez Henri Andrevie. Avant de leur prendre leur argent, il avait besoin de les situer. Et c'était un atout supplémentaire pour cet aventurier, charmant, beau parleur et habile.

Petit, blond, une lueur malicieuse au fond de ses yeux gris, il ne faisait pas ses trente-neuf ans, savait charmer les femmes par un simple sourire et ne cessait de prouver à Lucas qu'il était resté égal à lui-même.

– Regarde, dit-il, les Anglais jouent entre eux. Ils ont horreur de se heurter à une autre langue que la leur. Cet homme aux tempes grisonnantes est un duc. Il joue avec beaucoup de sérieux mais ne gagne jamais.

Henri étouffa un petit rire dont Lucas comprit aussitôt la signification.

– Tu l'auras dépouillé avant la fin de la nuit, je suppose.

– Je l'espère. Maintenant, regarde ces deux hommes : Mrs. Varnoux et Montour. Ils sont frères mais ne veulent pas que cela se sache. Ne t'approche pas d'eux. Ils communiquent entre eux, à leur façon.

Puis Henri désigna à Lucas un homme particulièrement élégant, aux traits fins, presque féminins.

– Celui-ci ne connaît rien aux cartes. Mais c'est un joueur dans l'âme. Il prend tous les paris. A propos, il est le mari de la femme que tu regardais. Jolie, n'est-ce pas ?

– Très.

Mais Henri soupira.

– Autant je t'ai poussé à t'amuser, autant je te mets en garde contre cette personne. A moins que la présence du mari au meilleur moment ne te dérange pas...

– Ah... Je vois...

– C'est un couple pervers. Lui aime séduire les vierges en un temps record. A chaque fois, il lance un pari. Sa femme se charge de ramasser l'argent.

– Il n'a jamais eu affaire à un père ou à un mari ?

– Ça lui arrive de temps en temps. Il prend soin, d'ailleurs, de ne jamais rester longtemps au même endroit.

– Je trouve que tu as tendance à croire un peu vite ce que l'on raconte, Henri, remarqua Lucas d'un ton railleur.

– Il n'y a pas de fumée sans feu, mon cher.

Soudain, un souvenir revint à la mémoire de Lucas.

– Ne s'appelle-t-il pas Antoine ?

– Son nom de famille est Gautier. Son prénom, je l'ignore. Pourquoi ? Tu as entendu parler de lui ?

– Je n'en suis pas sûr. En tout cas, ce serait une singulière coïncidence.

Mais oui, il en avait entendu parler ! Il en était sûr. Ce jour-là, il était resté seul pendant de longues heures et, comme toujours en pareil cas, il avait pensé à Sharisse. Toutes leurs conversations étaient enregistrées dans sa mémoire, et il avait justement songé à Antoine. Cet Antoine qui, comme Gautier, ne cherchait qu'une seule chose...

Ah ! Si c'était le même homme, Lucas se réjouirait de pouvoir offrir à Sharisse une petite vengeance indirecte qui apaiserait peut-être les remords qu'il éprouvait à son égard. Par contre, ce serait dommage qu'elle ne puisse pas l'apprendre. Mais, même s'il parvenait à la localiser, il ne fallait pas qu'il la revît. Après tous ces mois loin d'elle, il souffrait encore de l'avoir perdue. Il n'était pas question de remuer le couteau dans la plaie.

Il ne doutait pas qu'elle n'ait eu aucun mal à l'oublier. Elle s'était peut-être même remariée. L'argent qu'il avait déposé à son intention dans une banque de New York n'avait pas bougé. Quatre mois d'enquête ne l'avaient mené qu'à un John Richards, chapelier de son état et qui n'avait jamais eu de filles. Et il ne s'était trouvé aucune Mme Hammond, aucune demoiselle Richards pour ressembler, même de loin, à Sharisse.

Henri continuait à donner quelques détails sur chaque personne présente. Mais Lucas ne l'écoutait que d'une oreille distraite. Lorsque Henri alla s'asseoir à la table du duc, Lucas put enfin observer Gautier à loisir. Il le vit bientôt rejoindre deux autres hommes installés au bar. Ce ne furent alors que regards plus ou moins distraits en direction d'une jolie jeune femme brune. Lucas comprit vite ce qui se tramait.

Poussé par la curiosité, il s'approcha de Gautier dès que ses deux complices s'apprêtèrent à partir.

– Deux semaines? proposa Gautier.

Une semaine et demie, Antoine, pas plus.

– D'accord.

Lucas avait suffisamment appris le français, surtout grâce à Henri, pour comprendre et s'exprimer dans cette langue. Il ne lui restait plus qu'à aborder cet Antoine Gautier et à lui faire avouer, si toutefois il n'y avait pas erreur sur la personne. Antoine était un nom assez courant en France. Quant aux hommes prêts à séduire une jeune fille par jeu, ils ne devaient pas manquer.

Visiblement satisfait de lui-même, Gautier commanda une boisson puis chercha le regard de la jeune femme brune.

– Si vous me permettez...

Lucas paya la consommation au barman. Gautier accepta tout en demandant :

– Nous nous connaissons, monsieur?

– Antoine Gautier, n'est-ce pas? Il me semble avoir entendu parler de vous.

– Ah? Comment cela?

– Au sujet de certains paris. Il me semble d'ailleurs que vous venez d'en engager un.

Antoine Gautier se détendit.

– Auriez-vous envie comme mes deux amis de perdre de l'argent?

Lucas feignit d'entrer dans son jeu.

– Je ne parie jamais sans espérer gagner. Mais assurez-moi que vous ne connaissez pas déjà cette personne.

– Non. Claude s'est fait éconduire, en revanche.

– L'un des deux hommes qui viennent de partir?

– Oui. Il compte sur mon échec pour se consoler. Mais si vous ne me croyez pas, choisissez n'importe quelle femme dans cette pièce. Je relèverai deux défis à la fois.

Lucas eut du mal à dissimuler le dégoût que lui inspirait le regard concupiscent d'Antoine Gautier. Et puis, avec ses petites fossettes, il avait franchement quelque chose d'efféminé. Comment pouvait-il attirer les femmes?

– Vous semblez très sûr de vous, remarqua Lucas.

– Je n'échoue jamais.

– Jamais?

– Ah! J'imagine que c'est Jean-Paul qui vous a parlé de moi. J'ai effectivement subi un échec – le seul – il y a trois ans. Ce cher Jean-Paul se targue, depuis lors, d'avoir bénéficié de cette unique déroute.

– Que s'est-il passé ?

– Ma femme est entrée trop tôt dans la chambre.

– Elle vous laisse habituellement jouer à ce genre de jeu ?

– Oui. Et je n'ai jamais compris pourquoi elle m'a empêché d'aller jusqu'au bout avec cette Américaine.

– La jalousie, peut-être ?

– Peut-être, soupira Antoine. Cette jeune Hammond était particulièrement belle. Dans toute l'innocence de ses dix-huit printemps...

Dix-huit ans, trois ans plus tôt ? Lucas crut à une erreur. Pour en avoir le cœur net, il lança :

– Sharisse Hammond, n'est-ce pas ?

Aussitôt Antoine Gautier changea de couleur et prit soudain conscience de l'accent de Lucas.

– Américain, également ? demanda-t-il, de plus en plus pâle.

– Oui. Et je vous invite à sortir d'ici avec moi.

– Mais, je ne comprends pas. Je n'ai fait aucun mal à cette jeune fille.

– Je ne crois pas que ce soit son avis. Venez.

Lucas prit Gautier par le coude et le poussa vers la sortie.

– Pas un mot, lui conseilla-t-il. Ou je vous casse le bras.

– Qui... qui est-elle pour vous ?

Lucas ne répondit que dans le jardin, loin du perron du casino. Et la fureur qu'il éprouvait lui dicta ces mots :

– Sharisse est ma femme.

– Elle ne l'était pas à l'époque, rétorqua Gautier. Et puis, finalement, je ne l'ai pas déflorée !

– Je peux toujours vous reprocher votre intention, Gautier. Cette façon écœurante de séduire une femme sur un pari! Sharisse l'a su?

– Pardon?

– N'en faites pas trop, Gautier. Je vous demande si elle s'est rendu compte de la situation.

– Ma femme a été totalement explicite en sa présence, oui, répondit Antoine Gautier que la panique faisait tout avouer.

– Elle a donc été à la fois blessée et humiliée... conclut Lucas d'une voix calme.

Une voix si calme qu'Antoine fut abasourdi quand il sentit le poing de Lucas sur son nez. La violence du coup le déséquilibra. Il tomba dans un buisson en se tenant le visage dans les mains.

– Je vous en prie... supplia-t-il.

Lucas le remit sur ses pieds avant qu'il pût achever sa phrase.

– Essaie de protéger ta jolie petite gueule. Je n'ai pas l'intention de te ménager. Je n'ai pas plus de pitié pour toi que tu n'en as pour tes victimes.

Antoine tenta de se défendre, mais le combat était d'autant plus inégal que la fureur de Lucas décuplait ses forces. Et chaque coup était destiné à marquer longtemps le visage d'Antoine.

L'affrontement ne dura que quelques minutes. Dressé au-dessus d'un Antoine gisant dans la poussière, à demi conscient, Lucas banda ses articulations ensanglantées avec son mouchoir.

– Je me suis contenté de te refaire le portrait. Tu peux remercier ta femme, parce que si tu avais réussi avec Sharisse, je t'aurais tué. Je pense que tu te souviendras de moi quand tu te regarderas dans une glace.

Lucas s'éloigna, emporté par une autre fureur. Sharisse lui avait menti au sujet de son âge, de son nom, de son soi-disant veuvage. Il revit sa réaction devant le pasteur. Ce n'avait pas été de la surprise mais de la panique. Elle n'avait jamais eu l'intention de l'épouser, et il avait laissé les remords le ronger pendant des mois pour rien du tout. Elle avait dû être ravie de pouvoir annuler ce mariage. D'ailleurs, elle était partie dès qu'elle avait appris la bonne nouvelle. Mais, à propos, avec quel argent? Son père ne l'avait peut-être jamais déshéritée. Encore un mensonge? Y avait-il eu en elle quelque chose de vrai?

Quand il arriva à l'hôtel, son sang-froid reprit le dessus. Le réceptionniste ne soupçonna rien de sa fureur lorsqu'il lui remit une lettre. Elle venait d'Emery Buskett et avait mis cinq mois pour lui parvenir.

Lucas,

Vous avez bien fait de m'avertir finalement de vos déplacements. J'ai été tellement surpris le jour où Billy Wolf m'a télégraphié que vous aviez quitté l'Arizona. J'ignorais si vous teniez toujours à me voir entrer en contact avec Jim au sujet de Mlle Hammond. Mais, de toute façon, maintenant, je ne peux que vous parler de cette affaire. Figurez-vous qu'il y a un mois, les nouvelles sont venues de Jim lui-même alors que je cherchais encore à le joindre. Et vous ne devinerez jamais pourquoi.

Jim était, cette fois-ci, chargé de vous retrouver. Oui, vous! Et par le même Marcus Hammond. Il était déjà passé par votre ranch où Billy lui avait dit que vous étiez peut-être en Europe et lui avait conseillé de s'adresser à moi. Jim est donc venu jusqu'à Chicago où je me suis installé. Que de kilomètres parcourus, n'est-ce pas? Et le pire était que je n'avais rien à lui apprendre.

Quant à l'information que vous m'aviez demandée, je trouve curieux que vous ayez eu besoin de vérifier l'identité de votre fiancée. Elle est évidemment la fille de Marcus Hammond! Et Jim avait raison : elle est revenue d'elle-même à New York. Maintenant, c'est vous que son père recherche. Etait-elle réellement votre fiancée ou l'aidiez-vous simplement à se cacher? Mais, après tout, cela ne me regarde pas.

Jim m'a également appris que Newcomb est en train de devenir une ville fantôme. En cherchant votre trace, il n'est guère tombé que sur Samuel Newcomb qui vous accusait de l'avoir ruiné. Jim a refusé de croire aux élucubrations d'un homme qui ne se sépare plus de sa bouteille.

Si vous avez besoin de moi, vous savez où me trouver. Je me tiens à votre disposition.

Votre serviteur,

Emery Buskett

Lucas avait attendu d'être dans sa chambre pour ouvrir la lettre. Il la relut puis la froissa et la jeta à travers la pièce. Sharisse était donc retournée auprès de son père après une simple fugue d'enfant gâtée.

Il ne lui trouvait aucune excuse. La pauvre petite fille riche, en colère contre son père, n'avait rien trouvé de mieux que de répondre à une annonce matrimoniale pour se donner les moyens de faire une fugue. Elle n'avait sans doute jamais pensé à son correspondant. Il aurait pu être sérieux, tomber follement amoureux d'elle et sombrer dans le désespoir après son départ. Mais les gens de son espèce ne s'intéressent-ils pas qu'à eux-mêmes?

Quant à l'impossibilité de la retrouver, il comprenait maintenant. Ces imbéciles de banquiers n'avaient pas eu l'idée de consulter la liste de tous les Hammond de New York. Il aurait dû le leur suggérer, évidemment. Ou bien Marcus Hammond avait-il acheté leur silence?

Que voulait Hammond en le faisant rechercher?

Si c'était au sujet de l'argent qu'il avait laissé pour Sharisse, Hammond considérait peut-être la somme comme très insuffisante. Une insulte à son rang! A moins que Sharisse n'ait joué les vierges violées par un cow-boy à demi sauvage... Dans ce cas, Marcus Hammond devait crier vengeance.

Lucas grimaça un sourire, secoua la tête en voulant repousser l'idée que Sharisse cherchât à prendre une revanche. Puis il aperçut la bouteille posée près du lit et s'en saisit.

37

Sharisse raccompagna son amie Carol Peterson chez elle. Lafayette Place était l'un des plus vieux quartiers résidentiels de New York et résistait encore à l'envahissement commercial.

Sheila n'avait pu se joindre à elles. Mais elles avaient tout de même maintenu leur promenade entre Union et Madison Square, tandis que le chauffeur de Sharisse les suivait. Bien entendu, elles n'avaient pas résisté au plaisir de pénétrer chez Tiffany, Arnolds, Lords et Taylors, ces grands magasins tellement fascinants.

Ni une certaine fatigue ni la perspective d'un rendez-vous dans la soirée n'incitaient Sharisse à rentrer chez elle. Elle demanda à son chauffeur de conduire lentement, afin de pouvoir redécouvrir une ville qu'elle adorait.

Ils passèrent devant le bâtiment des douanes, immense et majestueux avec ses colonnades, puis ils remontèrent Broadway, Park Row, traversèrent Printing House Square où se trouvait le siège des plus grands journaux. Des joueurs d'orgue de

Barbarie côtoyaient des marchands de glaces. Pour un penny, on pouvait se régaler.

Les omnibus, tirés par des chevaux, étaient peints de couleurs vives. Assis à l'extérieur, le conducteur gardait un parapluie à portée de la main en cas d'averse. Les enfants vivaient une véritable aventure en montant dans ces véhicules. Sharisse se souvint de son enthousiasme d'autrefois. Oui, il y avait bien longtemps qu'elle ne s'était déplacée en omnibus...

Au-delà de Park Place et de l'Hôtel de Ville, beaucoup de vieux immeubles avaient été remplacés par des constructions en béton. Les arbres aussi devenaient plus rares. En revanche, fleurissaient les magasins de confection où l'on trouvait tout, des chapeaux aux corsets.

Quand ils passèrent devant le Grand Central Hotel, Sharisse sourit en pensant à la colère de son père dès que l'on parlait devant lui de ce bâtiment de huit étages et de six cent trente chambres. Une monstruosité, qui dominait tous les autres immeubles, mais qui cependant avait du charme, avec le marbre de sa façade et ses toits mansardés. A son ouverture, en 1875, il était le plus grand hôtel du monde.

Lorsque son père l'entendit rentrer, il apparut dans le hall.

– J'aimerais te parler, Sharisse.

Elle enlevait son chapeau et ses gants.

– Cela ne peut pas attendre un peu, papa? Robert m'emmène au théâtre, ce soir, et je n'ai pas beaucoup de temps pour me préparer.

– Dans ce cas, il fallait rentrer plus tôt. J'ai un mot à te dire au sujet de tes récents achats.

En soupirant, elle suivit son père dans son bureau.

– Tu ne vas pas me reprocher de trop dépenser, j'espère. Je n'ai acheté que quelques robes.

– Quelques robes! J'ai vu arriver une douzaine de cartons la semaine dernière, et il en arrive encore tous les jours.

– Mais la mode a complètement changé cette année. Et je te ferai remarquer que, jusqu'à présent, tu me poussais plutôt à ne pas négliger ma garde-robe.

– C'est autre chose qui me préoccupe, Sharisse. Tu peux t'acheter une centaine de toilettes, à condition que je sache qui paie.

– Qui paie? Mais c'est toi! Je ne comprends pas...

– Ecoute : en passant ce matin par Broadway, je me suis dit que je pouvais en profiter pour régler ta note chez la couturière. Mais on m'a répondu que c'était déjà fait.

– Incroyable...

– Elle a simplement pu me dire qu'un garçon de courses était venu payer. En laissant un pourboire conséquent. Elle a cru qu'il venait de ma part.

– Il faut voir avec Joel. Ce devait être pour les achats de Stephanie.

– Non. Il s'agissait bien de toi. Et dans trois autres magasins, tes notes ont été payées de la même manière.

Perplexe, elle s'assit près du bureau.

– Je ne sais que te dire, papa.

– Moi, j'ai pensé à Robert.

– C'est impossible! Je le connais à peine. Et sans l'insistance de Stephanie et de Joel, j'aurais déjà cessé de le voir.

– Tu ne rencontres personne d'autre, Sharisse?

– Vraiment, papa! Tu t'imagines que je suis une femme entretenue?

– Non. Bien sûr que non. Mais tu as en tout cas un admirateur fort généreux. Et qui agit de façon inhabituelle. A qui avons-nous donc affaire?

– Je ne vois pas. On m'a présenté plusieurs

hommes ces derniers temps, mais tous plus conventionnels les uns que les autres... Et puis, ces factures sont importantes, non ?

– Comme toutes tes factures, ma chérie.

Passant sur cette remarque, elle observa :

– S'il s'agissait de fleurs ou de colifichets, je les retournerais aux commerçants. Mais dans ce cas précis, je n'ai pas envie de renvoyer ce qui m'a pris tant de temps en essayages. Il faudra que l'on rembourse cet homme dès que l'on saura qui il est.

– Je vais m'occuper de cette affaire, Sharisse. Je n'aime pas l'audace de cette personne. A mon avis, ce doit être un étranger, habitué à d'autres usages que les nôtres.

La conclusion de son père fit sourire Sharisse.

– Qui qu'il soit, il ne va certainement pas tarder à se faire connaître. Bien, il faut vraiment que je me prépare, papa. Passes-tu la soirée à ton club ? Je déteste te savoir seul à la maison.

– Ne t'inquiète pas pour moi. J'attendrai ton retour, au cas où tu apprendrais quelque chose ce soir.

38

La représentation venait de commencer lorsque Sharisse et son chevalier servant arrivèrent à l'Académie de musique, située sur Union Square. La banalité de sa façade contrastait avec la décoration intérieure, ravissante et raffinée. La salle se prêtait aux bals aussi bien qu'aux opéras ou au théâtre.

De nombreux véhicules étaient arrêtés autour du Square, mais tous n'appartenaient pas à des amateurs de théâtre. On voyait des couples assis sous les feuillages. Dans la journée, bancs et allées accueillaient des enfants et leur nurse, des promeneurs de toute condition qui venaient respirer un petit air de campagne en pleine ville. La nuit, des lampes accrochées dans les arbres créaient une atmosphère plus intime. La nuit, Union Square était fait pour les amoureux.

Sharisse eut du mal à en détacher son regard. Elle entra à l'Académie de musique au bras de Robert, une grande nostalgie au cœur. Certes, Robert était séduisant et prévenant. Il ne cachait pas son désir de devenir plus que son chevalier servant. Mais elle ne le trouvait pas assez grand, pas assez brun, avec des épaules un peu trop étroites. Enfin, il ne ressemblait pas assez à...

Elle essaya de se concentrer sur le spectacle et y parvint un moment. Puis son regard tomba sur sa bague, un péridot entouré de brillants, élément d'une parure qui comportait également un collier et des boucles d'oreilles. Décidément, depuis son retour, elle ne savait sortir sans ces bijoux ! Des perles auraient mieux convenu au gris argenté de sa robe. Ou même les émeraudes. Mais les péridots n'avaient-ils pas exactement la couleur des yeux de...?

Pourquoi ne pouvait-elle l'oublier ? Elle ne l'avait pas vu depuis un an, et pourtant il était là, présent dans son esprit, comme si elle l'avait quitté la veille.

– Sharisse ! J'étais sûre que c'était toi !

Les lumières de l'entracte venaient de s'allumer. Sharisse vit Sheila Harris se frayer un passage dans la foule qui se dirigeait vers le foyer. Robert voulut l'inviter à s'y rendre également, mais elle refusa et le laissa aller seul.

Sheila prit le fauteuil de Robert. Dans une robe d'un bleu électrique, au bustier orné de perles d'or, elle était très loin de la mode, mais tout à fait splendide. Le regard brillant de curiosité, elle se pencha vers Sharisse dès que Robert fut assez loin pour ne pas l'entendre.

– Que fais-tu donc avec lui?

– Bonsoir, Sheila, lui répondit Sharisse très courtoisement. Je suis contente de te voir.

Sheila eut le ton de l'impatience :

– Oui, bien sûr : bonsoir!

– Nous t'avons attendue aujourd'hui.

– Oh, non! Ne me dis pas que l'on devait se voir aujourd'hui! J'ai oublié. Tu me pardonnes?

– Evidemment...

Sheila ne manquait jamais d'amuser Sharisse. Bien que, ce soir-là, elle semblât vouloir lourdement insister sur le même sujet.

– Alors? Avec Robert? Tu ne m'as pas répondu.

Sharisse eut un petit mouvement désabusé.

– Depuis quelques semaines, tu as pu constater que Robert m'invite régulièrement. Et je n'ai rien d'autre à t'apprendre.

– Mais... pourquoi es-tu avec lui alors que... tu n'es pas seule?

– Explique-toi, Sheila.

– Voyons, Sharisse, n'essaie pas de me faire des cachotteries. D'ailleurs, c'est trop tard : je l'ai rencontré hier soir. Et ce que j'ai pu avoir l'air idiote! Je suis restée bouche bée tellement j'étais surprise.

– Je ne comprends rien, Sheila.

– Tu aurais pu me le dépeindre un peu mieux quand je t'ai demandé comment il était. Tu m'avais dit : « Il est différent. » Différent... Superbe, oui!

Parfaitement incrédule, Sharisse se rejeta contre le dossier de son fauteuil.

– Tu dis que tu l'as vu... hier soir?

– Chez les Stewart. Donald nous a présentés. Tu connais Donald, n'est-ce pas?

– Oui, oui, je le connais. Continue, Sheila.

– Eh bien, Donald n'a pas fait le rapprochement avec toi. Il m'a simplement présenté un M. Holt. Pour ne pas me tromper, je lui ai tout de suite demandé s'il était ton mari. Sans y croire, étant donné la description lapidaire que tu m'avais donnée de lui. Tu peux imaginer ma surprise quand il m'a répondu par l'affirmative.

– Et... que t'a-t-il dit d'autre?

– Pas grand-chose. Il n'a pas la parole facile. Je lui ai demandé si tout allait bien sur son navire.

Devant le visage brusquement contrarié de Sharisse, Sheila s'étonna :

– J'ai fait une bêtise?

– Non. Je t'écoute.

– Je lui ai aussi demandé si son voyage en Orient s'était bien passé, mais il s'est montré très évasif. En revanche, il m'a posé des questions sur Robert.

– Tu lui as parlé de Robert?

– Il sait que Robert te tient compagnie depuis quelque temps. Mais il voulait savoir ce que je pensais de lui. Je lui ai expliqué que j'étais revenue à New York depuis peu et que je n'avais pas beaucoup rencontré Robert. Je comprends sa curiosité. Après un si long voyage. Drôle de début pour un mariage, d'ailleurs. Mais quand on épouse un capitaine de la marine marchande...! Va-t-il rester un moment avant le prochain voyage?

Sharisse l'écoutait à peine. Elle se surprit à répondre :

– Je... je l'ignore encore. Nous n'en avons pas encore discuté.

– Et ce soir, où est-il?

– Il est occupé, lança Sharisse.

Puis elle s'empressa de sourire et d'adopter un ton plus détendu.

– Ce n'est pas parce qu'il est de retour que je

dois monopoliser son temps. Il a énormément de travail. Tant de choses sont restées en suspens pendant son absence!

– Ce qui explique que Robert te tienne compagnie?

– Oui. Et il faut d'ailleurs que j'aille le rejoindre.

Sharisse se leva. Son amie la retint par le bras.

– Et la soirée chez ta sœur, samedi? On t'y verra avec ton mari, j'espère. Pour l'instant, je suis la seule à l'avoir rencontré.

– Je ne sais pas encore. Nous verrons, Sheila, murmura Sharisse.

Dès qu'elle eut retrouvé Robert, elle le pria de la raccompagner chez elle, se servant de la migraine qui commençait à la tenailler comme de la meilleure excuse possible. Distraite, elle lui adressa à peine la parole sur le chemin du retour. Mme Etherton vint à sa rencontre dans le hall, lui prit son manteau et ses gants et s'étonna de son expression soucieuse.

– Où est mon père?

– Dans la cuisine, mademoiselle, répondit la gouvernante, sans cacher sa désapprobation.

– Encore en train de chaparder? demanda Sharisse en souriant brusquement.

– J'en ai bien peur, mademoiselle.

Les incursions de son père dans le domaine réservé des serviteurs l'amusaient toujours. C'était tout à fait lui! Elle le trouva attablé devant un poulet froid et une miche de pain. Il n'était pas seul : dans un coin, elle vit Clarissa, la chatte beige qu'elle avait offerte à Charley. Clarissa allaitait ses trois petits. Charley se frottait contre la jambe de Marcus qui s'exclama :

– Sacré matou! Tu veux goûter à mon poulet, n'est-ce pas?

– Alors, on se laisse faire?

Marcus sursauta.
– Attention à mon cœur, Sharisse!
– Pardon, papa.
Elle s'assit et prit un morceau de poulet tandis que Marcus l'observait, intrigué.
– Tu es revenue de bonne heure... Aurais-tu appris le nom de ton généreux admirateur?
– Peut-être... Tu vas me dire ce que tu penses de cela : j'ai rencontré Sheila au théâtre, et elle m'a appris que Lucas était à New York.
– Lucas? Ton Lucas?
– Oui.
– Ah... Voilà quelque chose d'intéressant!
– Ou plutôt d'alarmant. Mais il peut s'agir de quelqu'un qui se fait passer pour Lucas.
Sharisse exprimait un espoir qu'elle savait pratiquement impossible étant donné la réaction admirative de son amie.
– Que lui as-tu dit?
– Je pouvais difficilement lui avouer que je n'étais pas au courant de sa présence. Je l'ai donc écoutée. Elle l'a trouvé superbe.
– Est-ce bien une façon de parler d'un homme?
– Sheila a voulu dire qu'elle le trouvait très séduisant, papa.
– Comme toi, si je me souviens bien. Dans ce cas, imaginons que cet homme soit bien ton mari. Qu'as-tu l'intention de faire?
– Rien, répondit-elle calmement. Il n'est pas question que je le voie.
– Tu pourrais y être contrainte, ma chère enfant. S'il vient jusqu'ici, je ne peux lui interdire d'entrer. Il est encore ton mari. Et il a dû l'apprendre.
– Qu'est-ce qui te le laisse croire?
– Le fait qu'il ait payé tes achats. A mon avis, c'est d'ailleurs une façon de te rappeler aussi tes

devoirs de femme mariée. Quand ton époux s'acquitte de ses obligations...

– Je ne sais pas, papa. Lucas est plutôt le genre d'homme à faire irruption ici, sans préambule.

– Alors, pourquoi ne l'a-t-il pas fait ?

– Mais j'ignore ce qu'il a en tête !

– En tout cas, il veut sûrement savoir pour quelle raison vous êtes encore mariés. Vas-tu le lui dire ?

– Non. Certainement pas.

– Eh bien, dépêche-toi de trouver une explication ! Parce que je sens que tu ne vas pas tarder à revoir Lucas Holt.

39

Sharisse terminait juste son déjeuner lorsque sa sœur entra dans la salle à manger. Il y avait longtemps qu'elle ne lui avait pas vu un pas si vif. Enceinte de cinq mois, Stephanie n'avait cessé de se ménager dès qu'elle avait appris la nouvelle. Exactement comme l'avait fait sa mère. Et c'était en vain que Sharisse tentait souvent de la persuader que ce comportement d'invalide n'avait rien de particulièrement sain.

Visiblement fébrile, elle jeta un regard autour d'elle, afin de s'assurer que Sharisse était seule.

– Qu'est-ce qui t'amène, Stephanie ? Je pensais que tu serais occupée toute la journée à houspiller tes domestiques. La soirée s'annonce bien ?

– Oui, oui.

A l'évidence, Stephanie avait pour le moment une autre préoccupation en tête. Elle s'installa sur une chaise, avec beaucoup de précaution, ses rondeurs à peine visibles, puis elle prit une mine de conspiratrice.

– Papa est absent, n'est-ce pas?

– Un samedi, bien sûr! Tu sais bien que c'est le jour de son déjeuner avec ton beau-père.

– Parfait.

– Pourquoi? Je ne cache plus rien à papa, Stephanie.

– Tu ne lui as tout de même pas parlé de mon rôle dans...

Soucieuse de la rassurer, Sharisse interrompit sa sœur :

– Mais, non. Détends-toi. Pour ce qui appartient au passé, c'est autre chose.

– Ce qui signifierait que tu l'as informé de la présence de Lucas à New York?

Stephanie croyait, en fait, apprendre la nouvelle à Sharisse. Ses traits s'affaissèrent lorsque sa sœur lui répondit :

– Oui. Il le sait déjà.

– Et à moi, on ne disait rien! s'exclama Stephanie. Il a fallu que je l'apprenne par Trudi. Qui l'a appris de Barbara Stewart.

– Et, si tu l'ignores encore, Sheila l'a précisément rencontré chez les Stewart.

– Sheila l'a vu?

– Oui.

– Et tu sais ce qu'il fait ici?

– Pas du tout.

Stephanie faillit exploser.

– Tu ne veux donc rien me dire?

– Je ne te cache rien, Stephanie. Je n'ai pas vu Lucas et j'ignore dans quel but il est venu à New York.

De cela, Sharisse se sentait secrètement vexée. A quelle partie de cache-cache se livrait Lucas? Il aurait tout de même pu lui faire signe.

– Ah ! Il me semblait bien avoir entendu les voix de mes filles !

Marcus Hammond était de retour. Sharisse s'en étonna :

– Tu n'as pas déjeuné avec Edward ?

– Si, mais je ne me suis pas attardé. J'ai une affaire à régler... Qu'est-ce qui nous vaut le plaisir de ta visite, Stephanie ?

– J'avais besoin de prendre l'air. On remue tant de poussière à la maison, depuis ce matin. Tu viens ce soir, papa ?

– Grands dieux, non ! Restez entre jeunes. Je passerai la soirée à mon club.

– Bien. Il faut que je retourne là-bas, annonça Stephanie à contrecœur.

– Si tu te dépêches, tu trouveras encore ma voiture devant la maison.

Sharisse exprima sa désapprobation :

– Tu exagères autant qu'elle, papa. Stephanie habite à quelques mètres d'ici ! Un peu d'exercice ne peut que lui être salutaire.

Stephanie se leva lentement.

– C'est toujours bon d'être prudent, déclara-t-elle d'un ton allègre.

Seule avec son père, Sharisse renouvela ses reproches :

– Tu ne devrais pas l'encourager à se dorloter comme ça.

– Je sais. Mais elle me rappelle tellement ta mère ! Ce n'est pas comme toi. Jusqu'à la fin, tu t'es comportée comme si rien de particulier ne se passait !

– Quelqu'un m'avait donné l'exemple. Une chance ! Mais parlons plutôt de ton déjeuner. Pourquoi l'as-tu écourté ?

Elle vit son père déposer un dossier sur la table.

– On m'a apporté cela au restaurant. C'est un

rapport sur ton mari. Je l'attendais depuis deux jours.

– Tu l'as fait suivre?

– Evidemment. Il est à l'hôtel Fifth Avenue depuis un peu plus d'un mois.

– Depuis tant de temps? Et dans un hôtel de luxe! Où prend-il l'argent? Aurait-il vendu son ranch?

– Le ranch a été vendu, effectivement. Mais par un certain Billy Wolf. Lucas Holt avait quitté la région bien avant la vente.

Sharisse adressa à son père un regard effaré.

– Comment peux-tu savoir cela?

– J'avais envoyé quelqu'un là-bas, l'année dernière. Il me semblait naturel de me renseigner sur ton mari.

– Et tu ne m'as pas mise au courant de ces événements...?

– Je ne voulais pas que tu sois contrariée. D'autant que Lucas avait disparu sans laisser d'adresse. Le jour même de ton départ, d'après un vieil homme qui avait travaillé pour lui.

Sharisse resta quelques instants songeuse.

– Crois-tu qu'il a essayé de me suivre?

– Non. Parce que s'il l'avait voulu, il aurait réussi.

– Bien sûr... Et pour quelle raison aurait-il essayé, d'ailleurs? demanda-t-elle d'une voix où perçait une certaine déception.

Marcus la regarda, pensif.

– On a dit de lui qu'il avait intentionnellement ruiné le fondateur de Newcomb. C'est peut-être à cause de cela qu'il a disparu. Sais-tu quelque chose à ce sujet?

– Samuel Newcomb? Non, ils étaient très amis... Et puis, je vois mal Lucas faire une chose pareille.

– Je n'ai eu vent que d'une rumeur, précisa Marcus.

– Qu'as-tu appris d'autre?

– D'après M. Wolf – que mon détective avait pu interroger –, ton mari se rendait en Europe.

– Avec quel argent?

– Je l'ignore. Mais, de toute façon, il a dû en trouver depuis. Il séjourne dans l'un des hôtels les plus chers de la ville et il a acheté la maison Tindel.

– Non?

– Mais si! Et il y a une chose bizarre que tu pourrais peut-être m'expliquer.

– S'il n'y en avait qu'une... Je n'arrive pas à croire que nous parlons du même homme.

– Justement. Il se peut que ce ne soit pas le même homme. A l'hôtel, on connaît Slade Holt et non Lucas Holt.

– Slade! Oh, non!

La voyant changer de couleur, Marcus s'alarma.

– Qu'y a-t-il, Sharisse?

– Slade est son frère.

– Et pourquoi Lucas utiliserait-il le prénom de son frère?

– Ce n'est peut-être pas Lucas mais Slade, tout bonnement.

– Restons lucides! Comment veux-tu que cet homme se fasse passer pour ton mari alors qu'il sait que tu peux facilement le démasquer?

Elle eut un rire désabusé.

– Ce sont des jumeaux. Des vrais. Je reconnaissais Slade parce qu'il s'habillait comme un Indien. Mais ici, je t'assure que je ne verrais pas la différence.

– Donc, on ne peut être sûr de rien?

Sharisse se mordit la lèvre, puis s'écria :

– Oh! Je ne sais pas que penser!

– Eh bien, je vais aller poser à cet homme les questions qui s'imposent.

Sharisse se leva, comme mue par un ressort.

– Non! s'écria-t-elle. Ne fais pas cela.

– Pourquoi?

– Slade... s'il s'agit de lui... est quelqu'un de très spécial. Il a passé des années, seul, dans la montagne. Il est plutôt fruste et règle ses problèmes à coups de revolver.

– Il s'intéressait à toi?

– Oui, admit-elle. Mais ne cherche pas à le rencontrer, papa. Il n'est pas civilisé.

– On ne peut pourtant pas rester ainsi, dans l'expectative et l'incertitude, Sharisse.

– Je préfère attendre. Tu l'as dit toi-même : il ne va plus tarder à prendre contact avec moi. Et ce sera toujours assez tôt. Surtout si je dois avoir affaire à Slade.

Elle baissa les yeux un instant avant d'expliquer :

– Je peux au moins parler calmement avec Lucas. Mais avec son frère... Mon Dieu, pourvu qu'il ne se fasse pas passer pour Lucas dans le but de me contraindre à...

– Il n'oserait tout de même pas!

– Oh, si! J'essaie de te faire comprendre qu'il ne s'embarrasse d'aucun scrupule. Il peut trouver très amusant de prétendre être mon mari en comptant ainsi parvenir à ses fins.

– Peut-être devrais-tu retourner chez ta tante pendant un certain temps.

– Et renoncer à régler cette situation intolérable? Non. Je devrais plutôt voir un avocat dès lundi et mettre un terme à ce mariage. Ainsi, mon prétendu mari pourrait bien s'appeler Lucas, Slade ou... je ne sais quoi, le jeu des devinettes serait terminé.

– Réfléchis, Sharisse. Tu as désormais besoin de la coopération de ton mari.

Elle soupira, tristement, puis observa :

– Si je parle de divorce, je saurai au moins, par la réaction que j'obtiendrai, qui est en face de moi. Si je me heurte à un refus, il s'agira de Slade.

L'air soucieux, Marcus Hammond laissa son regard s'attarder sur sa fille un instant, avant de se détourner et de quitter la pièce.

Il avait besoin de réfléchir dans le silence de son bureau.

40

Stephanie prit le bras de sa sœur et l'entraîna vers le petit salon.

– Je pensais que tu serais plutôt en avance qu'en retard, Sharisse...

– Ne m'en veux pas. J'ai failli ne pas venir du tout. Robert s'est décommandé au dernier moment. Si je n'avais été déjà prête, je ne serais pas venue.

– Pourquoi ? Tu n'avais pas besoin d'être accompagnée. Tu connais tout le monde, ici.

– C'est ce qui m'a décidée. Et puis, je ne suis pas la dernière, il me semble. Sheila n'est pas encore arrivée, n'est-ce pas ?

Elles s'arrêtèrent à l'entrée du salon où une trentaine d'invités étaient réunis.

– On n'attend plus qu'elle. C'est toujours la même chose : on peut difficilement compter sur elle.

– Ne sois pas morose, Stephanie. Ça ne te va pas.

– J'ai les nerfs en pelote depuis que j'ai entendu parler de qui tu sais.

– Je préférerais que tu n'y fasses pas allusion.

Entendant la porte d'entrée s'ouvrir, Sharisse s'écarta de sa sœur.

– Va accueillir ta dernière invitée. Je rejoins les autres pendant ce temps-là et...

Stephanie suivit le regard de sa sœur qui venait de se retourner.

– C'est lui ? murmura-t-elle. N'est-ce pas ? Oh ! Que dois-je faire ? Faut-il que Joel lui demande de sortir ? Sharisse, dis-moi.

Stupéfaite, Sharisse eut du mal à se ressaisir.

– Non... Ne va pas chercher Joel. Tu risquerais de créer un incident regrettable. Avec ce genre d'homme, on ne sait jamais.

Stephanie agrippa le bras de sa sœur.

– Mon Dieu, il t'a vue ! Il vient vers nous. Je te laisse.

– Non. Ne me laisse pas seule avec lui.

Elle se tourna de nouveau vers l'invité-surprise et rencontra son regard. Ah ! Ces yeux d'or vert, si clairs, si brillants ! Soudain, elle se sentit toute troublée. Elle remarqua, néanmoins, qu'il avait la peau plus claire, des cheveux plus courts et des vêtements d'une élégance classique. Mais il restait l'homme qu'elle n'avait pu oublier.

– Bonsoir, ma belle.

Elle frémit sous la caresse de cette voix chaude.

– Je crois savoir que tu as déjà rencontré plusieurs de mes amis, mais tu ne connais pas encore ma sœur, dit-elle d'une voix qui refusait de trembler.

Il n'accorda à Stephanie qu'un bref regard et un mouvement de la tête en guise de salutation, puis il revint à Sharisse, sans qu'un muscle de son visage bougeât.

– Voilà les jeunes mariés enfin réunis!

C'était la voix de Sheila. Elle arrivait au bras de Donald, toute bruissante dans sa robe de taffetas.

– Sais-tu où nous l'avons trouvé, Sharisse? A l'autre bout de New York. Ton mari ne serait jamais arrivé à temps si nous ne lui avions offert de l'emmener.

– Je t'en remercie, Sheila.

– Nous nous verrons plus tard, ma chérie. Quand j'aurai salué tout le monde.

Stephanie en profita pour s'éclipser également, laissant Sharisse et Holt face à face.

– Pourrait-on parler tranquillement? demanda-t-il.

– Pourquoi pas ici?

– Aurais-tu peur de te retrouver seule avec moi?

– Non... Mais il n'y a pas de raison que l'on s'isole.

– Comme tu veux. Seulement, je ne peux pas attendre plus longtemps.

Il la prit dans ses bras et l'embrassa avidement. Ce fut un choc délicieux. Impossible de lui résister. Instinctivement, elle noua les bras autour de son cou. Mais, bientôt, il la relâcha et se redressa. Elle ne cacha pas sa surprise. Dans ses yeux mauves brûlait une flamme ardente.

– Je n'ai pas vraiment pu faire ce que je voulais, dit-il d'une voix douce.

– Comment?

Son étonnement l'amusa.

– Regarde autour de toi, ma belle.

Il la vit rougir jusqu'aux oreilles lorsqu'elle découvrit les témoins de la scène : Stephanie, ébahie, Sheila qui souriait, Trudi Baker et quelques autres, riant comme des sottes. Quant aux hommes présents, ils faisaient semblant de n'avoir rien vu. Elle aurait pu mourir de honte.

S'écartant de son cher mari, elle lui lança :

– Comment as-tu pu ?

Il la prit par le bras pour l'entraîner loin du salon.

– Pourquoi ne te poses-tu pas la même question ? Maintenant, il n'y a plus de doute aux yeux de ces gens : je suis ton mari.

– Et alors ? C'est vrai.

– Non.

Son regard changea.

– Tu es Slade, n'est-ce pas ? Quelle audace ! Mais ce qui m'étonne, c'est que tu veuilles jouer franc jeu tout d'un coup.

– Slade ? Pour quelle raison crois-tu que je suis Slade ? fit-il durement.

Elle secoua la tête.

– Non. N'essaye pas de recommencer. Tu t'es inscrit à l'hôtel sous le nom de Slade Holt.

– Ton père a encore pris ses renseignements, si je comprends bien, remarqua-t-il d'un ton cinglant.

– Tu savais qu'il avait envoyé quelqu'un à Newcomb ?

– C'est ce qui m'a incité à venir ici. Enfin, ça et deux ou trois autres choses.

– Mais il voulait retrouver Lucas, pas toi. Oh ! J'ai vraiment envie de hurler !

– Dans ce cas, cherchons un endroit discret. Pourquoi pas la chambre de ta sœur ? dit-il avec un petit rire.

– Je préfère aller dans le jardin.

Situé à l'arrière de la maison, le jardin d'hiver offrait des bancs et le bruit rafraîchissant d'une petite fontaine, nichée parmi les roses. Les lumières des salons apportaient un éclairage feutré, à travers les grandes baies vitrées. Sharisse referma la porte derrière eux.

– Sans explication préalable, aucune discussion n'est possible, affirma-t-elle.

– Mais, ma chère, c'est d'abord à toi de t'expliquer.

– Pas avant que je sache à qui je m'adresse.

Il plissa les yeux.

– Je suis l'homme que tu as épousé en Arizona.

– Alors pourquoi as-tu prétendu le contraire, tout à l'heure?

– Parce que l'acte de mariage n'est pas une garantie.

– Tu veux dire que le prêtre...

– Oh, non! C'était un vrai prêtre. Et tu sais que je t'ai épousée. Mais peux-tu le prouver? Si je prends un autre nom...

– Je ne comprends pas.

– Il suffit que je me fasse appeler Slade pour ne plus être ton mari. Avoir un frère jumeau peut comporter des avantages...

– Quelle stupidité! C'est impossible.

– Tu devrais me croire. Ton certificat de mariage n'est valable que si j'admets être Lucas Holt.

– Et tu l'as admis!

– Devant toi. Seulement devant toi.

– Faux! Parce que Sheila et les autres ont pensé que tu étais mon mari et tu ne l'as pas démenti.

Il eut un haussement d'épaules désinvolte.

– Je pourrais toujours raconter que nous avons menti tous les deux, en jouant les couples légitimes. Qu'en penseraient tes amis?

Elle étouffa un soupir devant la perspective d'un tel scandale.

– Et la cérémonie, le pasteur...?

– Tu n'avais pas de témoins. On supposera que tu as inventé ce mariage pour sauver ta réputation.

Les gens aiment imaginer le pire si l'occasion leur en est donnée.

– Tu ne peux pas me faire ça. Aux yeux des autres, nous sommes mariés et nous n'allons pas leur annoncer le contraire.

– Pourquoi? demanda-t-il en élevant soudain la voix.

– Lucas, je comprends ta surprise, puisque nous avions décidé de faire annuler ce mariage. Mais, quand je suis revenue, mon père insistait encore pour que j'épouse Joel.

– Le mari de ta sœur?

– Oui. Stephanie aimait Joel, mais mon père ne voulait rien savoir. Je ne t'avais pas déjà expliqué cette situation? Donc, papa tenait à ce que je devienne Mme Parrington. Il a fallu, par conséquent, que je lui parle de toi. Evidemment, il n'a pas été ravi. Il s'est renseigné sur toi pour connaître un peu ce gendre inattendu.

– Tu ne lui as pas dit que j'étais un salaud?

– Je ne lui ai pas dit que tu es un fieffé menteur, si c'est ce que tu entends par là.

– Comment?

Furieux, il l'empoigna par les épaules. Et il se serait mis à la secouer violemment s'il n'avait lu la frayeur dans ses grands yeux mauves.

– A propos de mensonges, parlons plutôt des tiens! s'écria-t-il en se contentant de la repousser. Mme Hammond, n'est-ce pas? Fille de John Richards? Agée de dix-huit ans, veuve, ruinée, déshéritée par son père... Est-ce que j'oublie quelque chose?

Elle se sentit si humiliée qu'elle eut envie de rentrer sous terre.

– Lucas... je peux expliquer tout cela.

– Ah, oui! Et si j'avais été un pauvre idiot réellement en quête d'une femme? As-tu pensé à ça une seule seconde, lorsque tu as répondu à mon annonce?

– Ce n'est pas moi qui ai répondu, mais Stephanie.

Surpris, il resta un instant muet.

– Assieds-toi, Sharisse, finit-il par dire, et commence par le début.

Elle obtempéra en expliquant la situation de sa sœur.

– Stephanie avait le cœur brisé. Elle a agi par désespoir. Il ne faut pas lui en vouloir, Lucas. Quant à moi, j'ai eu l'intention de te renvoyer les billets et d'aller dans une tout autre direction. Et puis, je me suis aperçue de la disparition de mes bijoux... Sans argent, il a fallu que j'utilise tes billets.

– Pourquoi n'as-tu rien dit en arrivant? Nous aurions conclu un marché. Bon sang! On aurait pu s'entraider sans avoir recours à tous ces mensonges.

– J'ai eu peur. Mais, maintenant, explique-moi pour quelle raison tu as eu besoin de moi, Lucas? Etait-ce à cause de Samuel Newcomb?

– L'information te vient de ton père?

– On lui a apporté des rumeurs. Mais toi, tu peux me dire la vérité. Tu as vraiment mis Sam sur la paille?

– Je n'ai jamais eu d'autre but en m'installant là-bas, avoua-t-il sans aucune honte. A défaut de pouvoir le tuer... Mais il y a eu un problème à cause de Fiona. Elle rendait Sam jaloux. Ça ne m'arrangeait pas. Alors, je me suis cherché une fiancée. Pour le rassurer.

Subitement, elle fit un rapprochement.

– C'est lui qui avait payé l'assassin de ton père?

– Oui.

Elle le regarda droit dans les yeux.

– Slade a tué l'assassin. Toi, tu t'es chargé du commanditaire. Les frères Holt aiment faire justice eux-mêmes, me semble-t-il.

Il grommela quelque chose d'inaudible. Il aurait pu tout lui expliquer, de long en large. Mais ce soir-là, ça ne s'imposait pas. Autre chose le préoccupait : qu'allait-il faire d'elle? Il la trouvait plus belle que jamais. Il la désirait comme un fou. Jamais il n'aurait cru avoir cette réaction. Il l'avait tant considérée comme une femme sans cœur.

Devant son air pensif, elle devint perplexe. A quoi pensait-il donc?

– Ecoute, Lucas. Je sais que tu ne voulais pas te marier. Je regrette de n'avoir pas redressé la situation plus tôt. Mais je vais le faire en demandant le divorce le plus rapidement possible.

– Tu ne peux pas divorcer d'un homme auquel tu n'es pas mariée, répondit-il, l'air absent.

La colère la reprit.

– Tu m'en veux encore, à cause de mes mensonges? C'est injuste. Tu m'as menti tout autant. Et moi aussi, j'aurais pu vraiment chercher un mari.

– Certes! En pensant à tout cela, j'avais d'ailleurs prévu de te dédommager. Une petite fortune t'attendait dans une banque. Mais, évidemment, le banquier n'a jamais trouvé de Mme Hammond...

Un éclair de fureur brilla dans les yeux de Sharissc.

– Tu avais de l'argent, n'est-ce pas? Tu aurais pu me permettre de retourner à New York quand je te l'ai demandé. Oh! Tu...

– Pour moi, ce n'est pas un regret, affirma-t-il en souriant.

Elle ignora sa remarque.

– Mais pourquoi vivais-tu comme si l'argent te manquait?

– Je suis riche grâce à la mine d'or de mon père.

Mais je ne voulais pas risquer d'éveiller les soupçons de Sam.

– Tu m'avais pourtant assuré que l'on n'avait jamais trouvé la mine.

– Je t'ai dit que Newcomb ne l'avait pas trouvée. En revanche, mon frère et moi savions où elle se situait.

– Ainsi, tu es riche...

– Serais-tu déçue ?

Son regard rieur l'énerva.

– Ça ne me fait ni chaud ni froid.

– Vraiment ?

– Oui ! Riche ou non, tu es toujours détestable.

Il éclata de rire.

– Je pensais que ça te plairait d'apprendre que j'ai les moyens de t'assurer ton train de vie habituel. Ceci dit, tu pourrais te modérer un peu. Tu es extrêmement dépensière.

– Oh ! Personne ne t'a demandé de payer mes factures ! Pourquoi le fais-tu ?

– Tu portes mon nom. Ce qui m'autorise à intervenir dans ta vie comme je l'entends.

Elle se leva d'un bond.

– Tantôt, tu es mon mari. Tantôt, tu ne l'es pas. C'est comme ça t'arrange. Je vais mettre un terme à cette plaisanterie.

– Attention : pas de divorce sans ma collaboration...

Lentement, elle se rassit.

– Pourquoi me tourmentes-tu, Lucas ?

– Tu l'as plutôt cherché, il me semble. Ta sœur est mariée depuis un bon moment, maintenant. Tu aurais dû régulariser notre situation plus tôt.

Elle détourna un instant le regard. Lui avouer la vérité à ce sujet reviendrait à lui imposer quelque chose dont il ne voulait pas. Et elle s'y refusait.

– Je... je pensais que rien ne pressait. D'autant

que mon père risquait de me trouver un autre mari contre mon gré.

– Tu n'as vu que ton point de vue. J'aurais pu vouloir me marier.

– Mais, puisque tu prétends pouvoir affirmer que nous n'avons jamais été mariés...

– Tu ignorais cet argument.

– De toute façon, j'aurais fini par faire quelque chose. Et maintenant, en quoi un divorce peut-il te gêner ? Je te promets qu'après tu n'entendras plus parler de moi.

Il plissa les yeux, comme un homme incrédule.

– Si tu veux un divorce, Sharisse, il faut que tu m'épouses une nouvelle fois.

– Quelle idée ! C'est grotesque !

– Non : à prendre ou à laisser.

– Voyons, Lucas, nous n'allons pas recommencer...

– J'en ai assez de faire semblant. Ou tu m'écoutes ou je déclare à tous ces gens que je ne suis pas ton mari.

– Oh, non ! Je t'en prie !

– Alors ?

– Eh bien, j'obéis. Mais je t'assure que c'est de la folie.

– Peut-être.

Il eut un grand sourire qui acheva de l'exaspérer.

– Je viendrai te prendre, demain matin, vers dix heures. Ne t'inquiète pas. Personne ne sera au courant. Nous n'annoncerons que le divorce.

– Ce n'est vraiment pas une attitude sensée, affirma-t-elle avec fermeté. Mais je t'ai toujours trouvé très surprenant, Lucas.

– J'essaie seulement de redresser une situation bancale, ma belle. Comment pourrais-tu m'en vouloir ?

Que voulait-il dire ? Elle l'ignorait mais se tut, soudain lasse.

– Je ne vais pas rester, annonça-t-il. En bon capitaine au long cours, je n'aime pas les réceptions.

Il la vit rougir et lui demanda :

– Etait-ce bien nécessaire de me faire passer pour un officier de marine ?

– Cela expliquait au moins ton absence, répondit-elle sèchement.

– Enfin, on peut toujours annoncer que j'ai renoncé à la mer, j'imagine.

Ah, ce sourire ! Elle faillit exploser.

– Tu raconteras ce que tu veux. Comme d'habitude, dit-elle.

Puis elle tourna les talons et s'éloigna tandis qu'il la suivait du regard en souriant.

41

Pour cette corvée, imposée par Lucas, elle choisit de porter une robe de cachemire bleu cobalt. Dans l'état d'esprit où elle se trouvait, rien n'aurait justifié la moindre fantaisie.

Lucas arriva à l'heure. Dès qu'elle vit la voiture, elle se précipita dehors.

– On pourrait croire que tu n'en pouvais plus de m'attendre, remarqua-t-il en riant.

– J'ai tout simplement voulu éviter que tu rencontres mon père, répondit-elle sèchement.

– Dommage. J'aurais été ravi de faire sa connaissance. Tu m'as tellement dit que nous nous ressemblions. Sait-il que nous nous marions une deuxième fois ?

– Bien sûr que non. Et tu étais d'accord pour que personne ne l'apprenne.

– Exact, fit-il en soupirant.

– Aurais-tu changé d'avis?

Il perçut dans sa voix une note d'espoir et, aussitôt, rétorqua :

– Ma belle, que t'importe cette répétition si finalement tu obtiens ce que tu désires?

– C'est plutôt toi qui décides pour deux!

En entendant le petit rire de Lucas, elle préféra se murer dans le silence.

Il se contenta de l'observer pendant tout le trajet qui les mena en dehors de la ville, jusqu'à une petite église où un pasteur les attendait. Lucas avait tout arrangé. Deux paroissiens allaient leur servir de témoins.

Sharisse continuait à se taire. Mais, au milieu de la cérémonie, elle entendit le pasteur prononcer un prénom qui la fit sursauter... Elle allait protester lorsque Lucas lui murmura :

– Ne fais pas attention. C'est une erreur.

– Mais, comment...

– Si tu préfères tout interrompre, libre à toi. Mais tu connais l'alternative...

Sharisse préféra replonger dans son mutisme. Toutefois, Lucas s'attendit à une réaction au moment de la signature de l'acte de mariage. Sharisse le surprit en signant sans broncher, alors que le pasteur n'avait pas encore porté leurs noms sur le document. Il ignorait que Sharisse ne se souvenait pas d'avoir signé un document semblable, là-bas, au ranch.

Cependant, quand il la rejoignit dans la voiture en lui tendant le papier officiel, la réaction de Sharisse ne tarda pas.

– Qu'est-ce que cela veut dire? Quand il t'a appelé Slade, tu as parlé d'une erreur. Or, tu as signé Slade.

Elle lui jeta le document au visage, en ajoutant :

– Comment as-tu pu me faire ça, Lucas ? Me marier à ton frère...

– Non. C'est à moi que tu es mariée. Légalement, cette fois-ci. Tu comprends, maintenant ?

Il sourit.

– Tu es bien Slade, n'est-ce pas ? s'écria-t-elle. Et c'était déjà toi devant le pasteur, en Arizona. Ce jour-là, tu m'as fait épouser Lucas sans son consentement. Ce qui explique sa fureur.

– Ma belle, tu as presque tout découvert. Veux-tu entendre le reste ou préfères-tu continuer à vociférer ?

– Tu ne manques pas d'audace ! Rien de ce que tu pourrais me dire n'excusera ta conduite. Mais je veux savoir au moins une chose : je n'ai tout de même pas deux maris ?

– Non. Le premier maraige n'a jamais été enregistré.

C'était une petite consolation qu'elle prit comme telle. Au moins n'était-elle pas bigame.

– Je ne vois pas quel est le bénéfice de tant de ruse, Slade. Je vais me faire un plaisir de divorcer.

– Vraiment, ma belle ?

– Oh, oui ! Et sans attendre.

Mais quand ils arrivèrent chez elle, Slade rompit le silence pour lui ordonner :

– Va préparer tes affaires, Sharisse. Tu viens vivre avec moi.

– Ne sois pas ridicule, Slade, répondit-elle en descendant de la voiture.

– Je n'ai pas pris la peine de t'épouser pour rien. Maintenant, j'ai véritablement des droits sur toi. Fais ce que je te dis.

Effarée, elle répliqua :

– Je vais me séparer de toi tout aussi légalement. Crois-moi!

Elle se précipita à l'intérieur de la maison en claquant la porte derrière elle. Quelques secondes plus tard, la porte se rouvrit brutalement.

– Tu espérais m'échapper comme ça? fit-il.

Furieuse, elle se retourna.

– Sors d'ici!

A cet instant, Marcus sortit de son bureau.

– Qu'est-ce qui se passe dans cette maison?

Sharisse regarda son père et lui expliqua sur un ton exaspéré :

– Voici Slade, papa. Il m'a épousée en se faisant passer pour Lucas et il voudrait que je lui obéisse! Dis-lui de s'en aller. Je ne veux plus jamais le voir.

Et elle monta au premier étage en laissant les deux hommes face à face.

Marcus regardait Slade avec effarement. Ce jeune homme à l'air menaçant, au regard si froid, pouvait-il vraiment être son gendre? Slade prit la parole :

– J'avais espéré que nous nous rencontrerions en d'autres circonstances, monsieur Hammond.

Marcus voulut répondre, mais Slade continua :

– Sharisse est ma femme. Et vous savez ce que cela sous-entend. Sachez que je ne sortirai pas d'ici sans elle.

– Ainsi, vous êtes son mari?

– Elle vient de l'admettre devant vous.

– Pourtant, elle me disait qu'elle avait épousé votre frère.

– C'est une longue histoire, monsieur Hammond. Très franchement, il me semble que je dois d'abord la raconter à Sharisse. Tout ce que je peux vous dire maintenant c'est que je l'aime. Et que je crois qu'elle m'aime aussi.

Marcus ne put s'empêcher de sourire.

– Oh ! Ma fille est sans nul doute amoureuse ! Bien qu'elle n'ait jamais voulu le reconnaître. Mais elle aime Lucas. Pas vous.

– Elle a pu vous donner cette impression, mais je vous assure qu'avant la fin de la journée, elle aura changé d'avis. Et maintenant, je vais chercher ma femme, avec ou sans votre permission. Rien ne m'arrêtera : ni vos objections ni ses récriminations.

– Dieu ! Elle avait raison lorsqu'elle m'expliquait que vous n'étiez pas un homme conciliant. Mais pourrais-je au moins obtenir l'assurance qu'elle ne sera pas malheureuse avec vous ?

– Je vous le promets.

Marcus secoua la tête comme s'il essayait de reprendre ses esprits. Quelle situation incroyable ! Mais, après tout, Sharisse avait admis que cet homme était bien son mari. Alors quel moyen y avait-il de s'opposer aux exigences de Slade Holt ?

– Eh bien, allez-y, soupira Marcus. Sa chambre est sur la gauche. La deuxième porte. Mais je vous préviens, Holt, je préférerais ne pas avoir à regretter cette décision. Prenez soin d'elle, vous m'entendez ?

– Serait-ce une menace, monsieur Hammond ?

– Non... Si ! C'en est une !

– Au fond, je vous comprends.

Slade eut un petit rire puis se précipita dans l'escalier.

42

D'un coup d'épaule, Slade força la porte que Sharisse avait pris soin de verrouiller.

Debout au milieu de la chambre, refusant de se laisser intimider, elle lui lança :

– Qu'as-tu fait à mon père ? Pourquoi t'a-t-il laissé monter ?

– Il a eu la sagesse de reconnaître que tu m'appartiens. Et je te conseille de l'imiter.

En deux enjambées, il fut près d'elle et la prit par les épaules.

– Eh bien ? Tu sors d'ici dignement, ou je dois te porter ?

– Tu ne le ferais pas.

Il la jeta en travers de son épaule.

– Arrête, Slade ! Repose-moi par terre ! cria-t-elle, sans obtenir satisfaction.

– Tu peux peut-être me contraindre à vivre avec toi. Mais je t'interdirai de me toucher. J'aime Lucas. Tu m'entends ? Je te hais.

Rien n'y fit. Il la porta ainsi jusqu'à la voiture où elle se recroquevilla dans un coin.

– Et mes affaires ? demanda-t-elle.

– J'enverrai quelqu'un les chercher.

– Tu es vraiment détestable. Tu le sais ?

– Je crois, oui, admit-il en ayant l'audace de lui sourire. Mais je te conseille de te calmer. Dans quelques minutes, nous serons à l'hôtel, et je n'ai pas, cette fois-ci, l'intention de te porter.

S'il ne la porta pas, il la tint tout de même fermement par le coude.

La chambre de Slade se trouvait au cinquième étage. Sharisse en remarqua le luxe tout en se laissant tomber sur une chaise dont elle n'avait pas l'intention de bouger. Il se planta devant elle, jambes écartées et bras croisés.

– Ne crois pas que tu m'intimides, Slade Holt.

Il fit du regard le tour de la pièce.

– Entre ce salon et la chambre, nous ne serons pas trop mal en attendant que la maison soit terminée. Dans une semaine tout sera prêt.

– Tu ne doutes de rien, décidément...

Il recommença à sourire, très confiant.

– Il n'y a que toi pour douter encore de nos liens. Quand j'ai annoncé à ton ami Robert qu'il n'avait plus besoin de te tenir compagnie, il a très bien compris.

– Ah ! Voilà pourquoi Robert... Mais, que fais-tu à New York, Slade ? Ce n'est pas un endroit pour toi. Tu appartiens à l'Ouest et à sa sauvagerie. Comment veux-tu vivre ici ?

– Je peux m'adapter n'importe où, et je l'ai prouvé.

– Tu ne vas pas t'installer ici, tout de même.

– Pourquoi pas ? Je voulais voir le monde. J'ai pas mal voyagé, et j'ai plutôt été déçu. Peut-être parce que tu me manquais. Il faudra, un jour, que nous allions en Europe ensemble.

– Tu y es allé avec Lucas ?

– On peut voir les choses comme ça. A propos, Lucas a rencontré là-bas quelqu'un que tu connais. Un petit crétin qui avait pour spécialité de séduire des vierges en faisant des paris.

– Antoine ?

– Lucas n'a pas apprécié ce genre de sport. Et Gautier ne peut plus compter sur sa jolie petite gueule.

Un étonnement ravi se peignit sur le visage de Sharisse.

– Lucas m'a vengée ?

– C'est moi qui t'ai vengée.

– Mais, tu viens juste de dire...

– Quand vas-tu regarder la vérité en face, Sharisse ?

S'accroupissant devant elle, il plongea son regard dans le sien et lui fit remarquer avec douceur :

– Tu n'as plus peur de moi, n'est-ce pas ? Et tu ne t'es pas demandé pourquoi ?

C'était vrai : il ne l'effrayait plus. Mais elle conclut :

– Alors, tu es Lucas.

Il se releva en soupirant. Son visage venait de changer d'expression. Comme cela, en un éclair, il avait retrouvé sa dureté. Et elle songea qu'elle s'était encore trompée.

– Sharisse, Lucas est mort. Tu ne l'as jamais connu. Feral Sloan l'a tué le même jour que mon père. C'est en tuant Sloan que la mémoire m'est revenue. Pendant près de dix ans, j'avais vécu avec l'idée que mon frère avait pu s'échapper. J'avais refoulé la vision de sa mort, à laquelle j'avais assisté juste avant de m'évanouir.

Slade regarda vers la fenêtre afin de dissimuler son chagrin.

– Au lieu de fuir, lorsque je suis tombé de mon cheval, Lucas s'est arrêté pour essayer de me secourir. C'était de la folie, mais j'aurais sans doute fait la même chose. Nous étions, comme tous les vrais jumeaux, si proches l'un de l'autre! Malheureusement, Sloan en a profité pour tirer sur Lucas... Moi, il a dû me laisser pour mort en voyant ma blessure à la tête. Il n'a emporté que le corps de Lucas. Mais il a pris mon cheval. Deux chevaux et un cadavre ont dû lui suffire à prouver que la famille Holt n'existait plus.

Après un silence, Slade ajouta :

– J'avais dix-neuf ans lorsque j'ai découvert la tombe de mon frère à côté de celle de mon père, à Tucson.

Le cœur serré, Sharisse regarda fixement le dos de Slade. Il paraissait se tenir encore plus droit qu'à l'ordinaire.

– Après Sloan, pourquoi n'as-tu pas tué Newcomb? A ta place, je l'aurais fait, affirma-t-elle d'une voix pleine de fureur.

Surpris, il se retourna vers elle.

– Je t'ai déjà expliqué l'histoire de son testament. A cause de la récompense promise à celui qui retrouverait son assassin, je serais devenu un homme traqué jusqu'à la fin de mes jours. J'avais goûté à ce genre de situation. Ça me suffisait. Et puis, c'était le tuer à petit feu. Et il n'y a pas de vengeance plus achevée.

– Mais il t'a fallu attendre si longtemps !

– Peu importe. J'ai obtenu ce que je voulais. Seulement, j'ai dû me faire passer pour Lucas. Et, après huit ans de vie solitaire, me replonger dans la civilisation. C'est pour cela que je suis allé vers l'est. J'ai rencontré un Français, Henri Andrevie. Un flambeur, un aventurier plein de charme et d'humour.

– Mais, au lieu de te donner tout ce mal, pourquoi n'as-tu pas simplement payé un tueur à gages ? Tu avais l'argent pour cela.

– Je n'aime pas m'en remettre à quelqu'un. D'une façon générale, ce que j'ai à faire, je le fais moi-même. Je me suis préparé pendant cinq ans. Et puis, j'ai constaté que les gens de Newcomb continuaient à me regarder du même œil. Alors, j'ai endossé l'identité de mon frère. Tout en redevenant Slade de temps en temps, pour mieux tromper l'adversaire.

– Personne n'était au courant ?

– Si. Billy.

– Ah ! Ça ne m'étonne pas ! Quand je suis arrivée au ranch, il m'a tout de suite parlé de toi, de Lucas, de vos randonnées dans la montagne.

Il rit, et elle remarqua :

– Je trouve fantastique qu'il ne se soit jamais trahi en t'appelant Slade par mégarde.

– J'avais insisté pour qu'il sépare bien Lucas et moi dans son esprit, même si nous étions seuls.

– Alors, cette histoire de tante, à Saint Louis,

chez qui Lucas – ou plutôt toi – avait passé un certain temps, ce n'était qu'un mensonge?

– La tante en question existe bien. Mais notre père la détestait. Et nous aussi. Jamais je ne serais allé la voir.

– Tu aurais pu me dire tout cela avant, conclut Sharisse.

– Non. Parce que je trouvais trop d'incohérences dans ce que toi, tu me racontais, pour te faire confiance.

– Seulement, tu m'as laissée partir en croyant que j'étais mariée, alors que mon mari n'existait pas. C'était passablement cavalier, non?

– Mais sans importance puisque tu voulais faire annuler le mariage.

Elle resta un instant songeuse.

– Pourquoi fallait-il que je rencontre Slade, le frère maudit? Tu comprends ce que je veux dire? Slade me terrifiait.

– Pur égoïsme de ma part. Tu me résistais. Alors, j'ai pensé que la peur de Slade te jetterait dans les bras de Lucas. J'avais tellement envie de toi.

– Et ça a marché! Avec la complicité de Billy, bien sûr. Je comprends maintenant pourquoi Slade m'a si facilement laissée rechercher Lucas, le soir où nous sommes arrivés au campement... Nous allions passer la nuit ensemble, et tu le savais.

– J'avais déjà tant attendu! J'aurais pu aller chez Rosa. Mais c'était toi que je voulais. Et cela, avant même que tu n'arrives à Newcomb. Dès que je t'avais vue sur la photo. Tu ne peux pas savoir à quel point j'ai été content quand j'ai constaté que tu avais pris la place de ta sœur.

Elle éprouva un réel plaisir en entendant cet aveu. Et elle ne songea pas à regretter de s'être donnée à lui. Mais tout de même, elle avait voulu Lucas. Non pas Slade.

– Oh! Je ne sais plus très bien où j'en suis, dit-elle.

Il la laissa à ses pensées. Mais elle ne tarda pas à lui demander :

– Qu'est-ce qui t'a poussé à revenir au ranch? Je savais déjà que tu pouvais avoir sur moi le même pouvoir que Lucas. Et cette fois-là, je me suis sentie très désorientée.

Elle vit son expression se durcir.

– Après la nuit que tu avais passée avec Lucas, j'espérais que tu aurais oublié Slade. J'en ai cherché la preuve. J'ai constaté le contraire.

– Tu ne vas pas être jaloux de toi-même, Slade!

– Rappelle-toi : tu ignorais alors que nous étions le même homme. Dans ton esprit, nous étions même très différents l'un de l'autre.

– Je dirais, plus exactement, que tu étais son côté obscur...

Le sourire de Slade la fit bondir :

– Qu'y a-t-il de si amusant?

– Quand on aime, on accepte tout d'une personne, et le côté lumineux, et le côté obscur. Tu viens donc d'admettre que tu m'aimes, Sharisse.

– Non! Tu m'as trop souvent inspiré de la peur, Slade.

– Je le faisais pour que tu ne me cèdes pas.

Elle se souvint des deux fois où elle avait failli succomber. C'était lui qui l'en avait empêchée. Et elle s'expliquait maintenant son air de triomphe lorsqu'elle lui criait de la laisser tranquille. Il la sentait réellement désemparée parce que, au fond de son cœur, elle avait fait son choix : elle ne voulait qu'un seul homme, même si la ressemblance entre les deux frères était étonnante.

– Mais pour quelle raison es-tu revenu encore une fois au ranch? lui demanda-t-elle. Puisque Lucas et moi avions...

– C'était à cause des Apaches. Tout simplement. Je suis tombé sur eux par hasard alors que je rentrais, et comme tu allais constater que je communique avec eux facilement, j'ai cessé d'être Lucas. Pour que tu ne sois pas étonnée.

– Tu aurais pu t'abstenir de me faire des avances. Que serait-il arrivé si je n'avais pas crié ?

– Rien. Jamais je ne t'aurais violée, ma belle.

– Si seulement j'avais pu en être certaine ! observa-t-elle sèchement.

– Je me suis toujours maîtrisé à temps. Et ce n'était pas facile. Dès que je m'approchais de toi, j'avais tendance à perdre la tête, quel que fût le rôle que je jouais. Et chaque fois je jouais un rôle. Je ne suis pas le Slade que tu as rencontré en Arizona. Et je ne suis pas Lucas.

Sharisse songea qu'il était, au fond, un mélange des deux. Sans être l'addition pure et simple de l'un et de l'autre. Enfin, il était l'homme dont elle était tombée amoureuse.

Mais lui, que ressentait-il pour elle ? Elle scruta son visage puis lui demanda :

– Pourquoi m'as-tu suivie jusqu'à la diligence, le jour de mon départ ?

– Je voulais savoir si tu partais vraiment.

– Et pour quelle raison ai-je vu Slade et non Lucas ?

– C'était Lucas que tu quittais. J'ai pensé que tu risquais de lui faire une scène en pleine ville.

– Tu aurais pu regarder partir la diligence sans te montrer.

– Bon sang ! Tu n'as pas encore compris que je t'aime ! Autrement, je ne serais pas ici ! Je n'ai qu'une envie : te prendre dans mes bras, au lieu de répondre à toutes ces questions qui n'ont plus de sens.

– Eh bien, qu'attends-tu pour le faire ?

Surpris, il ne tarda pas éclater de rire.

– C'est aussi simple que cela? Vous êtes vraiment incroyable, madame Holt!

Elle vint se blottir dans ses bras.

– Je t'aime, ma belle, murmura Slade. J'ai tant besoin de toi...

43

Bien que le cabriolet avançât à vive allure sur la 5e Avenue, Sharisse bouillait de rage. Et le calme de Slade n'arrangeait rien. On aurait pu croire qu'il se moquait bien d'avoir été dérangé juste au moment où il soulevait Sharisse dans ses bras pour la porter sur le lit.

Elle se disait que l'intervention de ces deux hommes musclés envoyés par son père était proprement intolérable. Après toute une année de solitude et de nostalgie, et à l'instant même où l'on répondait à son amour, personne n'aurait dû la déranger. Son père outrepassait ses droits!

Exaspérée, elle lança à Slade :

– Comment peux-tu garder ton calme alors que ces deux idiots nous ramènent chez mon père?

Sa fureur le fit sourire.

– Je m'attendais à une réaction de ce genre de la part de ton père. Il devait s'inquiéter.

– Mais...

– Dès que ton père sera rassuré, nous trouverons le moyen de nous isoler.

– Promis?

Il trouva sa spontanéité adorable et, en riant, l'attira sur ses genoux.

– Dans un cabriolet, on peut au moins s'embrasser, non? Tu ne seras pas gênée?

– Voyons... répondit-elle en passant ses bras autour de son cou.

Slade dut mettre un terme rapidement au baiser brûlant qu'ils échangèrent. Tant de désir ne se maîtrisait pas facilement.

– Ce n'était pas une excellente idée, Sharisse.

Il avait perdu son calme agaçant, et elle s'en félicita. Puis elle chercha à oublier les sourdes pulsations de son cœur.

– Je ne sais pas si l'on doit rester à New York, Slade. Il y a tant de belles femmes, ici, qui pourraient attirer ton regard...

Il secoua la tête en souriant.

– Quand vas-tu te faire à l'idée que tu es la plus belle de toutes?

Le visage de Sharisse s'illumina.

– Nous allons vraiment nous installer ici?

– Pour le moment, en tout cas. Mais j'aime l'Ouest. J'ai pensé que je pourrais recommencer à élever des chevaux. Mais sur une grande échelle, cette fois-ci. Que dirais-tu de passer six mois à New York et six mois là-bas? Sans cuisine ni ménage à faire.

– Je crois que ça me plairait. A condition que tu achètes un buggy.

– C'est une acquisition que nous pouvons envisager... Mais, à propos, comment va Charley?

– Oh! Il n'est plus jaloux de moi. Il a sa propre petite famille maintenant.

Ils arrivèrent à Hammond House. Les deux athlètes qui les avaient escortés s'empressèrent de descendre pour les accompagner. Mais dès qu'ils eurent tous pénétré dans le hall, Slade envoya son poing dans la figure de l'un et dans l'estomac de l'autre. Deux autres coups, assenés rapidement, projetèrent les deux hommes sur le sol de marbre.

– Qu'est-ce que...?

Sharisse se tourna vers son père. Il regardait Slade qui rectifiait calmement sa tenue.

– Je voulais simplement que vous sachiez, monsieur Hammond, que j'aurais pu rester à l'hôtel si je l'avais voulu.

Sharisse tentait d'étouffer un petit rire nerveux. Elle alla se blottir dans les bras de Slade. Mais le désir qui monta aussitôt en elle l'obligea à s'écarter de lui.

– Je regrette que tu aies interrompu notre lune de miel, dit-elle à son père. Je comprends cependant ton inquiétude, et je tiens à te rassurer, papa.

A l'oreille de Slade, elle murmura :

– Je vais t'attendre dans ma chambre. Tu n'auras pas besoin d'entrer en forçant la porte, cette fois-ci.

Elle monta l'escalier en courant, pendant que Slade notait le regard serein de Marcus Hammond. Il aurait été encore plus surpris s'il avait pu lire dans ses pensées. Marcus se disait qu'il avait enfin un gendre capable de prendre la relève. Et si ce n'était pas Slade, ce serait l'un de ses petits-fils. Car des petits-fils, il en aurait. Il le sentait. Et il se ferait un devoir de vivre assez longtemps pour leur apprendre à gérer son empire.

– Avez-vous encore des doutes, monsieur Hammond? demanda Slade.

– Pas du tout, mon garçon. Et puisque votre femme vous attend, remettons notre discussion à plus tard, voulez-vous?

Le regard vert de Slade s'éclaira.

– Je suis tout à fait d'accord, monsieur.

Allongée sur le lit, les yeux brûlants de désir, Sharisse sentait sur ses lèvres l'empreinte des baisers de Slade. Mais sa bouche meurtrie ne lui procurait qu'une délicieuse douleur. Sharisse attendait le corps de Slade. Tout en commençant à se déshabiller, il enveloppait son visage d'un regard fiévreux et grave. Une gravité qui l'exaltait et l'impressionnait en même temps.

Quand elle commença à enlever sa robe, il l'arrêta.

– Laisse-moi le faire, Sharisse, dit-il d'une voix chaude. J'en ai tant rêvé!

Elle s'en remit à lui, ne bougeant que selon ses directives, mais dévorée par l'envie de retrouver sous ses mains la force virile d'un homme qui lui avait tant manqué.

– Tu as eu un enfant, Sharisse?

Elle suivit son regard posé sur ses seins. Puis elle soupira. Le moment était venu de tout lui avouer.

– Oui, répondit-elle d'une voix calme.

– Tu avais l'intention de me le dire un jour? Ou avais-tu oublié que je n'étais pas au courant?

Elle le regarda sans agacement.

– Slade, ne sois pas injuste. Tu m'avais assez fait comprendre que tu ne voulais pas de femme. Si je t'avais parlé de nos filles, j'aurais eu l'impression de te contraindre au mariage. Et j'ai ma fierté.

Le combat qu'elle avait mené contre elle-même dans la solitude prit soudain toute sa mesure. La vague de lassitude qui la submergea lui dissimula pendant quelques instants l'incrédulité de Slade.

– Des filles? répéta-t-il.

– Des jumelles.

– Des jumelles?

Elle glissa ses bras autour de son cou et l'embrassa.

– Je me ferai un plaisir de t'abreuver de détails au sujet de tes filles. Mais pas maintenant.

– Très bien, ma belle. Plus tard, aussi, je te dirai combien je te trouve merveilleuse.

Il prit ses lèvres avant qu'elle pût lui répondre. Et dans le feu de son baiser elle songea qu'ils s'étaient engagés sur le chemin d'un amour éternel. Tout allait être magnifique. Tendre et passionné pour toujours.

Elle le serra contre elle avec toute la force dont elle était capable. Il répondit à sa fougue en l'entraînant sur un océan de plaisir. Ensemble, ils se noyèrent. Ensemble, ils revinrent à la vie.

Aventures et Passions

extrait du catalogue

Quand l'amour s'aventure très loin, il devient passion.

Quand les passions se libèrent, quand elles déchirent des êtres prêts à tout pour les vivre, au cœur d'aventures riches et multiples, elles sont dans la collection Aventures et Passions.

BLAKE Jennifer	**Sérénade en Louisiane** 3169/**5**
	Les chaînes de l'amour 3240/**6** (Juin 92)
BRANDEWYNE Rebecca	**La lande sauvage** 3018/**5**
	Duel sur la lande 3055/**4**
	Pour l'amour d'un comanchero 3159/**7**
BUSBEE Shirlee	**Le quiproquo de minuit** 2930/**5**
	Au-delà du pardon 2957/**5**
	L'appel de la passion 3056/**8**
	Lady Vixen 3143/**8**
DAILEY Janet	**Le solitaire** 1580/**4**
DEVERAUX Jude	*La saga des Montgomery :*
	- Les yeux de velours 2927/**5**
	- Un teint de velours 3003/**5**
	- Une mélodie de velours 3049/**4**
	- Un ange de velours 3127/**4**
	Les dames de Virginie :
	- Kidnappée par erreur 3180/**5**
	- La fiancée délaissée 3181/**4** (Juin 92)
GARWOOD Julie	**Sur ordre du roi** 3019/**5**
	Un ange diabolique 3092/**5**
	Un cadeau empoisonné 3219/**5** (Mai 92)
HAGAN Patricia	**Violences et passions** 3201/**6**
JOYCE Brenda	**Le fier conquérant** 3222/**5** (Mai 92)
LINDSEY Johanna	**Samantha** 2533/**3**
	Esclave et châtelaine 2925/**4**
	La révoltée du harem 2956/**6**
	La fiancée captive 3035/**4**
	Les feux du désir 3091/**5**
	La Viking insoumise 3115/**5**
	Un si doux orage 3200/**4**
MATTHEWS Patricia	**La maîtresse de Malvern** 1056/**4**
	L'écume des passions 2116/**4**
	La promesse sauvage 2987/**5**
	Les trois amours de Rachel 3160/**6**
McKINNEY Meagan	**L'enchanteresse perverse** 3239/**5** (Juin 92)
O'GREEN Jennifer	**Prisonnière du roi** 2981/**5**
REDD Joanne	**La fiancée du désert** 2926/**4**
	Le rêve chimère 2980/**5**
ROBARDS Karen	**Désirs fous** 2928/**5**
	La lune voilée 2979/**5**
	Mississippi belle 3070/**4**
	Le brigand aux yeux d'or 3142/**5**
	Promise au bûcher 3221/**5** (Mai 92)

Romans sentimentaux

La littérature sentimentale a pour auteur vedette chez J'ai lu la célèbre romancière anglaise Barbara Cartland, qui a écrit plus de 500 romans. A ses côtés, Anne et Serge Golon avec la série des Angélique, Juliette Benzoni et des écrivains anglo-saxons qui savent évoquer toute la force des sentiments (Janet Dailey, Theresa Charles, Victoria Holt...).

AMIEL Joseph	**Les droits du sang** 2966/**8**
BEARN Myriam et Gaston de	**L'or de Brice Bartrès** 2514/**4** (voir aussi p. 5)
BENZONI Juliette	**Marianne, une étoile pour Napoléon** 2743/**7**
	Marianne et l'inconnu de Toscane 2744/**5**
	Marianne - Jason des quatre mers 2745/**5**
	Toi, Marianne 2746/**5**
	Marianne - Les lauriers de flammes 2747/**8**
BIALOT Joseph	**Elisabeth ou le vent du sud** 3088/**5**
	Le vent du sud - 2 Judith 3098/**5**
BRISKIN Jacqueline	**Les vies mêlées** 2714/**6**
	Le cœur à nu 2813/**6**
	Paloverde 2831/**8**
BUSBEE Shirlee	**La rose d'Espagne** 2732/**4**
	Le Lys et la Rose 2830/**4**
CASATI MODIGNANI Sveva	**Desespérement, Julia** 2871/**4**
CHARLES Theresa	**Le chirurgien de Saint-Chad** 873/**3**
	Inez, infirmière de Saint-Chad 874/**3**
	Un amour à Saint-Chad 945/**3**
	Crise à Saint-Chad 994/**2**
	Pour un seul week end 1080/**3**
	Lune de miel à Saint-Chad 1112/**2**
	Les rebelles de Saint-Chad 1495/**3**
	Les mal-aimés de Fercombe 1146/**3**
	Lake qui es tu ? 1168/**4**
	Le château de la haine 1190/**2**
COOKSON Catherine	**L'orpheline** 1886/**5**
	La fille sans nom 1992/**4**
	L'homme qui pleurait 2048/**4**
	Le mariage de Tilly 2219/**4**
	Le destin de Tilly Trotter 2273/**3**
	Le long corridor 2334/**3**
	La passion de Christine Winter 2403/**3**
	L'éveil à l'amour 2587/**4**
	15e Rue 2846/**3**
	La maison des flammes 2997/**5**
DAILEY Janet	*La saga des Calder :*
	- La dynastie Calder 1659/**4**
	- Le ranch Calder 2029/**4**
	- Prisonniers du bonheur 2101/**4**
	- Le dernier des Calder 2161/**4**
	Le cavalier de l'aurore 1701/**4**
	La Texane 1777/**4**
	Le mal-aimé 1900/**4**
	Les ailes d'argent 2258/**5**

	Pour l'honneur de Hannah Wade 2366/**3**
	Le triomphe de l'amour 2430/**5**
	Les grandes solitudes 2566/**6**
DALLAYRAC Dominique	**Et le bonheur maman ?** 1051/**3**
DAVENPORT Marcia	**Le fleuve qui tout emporta** 2775/**4**
	Paul et Mary 3197/**5**
DESMAREST Marie-Anne	**Torrents** 970/**3**
	Jan Yvarsen 1024/**2**
	Jan et Thérèse 1112/**3**
	Le fils de Jan 1148/**3**
	Le destin des Yvarsen 1230/**2**
EBERT Alan	**Traditions** 2947/**8**
FORSYTHE HAILEY Elizabeth	**Le mari de Joanna et la femme de David** 2855/**5**
FURSTENBERG et GARDNER	**Miroir, miroir** 3016/**7**
GOLON	Voir encadré page précédente
HEAVEN Constance	**La maison Kouraguine** 812/**3**
	Interroge le vent 869/**3**
	Comme un feu dévorant 3216/**8** (Mai 92)
HEIM Peter	**La clinique de la Forêt-Noire** 2752/**4**
	Mariage à la clinique de la Forêt-Noire 3107/**5**
	Hommes et destins à la clinique de la Forêt-Noire 3177/**5**
HOLT Victoria	**La maison aux mille lanternes** 834/**4**
	La porte du rêve 899/**4**
	Le galop du Diable 1113/**4**
	La nuit de la septième lune 1160/**4**
	Le masque de l'enchanteresse 1643/**4**
	La légende de la septième vierge 1702/**3**
	Sables mouvants 1764/**3**
	Les sortilèges du tombeau égyptien 2778/**3**
HULL E.M.	**Le Cheik** 1135/**2**
	Le fils du Cheik 1216/**2**
IBBOTSON Eva	**Une comtesse à l'office** 1931/**4**
KEVERNE Gloria	**Demeure mon âme à Suseshi** 2546/**6**
LAKER Rosalind	**Reflets d'amour** 2129/**4**
	La femme de Brighton 2190/**4**
	Le sentier d'émeraudes 2351/**5**
	Splendeur dorée 2549/**4**
	Les neiges de Norvège 2687/**4**
	Le sceau d'argent 3032/**5**
LINDSEY Johanna	**Le vent sauvage** 2241/**3**
	Un si cher ennemi 2382/**3**
McBAIN Laurie	**Les larmes d'or** 1644/**4**
	Lune trouble 1673/**4**
	L'empreinte du désir 1716/**4**
	Le Dragon des mers 2569/**4**
	Les contrebandiers de l'ombre 2604/**4**
	Splendeur et décadence 2663/**5**
MICHAEL Judith	**Prête-moi ta vie** 1844/**4** & 1845/**4**
MONSIGNY Jacqueline	**L'amour dingue** 1833/**3**
	Le palais du désert 1885/**2**
	Les nuits du Bengale 1375/**3**
MOTLEY Annette	**Le pavillon des parfums verts** 2810/**8**

MULLEN Dore	***Entre ciel et enfer*** *1557/***4**
	Le lys d'or de Shanghai *2525/***3**
	La violence du destin *2650/***4**
PAETRO Maxine	***Besoin d'aimer*** *3124/***6**
PARETTI Sandra	***L'oiseau de paradis*** *2445/***4**
	L'arbre du bonheur *2628/***5**
RASKIN Barbara	***Bouffées de jeunesse*** *2888/***5**
ROGERS Rosemary	***Amour tendre, amour sauvage*** *952/***4**
	Jeux d'amour *1371/***4**
	Au vent des passions *1668/***4**
	La femme impudique *2069/***4**
	Insolente passion *2557/***6**
	Le feu et la glace *2576/***6**
RUGGIERI François	***Au cas où Solange reviendrait*** *3042/***4**
STANFILL Francesca	***Une passion fatale*** *2320/***4**
THOMAS Rosie	***La vie ne sera plus jamais la même*** *2918/***6**
	Amy, pour les amis *3132/***5** *& 3133/***5**
	Femmes fatales *3238/***7** (Juin 92)
WOODIWISS Kathleen E.	***Quand l'ouragan s'apaise*** *772/***4**
	Le loup et la colombe *820/***4**
	Une rose en hiver *1816/***5**
	Shanna *1983/***5**

CARTLAND Barbara (Sélection)

Les seigneurs de la côte 920/**2**
Le valet de cœur 1166/**3**
Seras tu lady Gardenia ? 1177/**3**
Printemps à Rome 1203/**2**
Le cavalier masqué 1238/**2**
Le baiser du diable 1250/**3**
Le port du bonheur 1522/**2**
La déesse et la danseuse 1581/**2**
Rêver aux étoiles 1593/**2**
Les vibrations de l'amour 1608/**2**
Un cri d'amour 1657/**2**
Le marquis et la gouvernante 1682/**2**
Un duc à vendre 1683/**2**
Piège pour un marquis 1699/**2**
Le Talisman de jade 1713/**2**
Le fantôme amoureux 1731/**2**
Où vas-tu Melinda ? 1732/**2**
Les yeux de l'amour 2688/**2**
L'amour sans trêve 2689/**2**
Lilas blanc 2701/**2**
La malédiction de la sorcière 2702/**2**
Le jugement de l'amour 2733/**2**
Passions victorieuses 2757/**2**
Pour une princesse 2776/**2**
Un rêve espagnol 2795/**2**
L'amour victorieux 2796/**2**
Douce vengeance 2811/**2**
Juste un rêve 2812/**2**
Amour, argent et fantaisie 2832/**2**
L'explosion de l'amour 2833/**2**
Le temple de l'amour 2847/**2**
La princesse des Balkans 2856/**2**
Douce enchanteresse 2857/**2**
L'amour est un jeu 2872/**2**
Le château des effrois 2873/**2**
Un baiser de soie 2889/**2**
Aime-moi pour toujours 2890/**3**
La course à l'amour 2903/**3**
Un mal caché 2904/**2**
Danger sur le Nil 2916/**3**
Une femme trop fière 2917/**3**
Le duc infernal 2948/**4**
Une folle lune de miel 2949/**2**
Le parfum des dieux 2960/**2**
Un ange passe 2972/**2**
L'amour est invincible 2973/**2**
Le drame de Gilda 3001/**2**
La fuite en France 3002/**2**
Le voleur d'amour 3017/**3**
Musique miraculeuse 3033/**2**
Rêverie nocturne 3034/**2**
Danger pour le duc 3047/**2**
Ah, l'adorable menteuse ! 3048/**2**
Coup de foudre à Penang 3058/**2**
Idylle au Ritz 3068/**2**
Tendre Lydia 3069/**2**
Le caroussel de l'amour 3089/**2**
La découverte du bonheur 3090/**2**
Les ailes de l'amour 3108/**4**
La sérénité d'un amour 3109/**2**
Une fuite éperdue 3125/**3**
Le lien magique 3126/**2**

NOUVEAUTÉS 92

L'amour tombé du ciel 3140/**2**
Etranges amazones 3141/**2**
Qui êtes-vous, Alexander ? 3156/**3**
La tigresse apprivoisée 3157/**2**
L'espoir perdu 3178/**4**
Le baiser d'un étranger 3179/**2**
Trois jeunes filles à Londres 3198/**3**
Sincère ou tricheuse ? 3199/**2**
Je marcherai vers toi 3217/**4** (Mai)
Rolfe et Zarina 3218/**2** (Mai)
Lady Toria 3236/**4** (Juin)
Quand vient l'amour 3237/**2** (Juin)

GOLON Anne et Serge

Angélique, marquise des Anges 2488/**7**
Angélique. le chemin de Versailles 2489/**7**
Angélique et le Roy 2490/**7**
Indomptable Angélique 2491/**7**
Angélique se révolte 2492/**7**
Angélique et son amour 2493/**7**
Angélique et le Nouveau Monde 2494/**7**
La tentation d'Angélique 2495/**7**
Angélique et la Démone 2496/**7**
Le complot des ombres 2497/**5**
Angélique à Québec 2498/**5** & 2499/**5**
Angélique La route de l'espoir 2500/**7**
La victoire d'Angélique 2501/**7**

Littérature

extrait du catalogue

Cette collection est d'abord marquée par sa diversité : classiques, grands romans contemporains ou même des livres d'auteurs réputés plus difficiles, comme Borges, Soupault. En fait, c'est tout le roman qui est proposé ici, Henri Troyat, Bernard Clavel, Guy des Cars, Frison-Roche, Djian mais aussi des écrivains étrangers tels que Colleen McCullough ou Konsalik.

Les classiques tels que Stendhal, Maupassant, Flaubert, Zola, Balzac, etc. sont publiés en texte intégral au prix le plus bas de toute l'édition. Chaque volume est complété par un cahier photos illustrant la biographie de l'auteur.

ADLER Philippe	**Bonjour la galère** 1868/**2**
	Les amies de ma femme 2439/**3**
	Graine de tendresse 2911/**3**
	Qu'est-ce qu'elles me trouvent ? 3117/**3**
AGACINSKI Sophie	**La tête en l'air** 3046/**5**
AMADOU Jean	**La belle anglaise** 2684/**4**
AMADOU - COLLARO - ROUCAS	**Le Bêbête show** 2824/**5** & 2825/**5** Illustrés
AMIEL Joseph	**Le promoteur** 3215/**9** (Mai 92)
ANDERSON Peggy	**Hôpital des enfants** 3081/**7**
ANDREWS Virginia C.	*Fleurs captives :*
	- Fleurs captives 1165/**4**
	- Pétales au vent 1237/**4**
	- Bouquet d'épines 1350/**4**
	- Les racines du passé 1818/**4**
	- Le jardin des ombres 2526/**4**
	La saga de Heaven :
	- Les enfants des collines 2727/**5**
	- L'ange de la nuit 2870/**5**
	- Cœurs maudits 2971/**5**
	- Un visage du paradis 3119/**5**
	- Le labyrinthe des songes 3234/**6** (Juin 92)
APOLLINAIRE Guillaume	**Les onze mille verges** 704/**1**
	Les exploits d'un jeune don Juan 875/**1**
ARCHER Jeffrey	**Le pouvoir et la gloire (Kane et Abel)** 2109/**7**
	Faut-il le dire à la Présidente ? 2376/**4**
ARSAN Emmanuelle	**Les débuts dans la vie** 2867/**3**
ARTUR José	**Parlons de moi, y a que ça qui m'intéresse** 2542/**4**
ATWOOD Margaret	**La servante écarlate** 2781/**4**
	Œil-de-chat 3063/**8**
AURIOL H. et NEVEU C.	**Une histoire d'hommes/Paris-Dakar** 2423/**4**
AVRIL Nicole	**Monsieur de Lyon** 1049/**3**
	La disgrâce 1344/**3**
	Jeanne 1879/**3**
	L'été de la Saint-Valentin 2038/**2**
	La première alliance 2168/**3**
	Sur la peau du Diable 2707/**4**
	Dans les jardins de mon père 3000/**3**
AZNAVOUR-GARVARENTZ	**Petit frère** 2358/**3**
BACH Richard	**Jonathan Livingston le goéland** 1562/**1** Illustré
	Illusions/Le Messie récalcitrant 2111/**2**

3200

Achevé d'imprimer en Europe (France)
par Brodard et Taupin à la Flèche (Sarthe)
le 9 mars 1992. 1008F-5
Dépôt légal mars 1992. ISBN 2-277-23200-9

Éditions J'ai lu
27, rue Cassette, 75006 Paris
Diffusion France et étranger : Flammarion

champagne coulait à flots, et Sharisse appréciait cette atmosphère bon enfant et pétillante.

Elle ne rencontrait que des gens courtois qui semblaient sincèrement heureux pour elle. C'était un réel bonheur qu'elle n'aurait peut-être pas goûté de la même façon si Lucas n'avait été un constant point de repère dans cette foule. Il lui suffisait de regarder autour d'elle pour le voir, plus ou moins proche mais toujours présent. Et que de fois elle le chercha du regard ! Sans même en prendre conscience.

Il était facile de le repérer : il tranchait sur tous les autres hommes. Lui seul portait des vêtements près du corps, comme une seconde peau. Et il donnait une telle impression de puissance et de solidité qu'il faisait penser à un roc. C'était aussi un homme auquel les gens de Newcomb s'adressaient avec respect.

– Est-il permis d'être si beau ?

Sharisse détacha son regard de Lucas et se tourna vers la jeune Nadine Durant dont elle venait de faire la connaissance.

– De qui parlez-vous ? demanda-t-elle innocemment.

– Mais, de votre mari !

– Oh !

Surprenante franchise de la part de cette jeune fille de seize ans dont la mère, Lila, assise à côté d'elle, approuva le jugement en hochant la tête, tout comme les autres femmes entourant Sharisse.

– Nous ne sommes pas encore mariés, précisa Sharisse.

– Ma chère, c'est tout comme, rectifia Mme Landis. A l'époque où le pasteur venait plus rarement, on ne demandait pas aux jeunes couples de l'attendre. S'ils avaient l'argent pour s'installer et la volonté de vivre ensemble, ils commençaient par là. La bénédiction venait après. Mais savez-vous que nous avons eu un pasteur à Newcomb? Malheureusement, il est mort et personne ne l'a remplacé.

– Oh! Je l'ignorais, répondit poliment Sharisse.

Mais la jeune Nadine revint à ce qui devait être son sujet favori :

– J'aurais bien aimé que Lucas me remarque, je l'avoue... Enfin, lui ou son frère Slade. Ils sont si...

La réaction de sa mère fut, cette fois-ci, toute différente :

– Nadine! Je croyais t'avoir appris la différence entre un homme respectable, comme notre Lucas, et un Slade Holt.

Nadine ne prêta aucune attention à la remarque de sa mère.

– Avez-vous déjà rencontré Slade? demanda-t-elle à Sharisse. Non? Vous n'avez pas encore eu ce plaisir?

– Parlons plutôt de choc! fit Mme Durant.

– Allons, Lila, ce n'est pas un si mauvais garçon, intervint Mme Landis.

– Nous ne devrions pas lui faire l'honneur de tant parler de lui.

– Et pourquoi, Lila?

C'était Emery Durant, accompagné de John Hadley. Il poursuivit à l'adresse de sa femme :

– Un tueur aussi célèbre que lui, il n'y en a pas partout. Il nous permet de nous distinguer.

– Slade n'est pas d'ici, riposta Lila Durant.

– Certes. Mais à cause de son frère, il est plus souvent ici que dans n'importe quelle autre ville.

Sharisse adressa à Emery Durant un regard perplexe.

– Pourquoi dites-vous que Slade est un tueur?

A son tour, Emery Durant s'étonna :

– Faut-il comprendre que Lucas ne vous a pas parlé de son frère?

– Il m'en a peu parlé.

– Ça, par exemple! s'exclama Emery dont le visage s'éclaira comme celui d'un enfant devant l'arbre de Noël.

Puis, s'assurant d'un rapide regard que Lucas était bien à l'autre bout de la pièce, il s'assit à côté de sa femme et poursuivit :

– Il faut que je vous raconte comment un beau jour on a vu arriver Slade Holt à Newcomb.

Sharisse entendit un soupir collectif : l'auditoire d'Emery n'avait plus rien à découvrir... Quant à elle, elle n'était pas certaine d'avoir envie d'entendre cette histoire.

John Hadley devança Emery Durant :

– Il était habillé comme un Indien. Et il avait même des cheveux jusqu'aux épaules, et...

Emery manifesta son exaspération :

– Tu me laisses raconter, John?

– Mais moi j'y étais! Pas toi.

Sharisse interrompit ce qui tournait à la querelle :

– Que s'est-il passé, exactement?

– Slade a tué Feral Sloan. Une brute qui avait été tueur à gages.

– Sloan... murmura Sharisse qui se souvenait très bien de ce nom.

Elle regarda dans la direction de Lucas, en se demandant pour quelle raison il ne lui avait pas dit que Sloan avait été tué par son frère. Au même moment, Lucas sortit de la pièce en compagnie de Samuel Newcomb. Elle se tourna de nouveau vers Emery Durant.

– Si je vous ai bien compris, je dois considérer Slade Holt comme un tueur? demanda-t-elle.

– Eh bien... on ne l'a jamais vu tuer que Feral Sloan. Mais selon la rumeur, il avait déjà expédié une douzaine d'hommes dans la tombe auparavant. Et depuis, ce qu'il a fait, on n'en sait rien. On n'a pas pu compter les cadavres.

Sharisse avait pâli.

– Pourquoi n'a-t-il pas été arrêté ?

– Arrêté ? s'étonna Emery.

– Enfin... vous m'avez bien dit qu'il avait tué un homme !

– Oui, mais en combat régulier, mademoiselle. Slade a même laissé Feral dégainer le premier. Seulement, personne n'est aussi rapide que Slade.

Tout autour d'Emery, on acquiesça. Ces gens savaient-ils que, ce jour-là, Slade avait vengé son père ? Elle eut besoin de boire quelque chose. Et, surtout, elle refusa d'en entendre plus au sujet de Slade.

Dans le bureau de Sam Newcomb, on parlait également de Slade.

– Avez-vous vu votre frère récemment ? demandait Sam à Lucas.

Sam s'était assis à son bureau, Lucas en face de lui.

– Pas depuis un certain temps, répondit Lucas.

– Quand vous le reverrez, dites-lui que mon offre tient toujours.

– Je n'y manquerai pas.

– Et maintenant expliquez-moi pourquoi vous vouliez me parler en particulier, ajouta Sam en coupant un cigare.

Lucas attaqua le sujet franchement.

– J'ai de mauvaises nouvelles. La construction de la ligne de chemin de fer que nous financions connaît des difficultés. C'est une bonne chose d'avoir limité votre investissement.

– Comment cela ?

– Il y a eu au départ une erreur de devis. Aux trois quarts de la ligne, ils ont dû tout arrêter. Et ils